魔兽世界

—萨尔—

巨龙的黄昏

[美] 克里斯蒂·高登 著

李镭 译

新 星 出 版 社 NEW STAR PRESS

导 读

《萨尔：巨龙的黄昏》是《魔兽世界：大地的裂变》(以下简称为《大地的裂变》) 资料片的主线剧情小说，主要故事发生在“大地的裂变”版本到“火焰的愤怒”版本间。其中既包含游戏中涉及的选举新任蓝龙王等内容，也有未能在游戏中呈现的对抗多彩龙克洛玛图斯之战，等等。

纵向阅读，本书以《大地的裂变》中主角萨尔的经历作为主线，但同时全书剧情紧紧围绕着面临死亡之翼和多彩龙等重重威胁的巨龙军团横向展开。因失去挚爱而陷入悲伤的阿莱克斯塔萨、迷失在时间洪流中的诺兹多姆、动荡分裂的蓝龙军团……为了让他们能够再度振作，萨尔只能踏上旅途。

值得一提的是，在萨尔进入时光之穴错综复杂的时光流中时，意外来到其他时间线上的艾泽拉斯世界——萨尔在被布莱克摩尔收养几天后就不幸早夭，布莱克摩尔则实现了自己称霸洛丹伦的野心。萨尔与这个时间线上的塔蕾莎意外相会，而这个时间线的布莱克摩尔成了永恒龙军团的帮凶，跨越时间前来追杀唯一能阻止暮光之刻的萨尔。

本书中最为重要的反派——暮光神父，在故事的终盘才暴露出其真实身份，他正是“暮光审判”版本中，暮光审判地下城里玩家所要面对的大主教本尼迪塔斯。尽管表面上他以光明大教堂的大主教身份作为掩护，其实本尼迪塔斯早已成为暮光之锤的忠实信徒。在本书中，他蛰伏在幕后为死亡之翼效力，成为后来袭击萨尔的伏笔。

尽管本书属于巨龙系列官方小说，但这次执笔的却是克里斯蒂·高登女士。比起理查德·A.纳克笔下富有神秘色彩和威严象征的龙族，高登则更多刻画与展现巨龙一族细腻的一面：阿莱克斯塔萨与考雷斯特拉兹间深厚的感情、卡雷苟斯在面对蓝龙军团之主一位争夺时的迷茫、诺兹多姆在身陷时间之流时还能洞察真相的睿智……

巨龙一族的形象在《萨尔：巨龙的黄昏》中变得更为贴近凡人，巨龙们亦有着自己的情感和烦恼，有时也需要凡人的指引才能重新振作。这也暗示着本书标题中所潜藏的寓意——守护巨龙的时代已近黄昏，凡人的时代即将来临。

——编者

第一章

萨尔，曾经强悍而伟大的部落酋长。现在，他只是一名萨满，和站立在他身边的同伴一样，紧闭双眼，努力站稳双脚。他们脚下的地面正在剧烈地跌宕起伏。在狂暴激荡的海面上，这只是一小片可怜的陆地，不断震荡、颤抖，显得痛苦不堪。

不久以前，一头发疯的守护巨龙闯入了艾泽拉斯，狠狠地撕裂了这个世界。疯狂的死亡之翼再一次被释放到这个世界上，汹涌而来的破坏力给艾泽拉斯留下了一道深深的伤口。对于那些还没有放弃希望的人来说，艾泽拉斯依旧是可以治愈的，但它将永远不会是以前的样子了。

在这个世界的正中心，一个被称作大漩涡的地方，在海底深处沉睡了无数个岁月的陆地骤然间被推升到海面以上。在这里，竭尽全力想要修复这个破碎世界的人们聚集到了一起。

他们是强大的萨满，大地之环的成员。他们全都舍弃了各自重要的任务与职责，齐集于此。他们之中的任何一个人面对这场灾难都很难有所作为，但是当所有这些技艺高深、深具智慧的萨满团结在一起的时候，他们至少不会再软弱无力了。

现在这里一共有数十位萨满。他们全都紧闭双眼，或者单身一人，或者结伴成双，或者聚成小群，在这座地面依旧湿滑，不断颤抖的岩石小岛上努力站稳身子。所有人都高举双臂，像是在宣布命令，又像是在向天空恳求。在精神层面上，他们已然结为一体，正在全力以赴施展一种治疗法术。

萨满们在尝试安抚大地元素，并鼓励它们进行自我治疗。实际上，受到伤害的是这些元素，而不是萨满，而且大地元素所蕴含的能量要远超过这些萨满。如果能够让大地平静下来，找回自我，大地就能运用自己浩瀚无边的力量弭平这场灾难。但直到现在，这片陆地，这些岩石、泥土和支撑艾泽拉斯的骨架仍然在相互冲撞。除了躯体的损伤，它们还在承受另外一种伤害：背叛。黑色的守护巨龙死亡之翼曾经被称为奈萨里奥。他是大地守护者，责任是护卫大地，并保守藏于其中的秘密。而现在，他对大地却已经毫不在意，只是不顾一切地将其撕成碎片，全然不理会他所造成的劫难和痛苦。

大地在哀恸，并因此而剧烈地震动着。

“立稳足根！”一个声音喊道。虽然地面在颤抖中发出震耳欲聋的轰鸣，狂涛猛浪吼叫着要将他们从这个岌岌可危的落脚之地扫荡下去，但萨尔依旧能清楚地听到这个声音。这是努波顿的声音。他是第一个成为萨满的破碎者。这一次的仪式就是由他来主持的。到目前为止，他都以超凡绝伦的能力掌控着局势。

“向兄弟姐妹们敞开自己！知晓他们，感觉他们，看到生命之灵在他们体内闪耀，如同光辉的火焰！”

和萨尔一同站在一片刚刚形成的、稍大一些的礁岩上的是阿格娜，一名玛格汉兽人，霜狼氏族的后代。萨尔在纳格兰与她相逢，并爱上了她。她有着健康的棕褐色皮肤，红褐色的长发在脑后被束成一条马尾辫，除此之外，头顶上其余的头发都被剃光了。她的一只手紧握着萨尔，手指格外有力。他们现在所施展的法术绝没有半点柔和细腻的成分。他们正在梳理和治疗整个世界的伤口。

他们毫无畏惧地站在惊涛骇浪之中，身边不远处就是陡峭的悬崖。狂风托起海面，狠狠地砸在犬牙交错的巉岩上。在让伤口开始愈合之前，所有这些发狂的力量都需要先平静下来，但这依旧是一个冒险的选择。

萨尔感觉到自己的肌肉绷紧，在竭力让他能够站稳。这简直就像是一场杂耍：他要在狂躁不安的地面上站稳，不能一头栽进饥饿的海洋中，或者倒在锋利的岩牙上；同时又要在内心中保持绝对的平静，让他能够与自己的萨满兄弟姐妹们在灵魂的最深处建立联结。只有在那个地方，技艺深湛、准备充分的萨满才能够引入生命之灵，以这种能量和元素进行沟通，影响它们的运行，并与其他共同施法的萨满融为一体。

萨尔能够感觉到所有的萨满在向他伸展过来。在无尽的混乱之中，他们共同形成了一片平静的绿洲。萨尔竭尽全力要进入自己的内心深处。他努力控制住呼吸，快速轻浅的呼吸会让他的身体感觉到忧虑和恐惧，所以他需要强迫自己的肺悠长而大量地吸入，再呼出带有盐味的潮湿空气。

从口中吸入……从嘴里呼出……从脚底进入大地，伴随着心念向远处延伸。紧紧抓住阿格娜，但不要依赖她。闭住双目，敞开灵魂。找到核心，并在核心中找到平静。伴随着这份平静，与其他人联系在一起。

萨尔感觉到手心在冒汗。他的重心开始移动，突然间脚下一滑，他急忙恢复平衡，再次开始深呼吸，凝聚精神的过程。但他觉得自己的身体仿佛有了自己的意志，根本不听他的命令。这副躯体想要战斗，想要采取行动，而不是站在这里，呼吸，平静。他……

一阵强光蓦然亮起，甚至透过了这个兽人紧闭的双眼。随后是一阵可怕的爆裂声扯动着他的耳膜——这是一道近在咫尺的闪电。紧随其后的是一阵更加深沉的隆隆声，地面的颤抖更加猛烈了。萨尔及时睁开眼睛，发现数码之外一片被闪电烧焦的地面崩塌了，塌陷一直延伸到一个地精和一个矮人的脚下。他们同时惊呼一声，相互抓紧，同时又抓住了另外一边的萨满。两个人就这样悬挂在了怒涛和岩牙之上。

“坚持住！”死死抓住地精的牛头人喊道。他用巨大的蹄子稳稳踏在岩石地面上，用力向上拽着地精的手；抓住矮人的德莱尼也在做同样的事。两名险些掉落海中的萨满就这样被拽了回来。

不远处的一座礁岩也变成了碎片，落进海中。这时，天空已被闪电撕裂，寒意刺骨的硕大雨滴打在萨满的身上。“撤退，撤退！”努波顿高声喊道，“撤到庇护所去……快！”聚集在这里的萨满不需要再多加催促。兽人、牛头人、巨魔、地精、矮人和德莱尼，所有种族的萨满都向他们的坐骑跑去，飞快地爬到自己正在颤抖的伙伴背上，催促坐骑向一片大型礁岩上的庇护所跑去。一直看着阿格娜上了她的飞行坐骑，萨尔才骑上自己的双足飞龙，飞向天空。

所谓的庇护所无非是一些临时搭建的棚屋。不过它们都位于这片新陆地的正中央，而且受到了层层结界的保护。每一位独身萨满和萨满夫妇都有各自的房间。这些棚屋呈环状排列，棚屋中央是一片用于举行仪式的圆形广场。布置在这里的结界能够保护萨满免于受到愤怒元素小规模的攻击，比如闪电。当然，它们无法阻止这片陆地碎裂崩塌，但现在这种危险随时都可能发生，无论萨满们身处何方，也不可能奢望逃过这场劫难。

萨尔先一步到达了庇护所。他掀起熊皮门帘，让阿格娜进屋，然后放下帘子，将其在门框上绑紧。如注的雨水狠狠击打在熊皮上，仿佛要闯进这幢小屋。整个小屋的框架都在微微颤抖着，抵抗着强风的推搡。它会坚持住的。

萨尔迅速脱下了被雨水浇透的长袍，全身微微颤抖。阿格娜也在沉默中做着同样的事。如果他们的速度不够快，湿透的衣服会比盲目落下的闪电更快杀死他们。他们分别擦干绿色和棕褐色的身体，从箱子里取出干爽的长袍穿上。萨尔点燃了一只小火盆。

他感觉到阿格娜的目光落在自己的身上，寂静在棚屋中持续着，空气显得格外沉重。终于，阿格娜打破了沉默。

“古伊尔　。”她开口道。她的声音低沉沙哑，语气中充满了关切。

“什么都不必说。”萨尔只是忙着烧热水，为两人准备饮料。

他看到阿格娜向他皱了皱眉，然后又翻翻眼珠，努力地咽回已经到了喉咙口的话。萨尔不喜欢用这样的口气对阿格娜说话，但他的确没有兴趣讨论刚刚发生的事。

他们的施法失败了，萨尔知道，失败的原因就在他身上。

他们无声地坐在火盆边，暴风雨就在屋外咆哮。大地的隆隆声依旧持续不断。终于，几乎就像是一个哭泣中的孩子渐渐睡去，大地恢复了沉寂。萨尔能够感觉到，这并不是因为大地元素平静了下来，更不是因为世界的伤口被治愈了。整个世界只是不再发出任何声息。

直到下一刻的到来。

萨尔几乎立刻就听到了屋子外面的召唤。他和阿格娜重新跑到灰色的天空下。他们赤脚所踩到的地面依然满是积水。其他人这时也都聚集到了主广场上。每个人的面孔上都反映出沉郁的忧虑、疲惫以及不可动摇的决心。

努波顿转向赶过来的萨尔和阿格娜。他曾经是一名德莱尼，现在，他已经不再拥有高大强壮、令人自豪的身躯。他的身体枯瘦、腰背弯曲，因为长时间暴露在恶魔能量中，他的骨架几乎已经是畸形的了。许多破碎者都是黑暗而且堕落的，但努波顿绝非如此。实际上，他应当受到赞美，正是他向萨满力量敞开了自己伟大的心灵，才将这种力量带给了他的族人。在他身边站立着几名德莱尼。他们蓝色的身躯并没有受到恶魔能量的伤害，皮肤依旧光洁健康。但在萨尔和这里的众多萨满眼中，努波顿远比他们显得更加高大伟岸——只因为他是努波顿。

当这位高阶萨满的目光落在萨尔身上的时候，萨尔只想将头转开。他对这个人抱有深深的敬意。实际上，他尊敬聚集在这里的每一位萨满。他绝不想让他们失望，但他辜负了他们。

努波顿用一只大手扶住萨尔。“不要这样，我的朋友。”他温和地看着这个兽人，声音也如同他的眼神一般平静。

但并非所有人都像努波顿这样宽容。萨尔能感觉到愤怒的目光向他射来。越来越多的人正加入到这场非正式的集会之中。

“你知道我们尝试使用的法术。”努波顿的声音依旧镇定如常，“它的目的是安抚大地。没有人会否认这个任务有多么困难，但我们都了解这个法术。你能否告诉我们，为什么你……”

“不要再拐弯抹角了。”雷加说道。他是一头身材魁梧的兽人，粗蛮的脸上能看见一道道战斗留下的伤疤。大概没有人会把这样一张脸和“心灵的领悟”联系在一起。但任何仅凭他的相貌就作出判断的人都大错特错。雷加曾经是一名角斗士，一个奴隶主。后来，他成为萨尔忠实的朋友与谏臣。现在他正当盛年，还有很长的一段生命历程要走。面对他的怒火，如果萨尔不曾是整个部落的酋长，很可能会被吓得不知所措了。“萨尔……你到底出了什么问题？我们全都能感觉到！你没有集中精神！”

萨尔感觉到自己的双手想要握成拳头，急忙强迫它们放松开来。“因为你是我的朋友，我才允许你这样对我说话，雷加。”他的声音不高，但语气中已经显露出怒意。

“雷加是对的，萨尔。”穆恩·大地之怒用他浑厚深沉的声音说道，“这个任务非常困难，但并非绝无可能。实际上，我们都很熟悉这个仪式。你是一名萨满，而且你已经通过了全部必需的仪式，并得到了你的人民的认可。德雷克塔尔将你视为族人的救星，因为元素在沉寂了多年之后，开始与你交谈。你不是缺乏经验的孩子，你不需要娇宠和同情。你是大地之环的一员，一个有着荣誉和力量的人，否则你就不会出现在这里。但你在这个至关重要的时刻退却了。我们本应该能够平息这场地震。但你破坏了大家全部的努力。你需要告诉我们，是什么让你分了心。也许这样我们才能帮助你。”

“穆恩……”阿格娜开了口，但萨尔抬起手阻止了她。

“没什么。”他对穆恩说道，“这个任务要求太高，太过繁重。我的脑子里还想着很多事情。就是这样。”

雷加咒骂了一声。“你的脑子里还想着很多事！”他恨恨地说道，“我们也都在想着些不重要的事。比如拯救我们的世界，不要让它分崩离析！”

眨眼之间，萨尔视野中所有的东西都变红了。不等他说话，穆恩已经开了口。“萨尔是部落的领袖，雷加，而你不是。你不可能懂得他背负着怎样的重担。这样的重担不是简简单单就能放下来的。作为一个不久之前还拥有奴隶的人，你没有资格在道德上评判他！”

他又转向萨尔。“我不是要攻击你，萨尔。我只是想知道我们该如何才能帮助你，让你能更好地帮助我们。”

“我知道你有什么打算。”萨尔的声音已经接近于吼叫了，“我不喜欢这样。”

“也许，”穆恩依旧坚持着彬彬有礼的态度，“你需要休息一下。我们的任务的确有着太严苛的要求。就算是最强的人也会感到疲惫。”

萨尔甚至没有向面前这位萨满告别。他只是点点头，就回身向自己的棚屋走去。

现在他的怒意绝非平日可比，而他最生气的正是他自己。

他知道，自己是这场仪式中最弱的一环，并且在最需要将精神彻底集中的时刻没有能控制住自己的思维。他还不能进入自己的内心深处，与其中的生命之灵建立联系。这正是他现在急迫要做的，而他甚至还不知道自己能否做到这一点。正是因为他没能做到，他们的努力才失败了。

他对自己很不满意，也不满意这次任务，不满意刚才无聊的争吵——他什么都不满意。萨尔惊讶地意识到，这种愤懑的情绪在他心中已经郁积很长时间了。

几个月以前，他做出了一个艰难的决定：离开部落酋长的位置，为的就是来到这里，来到大漩涡。作为一名萨满的使命这时已经超越了领袖的职责。一开始，他以为这只是暂时的。他将酋长的职位交托给加尔鲁什·地狱咆哮——格罗姆·地狱咆哮的儿子。随后他便前往纳格兰，接受他的祖母，也就是盖亚安的教诲。在恐怖的大地的裂变撼动艾泽拉斯以前，萨尔就已经感觉到了元素的不安。他那时便希望能做些什么让元素平静下来，阻止现在这场已经遍及整个世界的灾难。

在纳格兰，真正指导他的却不是他的祖母，而是一位美丽动人，却又总是让他感到恼火和沮丧的萨满——阿格娜。她一直毫不留情地督促萨尔，强迫他进入自己的内心和整个世界的最深处，去寻找真实的答案。在这一过程中，他们两人坠入了爱河。当大地的裂变到来时，他返回了艾泽拉斯，并决定前往大漩涡，为了保护自己所钟爱的世界而战。

这一切看起来都是正确的——虽然是艰难的选择，但也是最佳选择。离开自己熟悉和热爱的地方，为的是做更好的事情。但现在，萨尔的心中产生了怀疑。

正当萨尔在纳格兰逗留的时候，加尔鲁什杀死了萨尔的挚友——牛头人酋长凯恩·血蹄。他们进行了一场一对一的正式决斗。后来萨尔才知道，加尔鲁什早已与凯恩·血蹄不合，在受到了玛加萨·恐怖图腾的欺骗之后，他拿着一把有毒的利刃和凯恩进行了这场决斗。如果萨尔不离开艾泽拉斯，凯恩就不需要反抗加尔鲁什的命令，就能够活下来。萨尔至今依然无法摆脱这种想法。

他本来期待阿格娜会……他不知道自己应该期待些什么，但至少阿格娜应该和其他人不一样。刚刚和这个女孩相遇的时候，萨尔曾经被她的鲁莽率真吓了一跳。但很快，他便开始欣赏她的这些特质，更进一步爱上了它们。而现在，阿格娜本应该是他坚定的伙伴，应该支持他、鼓励他，但他却觉得阿格娜只是在和别人一起批评他。

他终究没有能帮助大地之环，让元素的躁动得以平复——今天的失败让他明白了这一点。他撇下了酋长的责任，承受着失去好友的痛苦，前来帮助大地之环。而他在这里一事无成。

一切都失败了。所有事情都不在它们应当的轨道上。萨尔——曾经的部落酋长、战士、萨满——对这一切却只有一种无能为力的感觉。

他不习惯这种感觉。多年以来，他一直统率着整个部落，而且他做得很好。对于战争和外交，他全都有着充分的理解，知道作为一名领袖，何时该倾听，何时该发言，何时该采取行动。而这种怪异的、让他觉得内心纠结的不确定感……这实在是一种非常陌生，同时也令他极为厌恶的感觉。

他听到了熊皮门帘被掀起的声音，却没有回头。

“就凭雷加对你说的那些话，我定要狠狠抽他耳光。”阿格娜的声音响起，响亮而又有力，“我早就应该抽他耳光了。”

萨尔用沉闷的声音说道：“你实在很懂得如何给别人支持。我觉得自己真是得到了非常大的帮助。现在，我应该能出去，毫无困难地进入我内心的最深处了。也许这么多年以来，部落应该由你统率，而不是我。毫无疑问，那样我们就能够看到部落和联盟终于和谐相处，孩子们可以在奥格瑞玛和暴风城尽情嬉戏了。”

阿格娜咯咯地笑了起来。她的声音非常温暖。当她将手掌按在萨尔的肩膀上时，萨尔感受到了同样的温暖。他压抑下把那只手甩掉的冲动，却依旧紧绷着全身的肌肉，一动不动地站在原地，没有再说一句话。阿格娜用力握紧他的肩头。过了一会儿，她松开手，转到萨尔面前。

“自从我们相逢的那一天起，我就一直在看着你，古伊尔。”她的眼睛努力地在他的脸上搜索着，“一开始，我很讨厌你。后来，我爱上了你，开始关心你的一切。现在我看着你的时候，心中只有爱和挂念，而我的心却因为我所看到的一切感到深深的困扰。”

萨尔没有回答，但他在认真听阿格娜说话。女兽人的手温柔地抚过他坚毅的面孔，轻轻摩挲着他绿色额头上的沟壑。

“我知道你经历过很多磨难，但我现在摸到的这些皱纹在我们相遇的时候还不曾有过。这双像天空和海洋一样湛蓝的眼睛里也没有今天的哀伤。这颗心……”她伸手按在萨尔宽阔的胸膛上，“……跳动得绝没有这样沉重。无论你的内心中有些什么，它只是在伤害你。但因为它并非是来自于外界的威胁，所以你不知道该如何与这样的敌人作战。”

萨尔眯起眼睛，感到稍微有些困惑。“仔细和我说一说。”

“你所荒废的……不是你的身体——你仍然强壮，拥有非凡的力量。但你的精神正在衰弱，就好像你的一部分在被寒风和冻雨一点点剥蚀。如果你任由这样的事情继续下去，你就会被伤痛摧毁。而我……”她突然瞪起了那双明亮的褐色眼睛，声音也变得严厉起来，“绝不会允许这种事发生。”

萨尔哼了一声，转过头。但阿格娜不依不饶地又追到他面前。“生病的是你的灵魂，而不是你的身体。你将自己深埋在了日复一日的部落事务中。结果当你离开的时候，你把自己也留在了部落。”

“我不想再听了。”萨尔的声音中流露出警告的意味。

阿格娜完全没有理睬他的警告。“你当然不喜欢听。你不喜欢受到批评。我们全都要听从你的吩咐。如果我们要表达异议，也必须抱持尊敬的态度。而最终的结论一定要由你来下达，酋长。”

阿格娜的声音中没有任何嘲讽的意思，但她的每一个字都刺进了萨尔的心里。“你是什么意思？我不接受批评？我一直都会倾听不同的声音。我在制定任何计划的时候都会邀请大家提出反对意见。只要是对我的人民最为有利，我甚至会与我的敌人进行沟通。”

“我并没有否认你做过的所有这些事情。”阿格娜镇定如常地说道，“但这并不意味着你能够很好地接受人们的批评。当凯恩从奥格瑞玛来找你，告诉你他认为你错了的时候，你又是怎样反应的？”

萨尔打了个哆嗦。凯恩……他的意识闪回到自己最后一次见到这位挚友的时候。那时，萨尔派人给那头老公牛送去消息，告诉凯恩，加尔鲁什将会在他离开的时候负责管理部落事务。凯恩立刻就找到萨尔，并直言不讳地告诉他，把这么大的权力交给加尔鲁什是一个严重的错误。

“我……需要你帮我度过这个难关，凯恩。我需要你的支持，而不是你的反对。”萨尔那时候这样对凯恩说道。

“你向我寻求智慧和理智。我只能给你一个答案，不要把这样的权力交给加尔鲁什……这就是我的智慧，萨尔。”凯恩如是回答。

“那我们就没什么可说的了。”

萨尔扔下这句话，就走掉了。

那是他最后一次见到活着的凯恩。

“你当时并不在场。”萨尔说道，他的声音在痛苦的回忆中变得沙哑，“你不明白。我必须……”

“呸！”阿格娜用力挥着手，仿佛是在驱赶嗡嗡叫的苍蝇，“你们那时候都说了些什么并不重要。你也许的确是对的。而且现在我也不在乎你的那个决定是否正确。但你肯定没有认真听他的话。你把他挡在了门外，就像是捆住了这条门帘，把雨滴全部挡在外面一样。你也许永远也不可能说服他。但你能对我说，你认真听过他的建议吗？”

萨尔没有回答。

“你拒绝了一位老朋友的劝告。如果凯恩相信你认真听取了他的意见，也许他就不会认为有必要挑战加尔鲁什了。而现在，你永远也不知道当时换一种态度，结果又会怎样。因为他已经死了。你甚至不能再给他一次机会，让他好好表达一下自己的看法。”

就算是阿格娜狠狠给他一拳，萨尔也不可能比现在更加震惊。他实实在在地后退了一步。阿格娜的批评让他感到头晕目眩。实际上，他的心中一直隐藏着这个疑问，只是他从没有敢把它说出来。最近，他更是时常会在深夜里辗转反侧，思考这个问题。他心中清楚，自己必须前往纳格兰。以现在的形势判断，这是他能做出的最佳选择。但……如果他当时不那么着急离开，更认真地思考一下凯恩的建议……结果又会怎样？阿格娜是对的……无论他是多么不愿意承认这一点。

“当其他人表示不同意见的时候，我一直都能认真听完他们的话。看看我和吉安娜会面时的样子，你就会知道了！她并不总是赞同我的见解。她也从不会约束她的舌头。”

阿格娜哼了一声。“一个人类女性。她根本不知道该怎样对兽人说狠话。吉安娜·普罗德摩尔对你根本没有威胁。她也不会真正反对你。”她皱起眉头，露出一副若有所思的神情，“你的塔蕾莎也不会。”

“当然，她不会反对我。她是我的朋友！”萨尔胸中的怒火越来越盛。他完全没有想到，阿格娜竟然会把塔蕾莎·福克斯顿扯进这场她似乎打定主意要和他进行的怪异争斗中来。塔蕾莎是一个人类女孩。当她还只是小孩的时候，就成了萨尔的朋友。长大以后，她想办法帮助萨尔逃脱了角斗士的命运，让萨尔不再只是埃德拉斯·布莱克摩尔领主的一名奴隶。为此，她付出的代价是自己的生命。“这个世界上，几乎没有人像她那样为我牺牲了那么多。而她是一个人类！”

“也许这正是你的问题，古伊尔。一个并非是由你造成的问题。在你的生命中，最重要的女性全都是人类。”

萨尔眯起了眼睛。“你应该注意自己的舌头。”

“啊哈，你又一次让我看到了我所说的事实：你听不得别人的不赞成。你不喜欢听我说话，只想让我闭嘴！”

阿格娜说的是实话，所以她的话格外刺痛了萨尔。萨尔吃力地深吸了一口气，竭力控制住自己的愤怒。

“那么告诉我，你是什么意思？”

“我来到艾泽拉斯的时间并不长，但我已经听说了那些谣言。那些谣言让我怒火中烧，所以它们一定也让你非常气愤。人们在暗中议论你和吉安娜的绯闻，甚至捕风捉影地说你和塔蕾莎也有过亲密的交往。”她的声音中充满了怒意和厌恶。萨尔不知道她气恨的对象是他，还是那些谣言。不过他也不在乎。

“你这一步走得很危险，阿格娜。”他低声吼道，“吉安娜·普罗德摩尔是一个坚强、勇敢、聪明的女人。她曾经冒着生命危险帮助过我。塔蕾莎·福克斯顿也是一样。而且她甚至为我牺牲了自己。我不会让你用这种狭隘的态度诋毁她们，只不过因为她们不是兽人！”

萨尔逼近到了阿格娜的面前。两个人的面孔相距只有几寸。阿格娜连眼睛都没有眨一下，只是稍稍挑起了一道眉毛。

“你根本没听懂我在说些什么，古伊尔。我在重复谣言。而且我从没有说过我会相信这些谣言。我也从没有说过这两个女人有什么不好。也许她们唯一的缺点就是不懂得如何批评一个兽人。

实际上，她们都让我看到了人类的可敬之处。但她们毕竟不是兽人，古伊尔。而你恰恰又不是一个人类。你不知道该如何应对来自于同族女性的质疑；或者，也许你根本不知道该如何面对任何人的质疑。”

“我无法相信你竟然会这样说！”

“我更无法相信，直到这个时候，你还没有听懂我说的话！”他们两人的声音都在提高。萨尔知道，这个勉强能为他们遮风挡雨的小棚子不可能阻止外面的人听到他们的争吵。而阿格娜依旧对他不依不饶。

“你一直都躲在酋长的面具后面。所以你现在发现，你已经很难摆脱这层面具了。”她将面孔向萨尔逼得更近，怒气冲冲地说道，“你依然在用奴隶的称谓来称呼自己，因为你现在是部落的一个‘萨尔’。你以为要忠于职守，其实是给自己套上了一副奴隶的枷锁。而这副枷锁却又成为你的一面盾牌、一道屏障，为你挡开阴影、愧疚、恐惧和反思。你是你自己的奴隶，也是其他所有人的奴隶。你总是预先做好计划，却从不给自己一些时间考虑一下你已经走了多远；考虑一下你的生命应该是一件多么神奇的礼物。你总是在为明天谋划，那么现在呢？此时此刻……还有这许多微不足道的小事情呢？”

她的声音柔和下来，眼睛里闪动着温柔，而不再是愤怒。她按住萨尔的手，动作轻柔得让萨尔感到吃惊。“你该如何使用这只强有力的手？”

萨尔气恼地将手从阿格娜的掌心中拽开。他已经受够了。先是大地之环，然后又是阿格娜。这个女人本来应该和他站在同一条阵线上，无条件地支持他。他转过身，背对着阿格娜，头也不回地向棚屋门口走去。

阿格娜的声音依然紧追着他。

“没有了部落，你就不知道自己是谁了，古伊尔。”向以前每一次一样，阿格娜只用父母给他的名字称呼他。萨尔从不会使用这个名字。他从没有见过给他这个名字的家人。阿格娜已经用这个名字叫过他上千次了，但突然之间，萨尔觉得这个名字让他感到非常恼火。

“我不是古伊尔！”他咆哮道，“我得告诉你多少次？不要这么叫我！”

阿格娜依旧连眼睛都没有眨一下。“你不明白吗？”她的声音显得非常哀伤，“如果你不知道自己是谁，你又怎么可能知道该怎样做？”

萨尔没有回答。

第二章

“这次会议很可能不会有多么愉快。”说话的是伟大的红龙守护、生命缚誓者阿莱克丝塔萨。

考雷斯特拉兹发出一阵笑声。“我的爱人对于用词的婉转真是有着过人的天赋。”

伟大的守护者和她唯一还在世的配偶考雷斯特拉兹虽然都是红龙，但是当他们在红玉圣殿说话的时候，却更喜欢选择精灵体貌，而不是巨龙的身躯。每一支龙族都有这样一个庇护所，一个不在时间与空间之中，由独立的魔法维度所界定的地方。每一个庇护所的样子只体现出这一龙族的喜好风格。红玉圣殿曾经就像是天灾到来之前的高等精灵之地一样。树林的叶片呈现出温暖的红色，平缓的山丘连绵起伏。进出这个特殊地方唯一的道路是一个传送门。现在这道门受到了更为严密的守卫，因为最近这个红龙军团的圣地刚刚遭受过黑龙军团的进攻，敌军的统帅自称为暮光巨龙的一员。红玉圣殿在那场战争中遭到了严重破坏，不过现在它已经开始渐渐恢复了。

现在圣殿中只有这对夫妇，周围环绕着他们的孩子——数百颗龙蛋被摆放在这里：这里有他们的后裔，也有其他红龙的孩子。并非所有红龙都选择红玉圣殿安放他们的蛋，整个世界都是他们的家，是全部龙族的家园。但这里才是红龙家园的核心，是他们的庇护所，是只属于红龙的安全之地。

“大多数蓝龙都在因为玛里苟斯的遇害而心神不定。不过换成是我，可能也不会比他们好多少。”阿莱克丝塔萨说道。

玛里苟斯，魔法之巨龙守护者和蓝龙一族的族长。他的一生充满了灾厄。他曾经被死亡之翼逼入千年的疯狂。就在不久之前，他才刚刚从那种可怕的状态中恢复过来。除了心中满是仇恨的黑龙之外，其他所有龙族都为这一消息雀跃不已。但恢复清醒的欢愉和快慰只持续了很短一段时间。玛里苟斯一恢复神智，就立刻将全副精力投入到对艾泽拉斯魔法的分析之中。很快，其余龙族也都知道，玛里苟斯得到了一个令人心寒的分析结果——奥术魔法的能量正在这个世界中暴走。而造成这种危险局面的正是凡间种族对这股力量的滥用。

于是，玛里苟斯挑起了一场战争。

玛里苟斯将艾泽拉斯大地中运行的魔法能量转移到了他的能量宝座——魔枢里面。这种转变引发了狂暴而且有着毁灭性危险的连锁反应。整个世界的外壳都开裂了。不稳定的裂隙同时也撕开了被称为“扭曲虚空”的魔法维度结构。玛里苟斯想要“纠正”他感知到的奥术魔法错误，但他的行为却是错上加错。他必须被阻止……无论付出怎样的代价。

在痛苦的魔枢战争中，巨龙与巨龙相互残杀。直到最后，生命缚誓者不得不亲自做出痛苦的决定——摧毁刚刚从千年的疯狂中清醒过来的玛里苟斯。

阿莱克丝塔萨召集起她的龙族，并与肯瑞托的贤者们结盟。在生死存亡的关头，其余龙族也都全力支持红龙一族，与红龙军团齐心协力来完成这个充满了苦涩的任务。龙族联手组成了龙眠联军，合力击败并杀死了玛里苟斯，结束了这场血腥的战争。而现在，失去了领袖的蓝龙们全都陷入了深深的哀恸之中。

阿莱克丝塔萨准备参加的这场在龙眠神殿中举行的会议，是蓝龙守护者亡逝之后龙眠联军举行的第一次集会。那场战争之后，各龙族反而更加珍视彼此之间的关系——无论这关系是多么脆弱和紧张。

“我并不相信他们已经准备好作为巨龙族群之一与我们进行会谈——或者，至少能与我们心平气和地交谈。”考雷斯特拉兹说道。

阿莱克丝塔萨用手指摩挲着爱人的下巴，露出了微笑。她的眼睛里满是温暖的爱意。“就是你的这根舌头，让你在我们最近的每次集会中都有些‘太’受欢迎了，我的爱人。”

考雷斯特拉兹有些羞赧地耸了耸肩，亲昵地将脸靠在阿莱克丝塔萨的手上。“这个我不能否认。在你的配偶中，我从来都不是最受族人欢迎的一个。但现在，我是你唯一的配偶了。恐怕我只能比以前更频繁地捋一捋大家的逆鳞。我必须说出我所见到的事实。这是我的责任，也是我能为巨龙族群所尽的义务。”

“也是我这么爱你的原因之一。”阿莱克丝塔萨说道，“只是，这样做没法让你得到其他龙族的好感。而且，我们不能对蓝龙一族过度歧视。毕竟做出错误决定的是玛里苟斯，而不是所有蓝龙。你不能继续因为那件事而排斥他们——他们的处境已经非常艰难了，更何况，现在只是他们鳞片的颜色就已经足以让其余龙族怀疑他们是叛徒了。”

考雷斯特拉兹犹豫了一下。“我……你知道，我很喜欢卡雷苟斯。而且，我相信蓝龙中还有人能够清醒地看待当前的局势。但大部分蓝龙的眼睛里只有他们自身的损失——他们需要找一个可以怨恨的对象，把一切罪责都推到他的头上。而在蓝龙的心目中，我们一族显然是对他们伤害最深的。”

片刻之间，紧蹙的双眉破坏了阿莱克丝塔萨姣好的面容。她音乐一般的声音也变得锐利起来。“我很感激你的直率，但红龙一族的想法和我的配偶也许并不完全相同。”

“你有全艾泽拉斯最仁爱的心，但有时候，一颗善良的心反而会蒙蔽……”

“你以为我看不清吗？我曾经率领我们的军团与一位守护者作战，为的是拯救在我们的眼中转瞬间便会消亡的凡间生灵种族。考雷斯特拉兹，你喜欢混迹于凡人之中，但不要以为这就意味着只有你才能看清眼前的状况。”

考雷斯特拉兹张开嘴，想要反驳，却只是说道：“我这样说，只是因为我担心你。”

他的爱人立刻软化了下来。“我知道，但也许你……所担心的问题在这次会议中不会受到蓝龙的欢迎。”

“这种事从来都不会受欢迎的。”考雷斯特拉兹露出一丝会心的微笑，“所以，我们又绕回到出发点了。”他捧起阿莱克丝塔萨纤细的双手，在上面轻柔地各吻了一下。“不要理会我的胡思乱想，也不必有我跟随，抱持你的信念去参加会议吧，我的心。你才是守护者。他们需要听到你的声音。和你相比，我实在是微不足道，不过是一块会让他们感到硌脚的石子。”

阿莱克丝塔萨点了点头，满头火焰颜色的秀发也随之摆动。“因为这是第一次集会，气氛肯定会相当紧张。等到我们开始讨论具体方案的时候，你的睿智与洞察力一定会有用武之地的。而今天，我相信我们要做的是沟通和治愈旧伤口。”

她向前俯过身。这对恋人的嘴唇轻触在一起，温柔又甜美。他们喜爱精灵形态的原因之一，就是温软的精灵皮肤在接受爱抚的时候要远比龙鳞更加敏感，让他们能真正体会到对方的爱意和自身的欢愉。轻轻一吻之后，他们微笑着分开来，刚才的争吵——如果那能被称作是争吵的话——已经被忘在脑后了。

“我很快就会回来。希望那时我能带来好消息。”阿莱克丝塔萨继续向后退去。她满含微笑的面孔发生变化，一只高傲的长吻开始向前凸出。她的全身开始闪耀起朱红色的光泽，明亮的金色眼眸也在变大。几乎一眨眼的工夫，她已经从一位窈窕动人的精灵女郎变身成一头放射出红艳光华、辉煌壮丽的赤色巨龙。

考雷斯特拉兹也改变了形体。对于精灵和龙的形态，他都非常喜欢，但这毕竟才是他天然的样子——头角峥嵘、鳞片闪烁、巨大而且强悍。片刻之后，两头令人瞩目的红龙出现在了红玉圣殿之中。

阿莱克丝塔萨扬起生出长角的头，再一次用巨大的双唇轻轻地吻了一下她的爱人。别的种族看到如此强大的生物竟然也会有这样温柔的一面，一定会大吃一惊。然后，红龙族长就以与自己庞大的身躯全然不符的优雅姿态向空中跃去。有力地扇动了几下翅膀之后，她消失在了天边。

考雷斯特拉兹依旧眺望着她离去的方向，目光中充满关爱。然后，他的视线转向了分布于他周围的龙卵。看着这些尚未孵化的龙族后裔，他不由得放下了心中的种种牵挂，享受着这骄傲和充满爱意的时光。忽然间，他想起了自己一直都很喜欢的那种人类习俗，一双硕大眼睛的眼角在诙谐的心情中微微翘起。“孩子们，来一段睡前故事好不好？”

* * *

阿莱克丝塔萨飞过红玉圣殿。她集中精神，抛却心中的忧惧，让自己心中充满这个美丽世界的旺盛活力。小山谷中，红色的大树下，靠近那些高大巨石的特别窝巢里面——这里到处都能看到龙卵。在红玉圣殿通向外界的传送门两端，都有最强大的龙族守卫看护，以保卫那些幼龙宝宝们在蛋壳中平静安眠。龙族的未来就在这里，被强大而慈爱的力量保护着。看到这一切，阿莱克丝塔萨的心中便充满了喜悦。而此时此刻，这场四龙族集会的目的，便是为他们的未来奠定最坚实的基础。

但这种美好的愿景却无法驱走她心中所有的阴影。黑龙一族，曾经是那么稳固、坚实、真诚坦荡，正如同他们所保护的，与他们同为一体的大地一样。而现在，他们竟会追随他们发疯的族长死亡之翼，任由邪恶渗透进他们的内心。黑色群龙对其他龙族已经不再有兴趣，就连那位总是会露出羞赧微笑的纳莉丝也从龙眠神殿中消失了。阿莱克丝塔萨很怀疑自己是否还能再次看到她的全部族类——红色、蓝色、绿色、金色和黑色巨龙们济济一堂的样子。这个想法让她感到无比哀伤。不过，这毕竟已经是一个陈旧的伤口，一个她已经习惯于承受的痛楚。她不会让这个旧创伤继续折磨自己，遮蔽住眼前这次会议将要给她带来的希望。

她很快就飞过了红玉圣殿的传送门，借助自己那双有力的翅膀一直向上，飞到龙眠神殿顶端。千年以来，这里一直都是龙族共同的圣地。在这里，典雅、修长的曲线一直向天际延伸，被冰雪覆盖的拱门和尖塔紧密地拱卫着这个地方，却又丝毫没有封闭压抑的感觉。龙眠神殿分为几层，向上逐渐缩小。诺森德的苍穹笼罩在神殿上方，柔和的蓝灰色天幕下流动着几缕白色的云絮。再向下，一尘不染的白色雪原几乎会让注视它的双眼感到疼痛。

神殿的顶端是一块装饰着花卉和几何图案的圆形小广场。一颗闪烁着蓝白色光芒的美丽球体飘浮在广场地面以上数十码的地方。它只有一个作用：象征着龙眠联军的团结一心。

在同心宝珠下面，阿莱克丝塔萨看到数十头巨龙已经齐集在此。其中有几头与她同族的红龙，也有一些蓝龙和为数同样不算少的绿龙。当然，黑龙不会来了——就算他们出现，也只会让这里沾染鲜血。但阿莱克丝塔萨还是沮丧地发现，这里并没有青铜龙的身影，就连那位天性乐观、力量超凡的克罗米也没有来。不过，这并不让阿莱克丝塔萨感到吃惊。

青铜龙的时光之王诺兹多姆已经有一段时间不曾现身了。时光之路遭到了一群自称为永恒军团的巨龙进攻。他们的动机至今还不甚清楚，但他们显然是下定了决心要摧毁真正的时光之路。阿莱克丝塔萨相信，诺兹多姆和他的青铜龙们肯定正在忙着对付那些来路不明的敌人。

就在阿莱克丝塔萨即将落地的时候，一阵阵充满怒意的吼声刺进了她的耳朵。

“这就是一位守护者的所作所为！”一个声音喊道。阿莱克丝塔萨认识那个声音，它属于阿瑞苟斯——一头精力旺盛、口无遮拦的蓝龙。他是玛里苟斯和那位蓝龙族长所挚爱的伴侣莎拉苟萨的孩子。在魔枢战争中，阿瑞苟斯曾经公开加入到父亲的阵营中，坚定而毫不迟疑地支持蓝龙族长。甚至直到现在，他依然在坚持他父亲的主张。

“红龙和一群连龙族都不是的法师决定要杀害一位守护者。你怎么能做出这种决定？谁又会是下一个目标，温和的伊瑟拉吗？还是恬淡寡欲的诺兹多姆？如果说谁需要为此而负责，那肯定是阿莱克丝塔萨。这个所谓的生命缚誓者似乎对于自己犯下的谋杀罪行没有丝毫愧疚。”

就在阿瑞苟斯进行演讲的时候，几头龙向天空中望过来。他们看到了生命缚誓者，但什么话都没有说。阿莱克丝塔萨以优雅的身姿降落在那头年轻巨龙的身边，镇定地说道：“我的责任是保护神圣的生命。而玛里苟斯的决定以及他随后采取的行动却将这个世界的生命逼入到了濒临毁灭的境地。我为你的父亲感到哀恸，阿瑞苟斯。这是一个痛苦的决定。但他所造成的伤害已经波及了太多生灵，甚至可能让整个世界解体。”

阿瑞苟斯迅速向前跨出一步，眯起眼睛，仰起了他那巨大的蓝色头颅。

“根据我们现在所掌握的情报，以及这个世界的变化状况，我依然不能确定我父亲发动这场战争的动机一定是错的。对于魔法的使用——或者容我直言，对这种能量的滥用，是我们应该深以为忧的事情。如果你不同意我父亲的作为，哪怕他真的考虑有误，你也应该有别的办法与他一同解决这个问题！”

“就算是你也必须承认——他是一位守护者。”阿莱克丝塔萨回应道，“无论出于何种原因，一位守护者绝不应该有他那样的疯狂行为。如果你那么关注他的安全，阿瑞苟斯，那你就应该帮助我们找到和平阻止他的办法。”

“生命缚誓者。”一个年轻的男性声音响起。他平稳的语气与阿瑞苟斯的暴躁形成了鲜明的对比。这头蓝龙走上前，带有敬意却绝不怯懦地低下了头。“阿瑞苟斯只是在做着他相信是正确的事情，就像许多蓝龙一样。我相信，他也像所有的蓝龙一样，急切地想要治愈旧日的创伤，重建他的族群，承担起我们共同的责任。”说出这番话的是卡雷苟斯。

阿莱克丝塔萨很高兴卡雷苟斯能够在这里。她的伴侣考雷斯特拉兹非常喜欢这头年轻的蓝龙，认为他是蓝龙中能够讲得通道理的一员。阿莱克丝塔萨相信，卡雷苟斯应该已经开始在说服他的同族了。

“我至少可以代表自己发言。”阿瑞苟斯咆哮着，气恼地瞪了卡雷苟斯一眼。

现在有许多蓝龙都认为他们受到了其他龙族的监视与迫害。在阿莱克丝塔萨看来，阿瑞苟斯则要比他的大部分同族在这方面更加敏感激进。她怀疑这与这头年轻蓝龙的个人经历有关——他曾经对其他龙族有着很深的信赖。这时，阿莱克丝塔萨又想到了克莉苟萨。她已经不是第一次为阿瑞苟斯的这位姐姐而感到痛心了。在那场惨烈的战争中，克莉苟萨的伴侣被杀害，她则在战争结束前失踪了。无论怎样不情愿，现实依旧是无情的——那位刚刚怀上第一批龙卵的年轻女士应该也陨落在战场上了。她一直都勇敢地反对阿瑞苟斯的莽撞行径，是极少数加入到反抗玛里苟斯阵营的蓝龙之一。想到她很可能是死在自己同族的手中，阿莱克丝塔萨只能更加感到哀伤。

“我知道，先父的计划的确会导致负面后果。”阿瑞苟斯很不情愿地说出了这句话。

“直到现在，我们依然能感受到这样的后果。”阿弗拉沙斯塔兹说道，他一直都是阿莱克丝塔萨忠诚的支持者，“整个世界都因此而承受着伤痛。而造成这场灾难的肇始者正是蓝龙守护者——你和这里的许多龙族曾经支持过的领袖。你们不只是必须承认你们被误导了，年轻的阿瑞苟斯，你们还需要纠正过去的错误。”

阿瑞苟斯眯起了眼睛。“纠正错误？你能纠正这个错误吗，阿弗拉沙斯塔兹？或者是你，阿莱克丝塔萨？你们夺走了我的父亲，抛下了一整支失去守护者的龙族。你们能把他带回来吗？”他的声音和整个身体都在散发出愤怒、挑衅和一种真切的、深沉的伤痛。

“阿瑞苟斯！”卡雷苟斯喝道，“玛里苟斯在决定做这件事的时候并没有发疯。而且他有过许多次回头的机会，但他终究没有回头。”

“我一点也不喜欢这样的杀戮，阿瑞苟斯。”阿莱克丝塔萨说道，“我的心仍然在为那些逝去的生命感到痛楚。我们全都失去了许多……无论是哪一支龙族，哪一位守护者，都因为这场战争而伤痕累累。现在该是我们相互敞开心扉，治疗伤口的时候了。我们不应该再彼此排斥，不应该再有任何隔阂。”

“是的。”一个平静的声音响起。这声音不大，却立刻终止了会场的争论。“我们应该相互坦诚以待、团结一致，而且要快。暮光审判即将到来，我们必须做好准备。”

这声音轻柔而悦耳。发言者走上前来，是一头神情有些害羞的绿龙。其他巨龙纷纷向两旁推开，为她让出空间。和大部分同族不一样的是，她的步伐算不上强壮有力，反倒更像是轻快的舞步。她的眼睛曾经在漫长的岁月中一直紧闭，现在却大睁着，闪耀着彩虹般的光晕。她不停地向两侧转头，仿佛随时都准备看到一些新奇的东西。

“你所说的这个暮光审判是怎么回事，伊瑟拉？”阿莱克丝塔萨不明所以地询问她的妹妹。在翡翠梦境中沉睡千年之后，伊瑟拉在这时苏醒了过来。不过阿莱克丝塔萨和其他许多龙族都还无法确定，她的神智有多少离开那个朦胧的世界，回到了现实。伊瑟拉似乎依然无法很好地把握这个真实的世界，总是显得神思恍惚、目光迷离。就连她的同族——那些像她一样几乎是永世栖息在翡翠梦境之中，守护大自然的绿色巨龙们——似乎也不知道该对她的话做出怎样的反应。至少可以说，伊瑟拉在真实世界中的行事风格是相当与众不同的。

“是不是你在梦中看到了什么？”阿莱克丝塔萨继续问道。

“我在梦中看到了一切。”伊瑟拉只回答了这样一句话。

“也许你说得没错，但对于现在的状况却毫无意义。”阿瑞苟斯抓住了绿龙守护者发言所制造出的空隙，“你已经不再是沉睡者了，伊瑟拉，但你始终都是一位守护者。也许，如果你在梦中见到了一切，你也有可能是见到了一些根本就不存在的东西。”

“哦，的确如此。”伊瑟拉欣然表示同意。

阿莱克丝塔萨不由得暗自感到一阵踌躇。就连她也不太清楚，该如何看待苏醒的伊瑟拉。当然，伊瑟拉绝不是神智昏聩，但阿莱克丝塔萨的这个妹妹显然还有些难以将她所见到的无数事物以相对连贯的形式拼合起来。今天，她大概是起不到什么作用了。

“如果我们能够同心协力，那当然是很好的事情——无论这个暮光审判是怎样一种状况。”阿莱克丝塔萨看着卡雷苟斯和阿瑞苟斯说道，“蓝龙一族必须决定该如何选出一位新的守护者，并尽快修补你们对这个世界造成的伤害。你们必须让我们能够再次信任你们。你们肯定也明白这一点。”

“我们必须？”阿瑞苟斯重复着红龙守护者的话，“为什么是我们‘必须’，阿莱克丝塔萨？你是谁，可以决定蓝龙必须做什么，不能做什么？你有什么资格审判我们？世界受到了伤害，你却不打算为了修补它而出力吗？正是因为你，我们才必须找到一位新的守护者。你又打算做些什么，让我们能够再次信任你？”

面对这番充满敌意的质问，阿莱克丝塔萨稍稍睁大了眼睛。但阿瑞苟斯还不肯善罢甘休。“我们又怎么能知道，如果我被选为守护者，你会不会杀死我？还有你的那个配偶——那个总喜欢自称为‘克拉苏斯’的家伙。他不是蓝龙的朋友。他在不断地说我们的坏话。我早就看出来了，他不会出席今天的会议。也许你也不希望他出现在这里？”

“考雷斯特拉兹救过你的命，阿瑞苟斯。”卡雷苟斯提醒他的同族兄弟，“那时，你的父亲还深陷在疯狂之中，彻底抛弃了你。”

这句话显然碰到了阿瑞苟斯的痛处。几乎没有人敢于向他提起这件事。玛里苟斯发疯的时候，的确抛弃了包括阿瑞苟斯和克莉苟萨在内的尚在卵中的蓝色幼龙。是考雷斯特拉兹发现了这些无人看护的龙卵，并将他们送到诺兹多姆那里，悉心照料。后来，这些龙卵又被移交给红龙族群。三支龙族为了一个共同的目的而齐心努力：抚育尚未孵化的、软弱无助的幼龙宝宝，无论他们在破壳而出的时候是红色、蓝色、绿色还是金色。

“即使他和我之间的确有个人见解之争，我也还是知道，他是值得我们尊敬的。我一直都能看到他的理性与睿智。”卡雷苟斯继续说道，“他对于吾族的指责甚至从没有比我自己的指责更严厉过。”听着他的话，阿瑞苟斯却渐渐眯起了眼睛。

“你到底是什么颜色的，卡雷苟斯？”阿瑞苟斯责问道。

“够了！”阿莱克丝塔萨厉声喝道。她从一开始就不认为这次会议能够顺利进行，但她至少希望不会发生这种没有意义的争吵。“龙族的外敌已经够多了，我们不应该把宝贵的时间浪费在这种纷争上！死亡之翼回来了，而且比以往更加强大。他几乎将艾泽拉斯撕成了碎片。而且他还有了本族以外的盟军：暮光之锤教派。无论伊瑟拉所说的暮光审判是什么意思，暮光龙的威胁已经迫在眉睫。红玉圣殿还没有从他们之前发动的袭击中完全恢复过来。如果我们还不能将我们的琐碎纷争搁置一旁……”

“你们杀害了我的父亲！你怎么敢说这是琐碎的纷争？！”

阿莱克丝塔萨很难被激怒，但现在，她大步走到那头年轻的蓝龙面前，高声说道："我说，够了！我们全都必须继续前进。过去的已经过去了，而现在的我们正面临巨大的危险。难道你没有听见我的话吗？难道你听不懂吗？死亡之翼回来了！"

现在，她的鼻子几乎已经碰到了阿瑞苟斯的鼻子，一双耳朵紧紧地抿在头颅两侧。"我们的世界从没有比现在更加脆弱过！我们龙族是强大的生物，但就算是我们也会害怕即将发生的事情。我们生活在这个世界上，阿瑞苟斯，我们必须保护它，治疗它。否则，即使是龙——包括你们蓝龙在内，也都将毁于一旦。我们必须找到……"

这时，巨龙们纷纷扬起长脖子，将目光转向天空。阿莱克丝塔萨也察觉到了天空中的异动。

有龙群正向这里飞来。

阿莱克丝塔萨还幻想着那是金色的青铜龙军团，但她立刻就看清了那些龙的鳞甲颜色，心怀恐惧地意识到了他们真正的身份。

"暮光巨龙。"她喘息着说道。

他们要直接摧毁龙眠神殿了。

第三章

这绝不是阿莱克丝塔萨想要看到的情景，但暮光龙军团的出现的确让其他龙族展开了一致的行动。巨龙们没有再多一句争吵，而是全数飞上半空，向敌人扑去，保护自己的神圣之地免受任何伤害。

这是一场同时充斥着美丽与残暴，感觉极不协调的战斗。数十头强大的巨型猛兽全身闪耀着红宝石、翡翠或者蓝宝石的色彩，在苍穹之下盘旋飞舞。他们的敌人身上则是太阳被地平线吞没前在天空中映照出的光泽——深紫、酒红、靛蓝。优雅与凶残纠缠在一起，变幻成一阵阵血雨。

就在这场激烈的冲突中，一个声音开始在巨龙的耳内回荡。

“你们实在是太好了，全都聚到这个小地方，让我能把你们这些弱小的生物一网打尽。”

阿莱克丝塔萨向聚在一起的三头紫色巨龙飞去，一路上上下翻飞，躲过他们的致命喷吐。借助眼角的余光，她看到一头蓝龙在半空盘旋，施放了一个法术，然后收起翅膀向下落去。她急忙转向，躲过了一阵冰锥风暴。一头紫色巨龙及时将自身化为虚体，但另外两头龙的速度太慢了。阿莱克丝塔萨抓住机会，向上冲去，将巨大的前爪刺入一头紫色龙的长颈。紫色暮光龙被困在自己的物质躯体中，没有足够的力量进行变化，只能发出一阵窒息的尖叫，用一双深蓝色的翅膀拼命拍打空气，想要挣脱红龙族长的利爪，黑色爪子则不停地抓挠着阿莱克丝塔萨的腹部。他的攻击受到了红宝石鳞片的阻挡，但阿莱克丝塔萨依旧感觉到炙热的痛楚从腹部传来。她继续向前爪上增添着力量，自身的疼痛很快便停止了。接着她松开爪子，软弱无力的巨龙尸体翻滚着坠落下去。但她已经无暇多看一眼那具尸体。

“你是谁？”她高声喊道。红龙族长的声音在冰寒的空气中显得格外洪亮强悍。“出来现身，报上姓名，或者让我们把你视作一个妄言的懦夫！”

“我没有妄言，也不是懦夫。我的追随者们都知道我，”那个声音再次响起，“他们称我为暮光教父。他们是我的孩子，我爱他们。”

一阵寒意涌过伟大的生命缚誓者全身，而她却不知自己为什么会有这种感觉。如果这个声音没有说谎，那么他就应该是这些暮光巨龙的指使者……

“那么，就来保护你的孩子吧，暮光教父，或者你更愿意袖手旁观，看着我们将你的孩子一个个杀死！”

两头暮光巨龙从阿莱克丝塔萨的两侧扑来。红龙族长一心只想找到那个声音的源头，几乎没有及时察觉到来袭的敌人。就在间不容发的一刹那，她收起翅膀，如同石块一样向下坠去，然后调转过头。就在她的正上方，那两头龙在即将对撞的时候化为虚影形态，然后毫发无伤地从对方身体中穿了过去。

刺耳又得意的笑声包裹住阿莱克丝塔萨的身体。“你只不过是一个愚蠢的小女孩，生命缚誓者。看着你被即将到来的力量压成齑粉，一定会是一件非常有趣的事。”

一阵咆哮撕扯着阿莱克丝塔萨的耳膜。她看到一头红龙在激战中跌落下去，不由得心中一痛。那头红龙依然扇动着巨大的赤色皮翼，想要在半空中稳住身体，但他的一只翅膀已经只剩下了骨架。阿莱克丝塔萨怒吼着，向杀害自己同族的那群凶手喷吐出熊熊烈火。一头暮光龙立刻变为虚体，躲出了烈焰笼罩的范围。而他的同伙——可能是出于勇敢，也可能是因为更加愚蠢——反而转向阿莱克丝塔萨，射出无数锋利刀刃般的黑暗魔法，随后才打算改变形体。这种傲慢让他付出了生命的代价。阿莱克丝塔萨喷出的火焰席卷了他的全身，而他的变形还远没有完成。红龙守护者的烈火要远比普通红龙更加强猛炽烈，暮光龙青蓝色的鳞甲卷曲起来，几乎完全熔化。鳞甲下的血肉迅速化为灰烬，很快，那头龙就连骨架都暴露了出来，身体一侧已经焦灼得完全无法辨识了。就这样，这头半是血肉，半是虚影的龙跌落了下去。阿莱克丝塔萨相信，现在这个敌人的身上，只有痛苦才是完整的。

红龙族长那位平日里温柔如水的妹妹出现在她视野的边缘。伊瑟拉在战斗中的勇悍凶猛丝毫不亚于她以火焰为冲锋枪矛的姐姐。平时，她吐出的气息如同夏日盛开的花朵一般芬芳清新，而现在，她吐出的是一股股浓绿色的毒雾。两头暮光龙在这片毒雾中打着哆嗦，无力地扇动着翅膀，拼命想要吸进一点空气。伊瑟拉趁他们动作迟缓的时候，又迅速施展了一个法术。两头暮光龙发出恐怖的号叫，开始相互撕咬——他们都认为，自己面前的同伴就是必须杀死的敌人。几秒之内，他们已经替伊瑟拉结束了这场战斗。

阿莱克丝塔萨挡住另一头暮光龙的攻击，向下俯冲，又盘旋回来，趁势甩动强有力的尾巴，抽断了敌人的脖子。随着那具失去生命的躯体向地面跌落，阿莱克丝塔萨同时意识到了两件事。

首先，现在战场上有两位守护者，同时处于战斗形态。来袭的暮光龙实际数量并不多，绝不可能战胜她们。尤其是守卫红玉圣殿入口的精英巨龙已经暂时离开了岗位，加入到战团之中。尽管这些巨龙守卫不能飞翔，但任何受伤落地的暮光龙，就算还没有死，也会被他们迅速消灭。这场战斗太容易了。

第二，所有战斗都集中在很小的一片地方。

为什么？

对暮光龙军团而言，更有利的战术应该是趁各个龙族分散的时候分别予以歼灭，将他们引诱到没有防御的地方，再包围他们。至少这些暮光龙应该利用神殿作为自己的掩体，而不是像一群蚂蚁一样聚集在神殿上方，成为伊瑟拉和阿莱克丝塔萨良好的靶标。

阿莱克丝塔萨的心猛地向下一沉。一种无名的恐惧涌过她的全身，几乎让她失去了飞行的力量。一定出了什么非常严重的问题。

“不要混战，脱离敌人阵形！”红龙族长呼喊道。她的声音清晰、强壮，听不出半点畏惧。“把他们从神殿引开，逐一消灭他们！”

守卫神殿的巨龙们听到了命令，立刻朝四方飞散开来。而暮光龙们依旧结成紧密队形，停留在神殿上方。只有为数不多的几条暮光龙脱离了敌方主队。在阿莱克丝塔萨的眼里，这群暮光龙俨然形成了一个扑击猎物的阵列。

这时，她意识到了敌人真正的目的：他们来此并非是为了发动攻击，他们是来吸引……

剧烈的爆炸——同时发生在物质与非物质位面。阿莱克丝塔萨被猛烈的冲击波推出去，不停地在空中翻滚，如同被旋风裹挟的幼龙。她张开翅膀，发出尖利的啸吼。翅根处传来一阵剧痛。她觉得自己的双翼就要被强风扯断了。最后，她还是稳住了身形。只是她的全身都仿佛被一座山岳碾压了一遍。很长一段时间里，她什么都听不见。

但她至少还能看见。在一阵阵剧痛之中，她只希望自己能因为刚才的爆炸而瞎掉双眼。

龙眠神殿还勉强屹立着。不少光辉优雅的拱门都崩碎了，残存的部分仿佛融化的冰堆。红色魔法能量正在从神殿底部剧烈地向上翻涌。

而这座神殿的下面正是……

“圣殿！”有人在高喊，“我们的孩子！”

巨龙们纷纷向下扑去。在这个仿佛要持续到永恒的恐怖瞬间里，阿莱克丝塔萨一点声音都没办法发出来。

红玉圣殿……孩子们……考雷斯特拉兹……

当她终于能再开口说话的时候，她甚至都不相信自己竟然会喊出这样一番话。

“停下！我们不能再失去任何人了！巨龙们，先将敌人赶走！不能任由他们对我们造成伤害！”

在她充满激情的呼吼中，聚集到她身边的不仅仅是她的红龙军团。愤怒、悲痛和对眼前这场灾难的恐惧让他们的攻击变得格外凶猛。暮光龙似乎被巨龙们的反击吓了一跳，很快就逃走了。

阿莱克丝塔萨没有追击敌人。她收起翅膀，向东方飞去。红龙族长的心脏在剧烈地跳动着。她不知道自己将会看到什么样的景象，而这让她感到极度恐惧。

* * *

暮光教父站在龙骨荒野许多突兀山峰中一座高峰的顶端。他似乎完全感觉不到撕扯他兜帽斗篷的凛冽寒风，只是用一只手紧紧拽住兜帽。他的另一只手紧握住一根细小的银链，银链上的一个个小扣环做工极为精致。在他的兜帽里，是一副面容枯槁，留着灰色胡须的面孔。一双深陷下去的眼睛从兜帽的阴影中射出犀利的光芒。他带着愉悦的心情观看着这场战斗，如同戏谑一般传出自己雷鸣般的嘲讽话语，让生命缚誓者感到心慌意乱。

但面对具有如此惊人破坏力的爆炸，巨龙军团的反应却令他感到惊讶和失望。

在这个身材高大健壮的男人身边，还站着一名美丽的年轻女孩。她的一头蓝黑色长发随风飘摆，苍白的面颊因为被寒风吹袭的关系，泛起一层粉色的底色。暮光教父用戴着手套的手攥住的白银细链绕在那名女子细长的脖颈上，几乎就像是一根巧夺天工的项链。女孩对于身周的严寒似乎也无动于衷，但她的腮边却能看到冻成冰珠的泪水。当爆炸声响起之后，她渐渐露出了微笑，泪珠碎裂，落在他们脚下冰冷的岩石上。

用兜帽遮住头脸的男人慢慢向那个女孩转过身。“你怎么把消息传递给他们的？你到底是怎么做到的？是谁帮助了你？”

女孩的微笑变得更加明媚。“你的追随者们很忠诚，不可能帮助我。我没有告诉过他们任何事。但看样子，有人比你更聪明……暮光教父。”这个头衔在女孩的口中完全没有信徒们的那种崇敬意味，而是充满了挑衅般的轻蔑。“你的计划破产了。”

暮光教父向她逼近了一步，却突然笑了起来。“你可真是愚蠢。我从来都会有后备计划。聪明人绝不会只设计一个方案。”

暮光教父谨慎地将手中的银链攥得更紧。女孩惊呼一声，双手捂住自己的喉咙。锁链扭曲着，闪耀起白热的光芒，开始烧灼她的肌肤。闻到皮肉焦糊的气味，暮光教父微微一笑，放开了折磨女孩的法术。

女孩并没有跪倒下去，但她的喘息和颤抖已经足以缓和暮光教父的恼怒。

他们的确遭受了挫败。一场严重的挫败。但暮光教父对他的囚徒所说的话是真的。聪明人总是会有一个以上的方案。而暮光教父最大的资本就是他聪明的头脑。

要击败他，远没有那么容易。

* * *

一切都不见了。

五色圣殿——一切的一切，都消失了，仿佛从不曾存在过一样。这五个各自独立的小型位面——五色龙族的圣地——被彻底摧毁了。收藏在这些圣殿中的是巨龙一族无价的瑰宝：他们的孩子。数千条生命还没有机会吸进一口空气，振动一下翅膀，就消失于无形了。

阿莱克丝塔萨一直和巨龙守卫们在一起，但圣殿甚至没有留下一点可供调查的废墟。暮光龙让每一座圣殿都从内部发生了剧烈爆炸。圣殿曾经所在的地方只残存着摧毁它们的能量痕迹。今天，他们不可能调查清楚这场灾难是怎样降临，甚至是为什么会降临。他们的头脑都不够清晰，心情也不够平静。但至少巨龙军团因为共同的伤痛团结在了一起。

无论现实多么令人绝望，阿莱克丝塔萨依然在努力。她将自己伸展出去，以她的心、她的生命缚誓者魔法、她无尽的爱，竭力想要找到一丝她心中最重要的那个人的痕迹。他们的联结是如此强大，就算是他已经化为灵魂，只要他还存在，她就能够感觉到。她以前一直都能感觉到他。

考雷斯特拉兹？

寂静。

我的爱人？

一无所有。

考雷斯特拉兹和圣殿，以及他们的卵——龙族未来的希望，一同消失了。

阿莱克丝塔萨蹲伏在积雪的大地上，感觉到惊悸和晕眩。巨龙议会的管家托拉斯塔萨站在她身边，竭力想要说一些安慰的话。但这场灾难是如此恐怖、如此巨大，没有人能在这其中找到一丝一毫的安慰。巨龙的悲痛会持续很长时间，也许直到永远。

塔里奥斯塔兹走到托拉斯塔萨身边。“能和你说句话么？”

托拉斯塔萨温和地用鼻子碰了碰阿莱克丝塔萨，说道：“我很快就会回来。”

阿莱克丝塔萨抬起头，用一双空洞的眼睛看着托拉斯塔萨。一时间，她还不明白议会管家在说些什么。然后，她才点点头。“哦，好的……当然。”

我的爱人、我的心、我的生命……为什么我会要你留在神殿里？如果你跟着我，你也许就能活下来……

愤怒的声音在她的周围响起。巨龙的熊熊怒火中夹杂着痛苦和恐惧。唯一让阿莱克丝塔萨免于彻底发狂的只有剧变之后的麻木感。但随着这场让人感到极不真实的噩梦延续下去，暂时的麻木感也迅速消退了。阿莱克丝塔萨感觉到了颈部一阵温柔的抚触。她转回头，看到伊瑟拉正在用散发着彩虹光泽的双眼注视着她，眼神中尽是同情。这位绿龙守护者一言不发。她知道现在任何话语都是多余的，所以她只是在姐姐旁边伸展开身体，轻轻碰触姐姐的身子。

“生命缚誓者。”托拉斯塔萨的声音在片刻之后重新响起。阿莱克丝塔萨努力抬起头，用镇定的目光看着同她说话的巨龙。

“考雷斯特拉兹……”托拉斯塔萨的话刚开了一个头，却没能继续说下去。

“我知道。”阿莱克丝塔萨说道。在承认这个事实的时候，她的心又破碎了一点，仿佛这些话语也在让眼前的事实变得更加无可挽回。“他……就在那里，就在红玉圣殿。我的爱人逝去了。”

但奇怪的是，托拉斯塔萨却在摇着头。突然之间，一丝不合理性的希望充满了阿莱克丝塔萨的内心。“他还活着？”

“不，不，我……看样子，这更像是一场自杀式的冒险。”

阿莱克丝塔萨盯着托拉斯塔萨，仿佛这位议会管家失去了理智，在说昏话。“你的话根本没有一点道理！”她用前爪猛击了一下地面。

“他……这是他干的。留下的能量痕迹是属于他的。这些痕迹还很新鲜……有着充分的活力。”

“你是说，是我姐姐钟爱的伴侣摧毁了圣殿？还包括所有的卵和他自己？”伊瑟拉说道。她的声音依旧平缓，充满了疏离的意味。

“除此之外……没有别的解释了。”

阿莱克丝塔萨盯着托拉斯塔萨。“这不可能。”她的声音比岩石更加坚硬，“你认识考雷斯特拉兹，你知道他不可能做这种事。”

“如果他与暮光之锤合作，就并非不可能！”阿瑞苟斯的声音充满了憎恨，“他一直都在催促你杀害我的父亲，攻击魔枢。他一直处心积虑地想要灭绝我们全族！”

愤怒如同爆炸的火球，在阿莱克丝塔萨的血液中激荡着。她向前跳去，双眼死死盯住那头蓝龙，一步步朝他逼近。

“当你的父亲还在疯狂中沉吟的时候，考雷斯特拉兹和我一直在为艾泽拉斯的存续而奋斗。我们同我们能够找到的一切盟友联合起来，我们改变了时间本身。为了这个世界，我们曾经不惜牺牲自己的生命，甚至不畏惧陷入比死亡更加可怕的境地。他一直都陪伴在我身边。他的心灵真诚而强大。他甚至也在爱着你，阿瑞苟斯。他拯救了你的生命，就像他拯救克莉，拯救许许多多的幼龙一样。一次又一次，他拯救了我们的世界，我们的族群。而现在，你却以为我们会相信，他是死亡之翼的盟友？他会与一个只想毁灭一切的邪教同流合污？”

“阿瑞苟斯，”卡雷苟斯急切地说道，“事实也许并非你想象的那样。”

实情的确可能和他们的想象完全不同……一定是这样……一定是。阿莱克丝塔萨知道这一点，但……

“暮光龙采用的战术是吸引我们到龙眠神殿上方的高空中作战。”托拉斯塔萨继续说道。她温和的声音和残酷的言辞形成了太过鲜明的对比。“这是明显的诱敌战术，让龙眠守卫者无暇他顾，然后……”巨龙议会的管家低下头，没有再说下去。她无法直视自己敬爱的生命缚誓者，因为她知道，自己的这番话将把红龙女王的心撕成了碎片。

“阿莱克丝塔萨，”卡雷苟斯轻声说道，“告诉我们，为什么克拉苏斯今天没有来参加会议。他肯定……我并不确定，但你的确曾要求他不要出席这次会议，对不对？”他的声音已经几乎像是在哀求了。

阿莱克丝塔萨看着卡雷苟斯，回想起那段谈话，她的心只是更加狠狠地碎裂开来——那竟然是他们的永别。

不要理会我的胡思乱想，也不必有我跟随，抱持你的信念去参加会议吧，我的心。你才是守护者。他们需要听到你的声音。和你相比，我实在是微不足道，不过是一块会让他们感到硌脚的石子。

是考雷斯特拉兹自己要求留在圣殿中的。“不。”阿莱克丝塔萨喘息着说道。她在回答卡雷苟斯的问题，也在绝望地想要否认这个似乎无可争辩的事实——这全都是考雷斯特拉兹的计划。

卡雷苟斯痛苦地看着红龙女王。“我……也许现在的情况看上去是这样，但我还是无法相信，克拉苏斯想要毁灭巨龙一族！我认识的克拉苏斯绝不是这样的！”

“也许发疯的并非只有巨龙守护者。”阿瑞苟斯冷笑着说道。

阿莱克丝塔萨的心中有一样东西断裂了。

她仰起头，发出痛苦的尖啸。凄厉的吼声撕裂了空气，让冻土荒原也随之颤抖。她向上跃起，翅膀随着心脏跳动的节奏而扇动。她的双眼死死地盯住了那颗美丽的同心宝珠。

红色巨龙向那颗宝珠直扑过去。

阿莱克丝塔萨在最后一秒钟低下头，如同冲向敌人的长角公羊。巨大的龙角撞击在脆弱的宝珠上。在一阵响亮清脆的碎裂声中，同心宝珠变成了千片光点，如同星星雨点般落在下方的巨龙身上。

她必须离开这里，离开这些巨龙。他们如此轻易就相信了他们之中最好的一个人却是一个罪大恶极的凶手。现在有这种想法的不仅是蓝龙、绿龙，甚至还有她自己的同族。他们本来应该更加清楚……

她是更清楚的那一个吗？如果这是真的呢？

不，不。她的心中不能容纳一丝一毫的这种猜疑。她绝不会有这种念头，否则她就背叛了一直以来都最值得她信任的人。

托拉斯塔萨、伊瑟拉和卡雷苟斯飞到她身边，说了一些她听不明白的话。阿莱克丝塔萨在半空中转回身，向他们发动了攻击。

他们大惊失色地逃走了。她没有追击。她并不希望再有人流血。她只想让他们给自己一点独处的空间，让她能够逃离这个地方。这个充满了无以言喻，甚至是无法想象的恐怖的地方。她只要再抬头看到龙眠神殿，都会回想起这个时刻。而这一切……是她完全无法承受的。

这绝不是她能够承受的。

在崩溃的心灵中，阿莱克丝塔萨只紧紧攥着一个想法：她希望如果自己飞得足够远、足够快，就能逃离出这段回忆。

* * *

阿莱克丝塔萨的攻击只是因为她过度的愤怒和恐惧，其中并没有丝毫杀意。伊瑟拉、托拉斯塔萨和卡雷苟斯轻易就躲开了。伊瑟拉也同样心痛难忍——爆炸中被毁的许多龙卵都属于绿龙一族，甚至直接产自她的身体。但她知道，这与姐姐经历的劫难完全无法相比。

阿莱克丝塔萨失去了配偶、孩子，以及希望。一切都在一声爆炸中烟消云散了。

伊瑟拉哀伤地向神殿飞去，内心如铅块一般沉重。她的意识——似乎如同一直以来一样——充满了凌乱的现实与梦境交织成的谜团。

巨龙在成群离开。他们都伤心欲绝，怨恨难平。看样子，没有人还想留在这里，尽管在片刻之前，这里还是他们无比珍视的圣地。

龙眠联军破裂了，就像他们的标志同心宝珠一样。现在，龙眠神殿已经没有了任何意义。

但伊瑟拉并没有离开。她缓缓地围绕神殿飞翔，几乎是以绝对冷静的态度看着这片曾经的圣地。然后，她降落下来，变化成暗夜精灵的形态，用两条腿走过龙眠神殿的周围。到处都是尸体：红色、蓝色、绿色和暮光颜色的巨龙。考雷斯特拉兹用来摧毁五色圣殿的能量仍然以出人意料的活力源源不断地渗出地面。许多郁郁葱葱的植物正穿透白色的雪壳，破土而出。

伊瑟拉哀伤地摇摇头。如此生机勃勃的力量，却制造了这样惨烈的灭亡。她弯下腰，手指轻抚过一片细长的绿叶，然后继续着自己漫无目的的行走。

她睁着眼睛，却没有注意自己看到了什么。她曾经竭尽全力想要把自己见到的残缺景象告诉其他巨龙，但想要做到这一点几乎是不可能的：想要让其他巨龙明白她所见到的事情，他们也必须沉睡并在梦中渡过数万年的时间。实际上，就连她自己也才刚刚醒来，还无法完全理解自己在梦中所见到的一切。伊瑟拉知道，自己没有疯，并且知道其他巨龙应该也都清楚这一点。但她的确能够理解失去理智的感觉。

暮光审判。她在会议中提出了这件事，想要警告巨龙们对这件事多加提防。但她的警告没有收到任何效果——一点闪光的碎片……某种伊瑟拉所不知道的东西被迅速地扫走了，就像是勤勉的仆人用扫帚清理掉了一块碎陶片。那是……

伊瑟拉咬住了下唇，努力思考着。

那是巨龙族群将会面对的最艰巨的一场挑战。但她却还不知道与他们作战的敌人到底是谁。敌人也许很快就会出现……或者可能还会继续潜藏许多个世代。这与死亡之翼的回归有关系吗？肯定有关系……或者没有关系？世界的崩碎本身就已经是艾泽拉斯发生的最可怕的事件之一了。

她该怎样说服其他巨龙看清危急的现状？实际上，就连她自己也不知道危机藏在哪里。伊瑟拉不由得满怀气恼与沮丧地发出一声叹息。

有一件事，她很清楚。这是一个有许多碎片依然不见踪影的拼图，但有一块核心碎片。必须先找到它，才能让其余的碎片逐次就位。这是一块非常奇异，绝对令人意想不到的碎片。她还不知道该如何找寻这块碎片。她只知道，他一定会是解开整个谜团的钥匙。

伊瑟拉曾经见到他飘入又飘出自己的梦境。她本以为自己明白他在万事万物中所扮演的角色。但现在，某种感觉——某种伊瑟拉还无法完全理解，却又无比笃定的内心感觉正引领她渐渐相信，她并没有完全看到他对艾泽拉斯作出的贡献。

他不是一头龙，但他打心底里对龙类充满了兴趣——这一点，甚至他自己可能都不知道。他的双脚跨过了许多世界，却并不打算占有、统治或摧毁它们。他是独一无二的。

伊瑟拉侧过头，任由寒风吹起她绿色的长发。也许这就是为什么，他会成为全部拼图的核心。在这幅拼图中，就连能力无可取代的守护者们也不是独一的。从一开始，当泰坦们来到这里，构建出艾泽拉斯的时候，守护者就有五个。现在的守护者还有四个，但很快，第五位守护者又会出现——蓝龙会找到办法，选出能够统率他们的领袖。

但他的存在绝对是独一无二的。

世上只有一个萨尔。

第四章

萨尔久久无法入睡。阿格娜正在他身边的毛皮上打着小呼噜，而他则一直无法让心思平静下来。他平躺着，眼前只有那片权作棚屋房顶的蒙皮。最后，他终于站起身，穿上衣服和斗篷，走出屋外。

他深深地吸了一口潮湿的空气，抬头望向夜空。至少，在天空闪烁的星星还是平静的。还有那两颗月亮——白色女士和蓝色孩童。死亡之翼带给艾泽拉斯的狂暴灾难并没有能影响到它们。此时此刻，大漩涡周围的元素状态似乎并没有变得更加疯狂。他知道，这不是因为自己的努力。他不由得皱了皱眉。

他开始迈开大步，心中却想不出哪里该是自己的目的地。他只想向前走，一个人在沉默中前行。也许这样能让他平静下来，让他最终得以安睡。

在大地之环施法以及之后发生的事情——与兄弟姐妹的争吵，尤其是和阿格娜的争执——这些都在动摇他对自己的信心。他怀疑他们才是正确的。自己在这里真的有意义吗？他放弃了一切来到这里，但看起来他不但没能起到好的作用，反而对兄弟姐妹们造成了干扰。今天的施法他就没有参加。当其他人耗尽精力终日奋战的时候，他却只能“休息”。这让他感觉到耻辱和痛苦。他的喉头发出一阵低沉的咆哮，脚下的步子越迈越大。

他不愿相信阿格娜是对的——他只是躲藏在酋长的面具后面，是一个部落的“萨尔”，责任就是他的主人。如果真是这样，他为什么不能全心全意地沉浸在当前的工作中？

“我到底是怎么了？”他大声地自言自语道，将硕大的绿色拳头狠狠砸在手掌中。

“关于这一点，”一个轻柔的女性声音传入萨尔的耳中，“我也不知道答案。不过也许我能给你一些提示。”

萨尔惊讶地转过身。几步之外出现了一个身材高挑的人影。因为被斗篷包裹住了全身，萨尔只能看出她是一名女子，而她的面孔完全被兜帽的阴影遮盖住了。萨尔也不认得这个声音。他不由得微微皱起了眉毛，想知道这个陌生人到底是谁。

“也许我应该听一听你的提示。”萨尔略一点头，表示问候，“我叫萨尔。”

“我知道。我就是来找你的。”女子的声音如同乐韵一般优美动人，仿佛有催眠的魔力。

萨尔眨眨眼。“来找我？为什么？你是谁？”

“这一点……很难解释。”女子略歪过头，仿佛在倾听某种萨尔完全听不到的声音。

“很难解释你的名字？”

“哦，这个嘛……不。这大概可以算是另一个挑战。你要知道……我有一个小任务要你完成，萨尔。”

萨尔发现自己心中的兴趣远比恼怒要多。“一个任务？要交予大地之环的任务吗？”

“不，是关于那些村民的。”

“那些村民？”

“在菲拉斯。那里也许只能算一座营地。它被称为……”女子咯咯地轻笑一声，仿佛这是一个很私密的玩笑，“梦游者栖地。那里正在承受着苦难。土地在受难，见到过无数次日升月落的古老树林在受难，还有居住在树林附近的德鲁伊同样在受难。那里的元素失去了控制，就像在这个饱受创伤的可怜世界中其他许多地方一样。如果不马上采取措施，元素们势必将摧毁那个村庄。只有能够与元素交谈，抚慰它们重归和谐的萨满能够拯救那里。”

萨尔的兴致消失了。他怀疑这个女人真的是在和他开玩笑，而他一点也不喜欢这个玩笑。

“那么，就让那个村庄的萨满做这件事好了。”萨尔的语气变得严厉起来。

“那里没有萨满。那个村子太小了。那里只有德鲁伊。”陌生女子说到这里就住口了，仿佛已经解释完了一切。

萨尔深吸了一口气。这实在是太过微不足道的一件小事，就算是萨满学徒也能处理好这种问题。为什么这名女子找到他，只为了这样一个任务。对此，萨尔不知道，也毫不关心。

“这里还有其他萨满能做好这件事。”萨尔压抑着自己的怒气，竭力表现出礼貌的态度。如果这是大地之环某种奇怪的试炼，他可不想莽撞地陷入愤怒，无论这个可疑的女人是多么让他气恼。

女子用力地摇摇头，迈步向萨尔走过来。“不，”她显得非常真诚，“其他人不行。没有人能像你一样。”

事情变得越来越荒谬了。“你是谁，为什么要给我安排这样一个任务？”

她的面孔依然被遮在阴影里，但烁烁放光的眼睛照亮了那副甜美却又神秘的微笑。她是一名暗夜精灵吗？“也许这样能让你明白。”

还没等萨尔开口，女子已经升到半空中——任何真正的精灵都不可能飞到那么高的地方。她伸展双臂，抬头仰望天空，斗篷从身上落下。她的身体开始以肉眼难以捕捉的速度发生变化，刚刚的暗夜精灵消失了，取而代之的是一头辉煌优美的巨龙，俯视着萨尔。巨龙不急不缓地拍打着翅膀，稳稳地落回到地面上。

“我是伊瑟拉……觉醒的伊瑟拉。”

萨尔后退一步，倒吸了一口冷气。他知道这个名字。伊瑟拉，翡翠梦境的守护者。万世以来，她都在睡梦之中。现在她却醒来了。

看样子，这场大灾变改变了许多事情。

“去做这件事吧，萨尔。”伊瑟拉说道。她的声音依然令人感到喜悦，同时却也更加深沉，在她的巨龙形态下产生了更多共鸣。

萨尔几乎立刻就要回答：是的，当然。但不久前的失误依然是他内心中挥之不去的阴影。伊瑟拉的要求似乎不是什么很困难的任务，但翡翠梦境的守护者肯定不会为了这样的小事情来找他。萨尔相信他们现在谈论的一定是非常重要的事情。而现在，对于任何重要的任务，他都没有信心能够去完成。

"伟大的伊瑟拉……是否能给我一些时间进行考虑？"

伊瑟拉看上去很失望。"我本希望你会答应下来。"

"那里……只是一座小营地，对不对？"

守护者失望的表情变得更加明显了。"是的。那是一座小营地，这只是一个小任务。"

羞愧让萨尔感到面颊一阵发热。"不管怎样，我只能对您说：请到天明时分再来，那时我会给您一个答复。"

伊瑟拉叹了口气——那可真是一声洪亮的叹息，却又哀婉得让人想要潸然泪下。萨尔从她的气息中嗅到了青草和春日薄雾的清新味道。然后，觉醒者伊瑟拉点点头，向前方跃去，振动了几下翅膀，便消失无踪了。

萨尔重重地坐在了地上。

一位巨龙守护者刚刚向他提出了请求，他却要守护者明天再来。他到底在想些什么？还有……

他将头放在手掌中，用力按着太阳穴。本来很容易的事情现在却变得这样困难，实在是太困难了。他的头脑很不清晰。看样子，他的心也完全乱了。他感觉到……失落和犹豫。

自从昨晚与阿格娜吵过架之后，萨尔就几乎没有和别人说过什么话。但现在，当他一个人坐在地上，身边只有月亮和星星的时候，他知道自己需要她。阿格娜拥有他全不具备的睿智和眼光，虽然最近他发现自己常常不喜欢她的话。但要让他决定答应一位守护者的请求，他需要有人能支持他。如果刚才阿格娜在身边，他也许立刻就能向伟大的守护者说出"是"或者"不"。

他慢慢站起身，回头向棚屋走去。

“月亮有给你指引吗？”阿格娜在棚屋的阴影中轻声问道。萨尔不由得一阵自责——他应该知道，不管自己的动作有多么轻巧，肯定还是会吵醒阿格娜的。

“没有。”他说道，“其实……这里有一个萨满想要问你一些事。”萨尔等待着阿格娜尖刻的回应，但他听到的只是毛皮摩擦的窸窣声。阿格娜坐了起来。

“我在听。”

萨尔坐到爱人身边的毛皮上，低声向她讲述了刚才自己的遭遇。阿格娜静静地听着，完全没有打断萨尔的讲述，只是偶尔有几次睁大了眼睛。

“这感觉上……几乎可以算是一种侮辱。”萨尔最后说道，“这是一个很小的任务。我却要因此而离开这里，离开这个亟须我的帮助的地方。这样做只是为了拯救菲拉斯的一个小村子……”萨尔摇着头，“我不知道这是不是一种试炼，还是一个陷阱，或者其他什么。我完全看不明白。”

“你确信那真是伊瑟拉？”

“那是一头巨大的绿龙。”萨尔不出得提高了嗓音。然后，他重新放低声音说道，“我……觉得那应该是她。”

“无论是试炼还是陷阱，都不重要。是不是个无关紧要的任务也不重要。如果是伊瑟拉向你提出请求，你就应该去，萨尔。”

“但我在这里……”

阿格娜用自己的手掌按住了萨尔的手。“现在这里并不需要你。我们在这里的工作，你帮不上忙。你看到了昨天发生的事情，我们也全都看到了。这时你留在这里对任何人都没有好处，无论是对大地之环，对部落，对我，还是对你自己。”

萨尔的面色变得非常难看。但阿格娜的语气中没有轻蔑，也没有怒意。实际上，她的声音比萨尔记忆中的任何时候都更加温柔，就像她紧紧握住自己的手一样。

“古伊尔，我的爱。”阿格娜继续说道，“去完成这个任务。服从守护者的意愿，不要在意这是一件大事还是小事。去吧，无论在那里遇到了什么，都记得要回来。”她露出一个揶揄的微笑，“难道你在启蒙中什么都没有学到吗？”

萨尔回想起自己在加拉达尔的启蒙仪式。那似乎已经是很久以前的事情了。但他清楚地记得自己那时穿上了朴素的长袍，被教导一名萨满的平衡与自豪正是来自于他的谦卑。

拒绝守护者的要求，这绝不是谦卑的表现，他非常清楚这一点。

萨尔深吸一口气，屏息静坐了一会儿，才将这口气缓缓地呼出。

“我去。”

* * *

暮光教父看到红龙、蓝龙和绿龙这么快就四散纷飞，却感到有一点失望。他本以为他们会集结在一起，准备再战。不过，这反而让他的任务更加容易了。自然，教徒们对他的崇拜也只会更甚于以往。他们已经对他唯命是从了。总之，这是一件好事，尽管缺少了通过艰苦奋斗之后取得胜利的那种甘美味道。

他和那名少女一同看着这些巨龙飞走。有些龙只是孤身一个，有些成双结对，也有的组成小群。现在，除了直接听命于他的暮光龙以外，战场上只剩下了了无声息的尸体。

他已经派遣自己的副官们去召唤他的追随者。现在，暮光教徒都聚集到了他所在的山峰脚下，在寒风中打着哆嗦。他的追随者来自于各个种族：兽人、巨魔、人类和暗夜精灵——艾泽拉斯的各种族几乎齐集于此。但所有这些不同的生灵却对他显示出完全一致的崇敬与迷恋。

“我们漫长的征途早已开始，而我们还看不到它的尽头。但至少，我们现在需要一个地方，让我们能够暂时停下脚步、聚集力量，变得更加强大。龙眠神殿曾经是龙族团结的象征，是他们强大力量的体现。据说，它是由泰坦亲自建造的。巨龙一直将它视为不可侵犯的神圣之地。今天，我们亲眼看到龙族将它抛弃——为首的正是他们的两名守护者。现在，现在只要我们愿意，这里就会成为我们的家园。这个代表着无上权力的古老地方，以及这个世界的一切，都将成为我们的囊中之物！”

欢呼声从千百个喉咙中爆发出来。暮光教父高举起双手，接受了信徒们的一波礼拜。

“这里已经有一部分残破了，这很适合我们。”当骚动逐渐平息，他继续说道，“我们带来的是一切的终结。即使在我们取得辉煌胜利的时候也是如此。现在……让我们接收这份胜利的果实，让它为我们所用吧。”

一头一直在天空中盘旋的暮光巨龙这时驯顺地降落在地上，如同一只乖巧的宠物，在暮光教父面前伏低身子，将浅紫色的腹部贴到冰冷的岩石上，让暮光教父能够轻易爬上她的脊背。暮光教父迈步向前，那根锁住女孩的锁链被拽紧了。他转过身，神色显得有些惊讶。

那个女孩并没有移动脚步，只是看着趴伏在眼前的巨龙，目光中混杂着憎恨与同情。

“好了，好了，亲爱的。”暮光教父慈祥的声音中渗透着嘲讽。“不要磨磨蹭蹭的。不过……”他从兜帽下面露出一丝冷笑，“我猜，这不是你想象中回家的样子，对不对？”

克莉苟萨，玛里苟斯的女儿，阿瑞苟斯的姐姐。她的视线从那头暮光巨龙转向暮光教父，一双蓝色的眼睛在轻蔑中眯起。自始至终，她都保持着冰冷的沉默。

到达龙眠神殿之后，克莉苟萨发现来到这里的并非只有暮光教父一拨人马。在她的下方，一架足以容纳数十个人的庞大雪橇正穿过雪原，迅速向龙眠神殿靠近。拖曳雪橇的是一群白色的雪落麋鹿。它们的体力显然都已经接近极限了。就在克莉苟萨眼前，一头麋鹿颓然栽倒在地上。雪橇停了下来，四名暮光之锤的侍僧跳下雪橇，解开了那头可怜的牲畜，用另一头麋鹿替换下它。精疲力竭的麋鹿被拽着缰绳，半走半爬地离开了自己的同伴。当它再一次跌倒下去，哀求般扬起头时，一名侍僧挥了一下手，几个兽人也从他们高大的黑狼坐骑上跳下来。那些狼都顺从地等待着，眼睛紧盯着自己的主人们，直到他们下达了命令。群狼整齐划一地跳起来，以惊人的速度扑向那头无助的麋鹿。在拼命挣扎的麋鹿身下，光洁的白色雪地突然泛起了一片血红。麋鹿的哀鸣很快就被狂野的狼嗥淹没了。

克莉苟萨向一旁转过头。毫无疑问，这样的处置方式要比将这头可怜的麋鹿抛弃在冻土荒原中，任由它被冻死仁慈得多。而且狼也需要食物。至少，它们都是服从自然规律的无辜生物，和他们的主人截然不同。

她将注意力转回到雪橇上。一大块帆布覆盖着雪橇顶部，只能看出雪橇上装载的是一件巨大笨重的物体。克莉苟萨第一次看到这样的东西。它的形状让她不由得感到……

“好奇吗，亲爱的？”暮光教父提高了声音，好压过身下巨兽拍动翅膀鼓起的风声，“等时机一到，一切都将昭然于天下。这正是我们来到此处的目的。你应该记得，我曾经告诉过你：聪明人绝不会只设计一个方案。”

他的声音让克莉苟萨感到不寒而栗。暮光巨龙载着她，稳稳地向高处的龙眠神殿飞去。克莉苟萨回过头，又看了一眼逐渐从她的视野中消失的那架雪橇。如果雪橇上的货物就是暮光之锤的“另一个方案”，她绝对不会想知道那到底是什么。

暮光教父下了龙背，在龙眠神殿的嵌花地面上站稳。现在，这片地面上到处都是猩红的龙血和同心宝珠的细小碎片。克莉苟萨则继续保持着岩石一般的沉默。

暮光教父将克莉苟萨的锁链交给一名侍僧。他们全都知道如何控制这头巨龙：只要用某种简单的方式拽一下，施加一定的力量，就会造成深入骨髓的剧痛。这根锁链还能阻止她变化成自己的真正形态——那要比人类女性的形态难控制得多。

“确保她安静地待着，但不要只为了有趣就伤害她。”他对那名巨魔吩咐道。巨魔看上去很是失望。如果克莉苟萨受到太多折磨，也许就会变得对疼痛不那么敏感。巨魔牵着克莉苟萨走到一根柱子旁，强迫她坐在地上，然后就站在那里，等待着暮光教父的下一步命令。

暮光教父从斗篷下面拿出一颗小圆球，几乎是带着虔敬的神情将它放在满是血污的地面上。那颗圆球立刻开始脉动，闪耀起黑暗的光芒，仿佛里面有一团黑雾在沸腾。突然之间，小球仿佛再也承受不住内部强大的能量，碎裂开来。那团黑雾——不，不，不是黑雾，而是一股浓烟。它的气味辛辣，里面不断地闪动起橙红色的灰烬光亮。黑烟一直向上翻卷，变成一片比夜幕更黑，绝不属于自然存在的乌云。乌云依旧在剧烈地涌动着，直到最终显现出一个形体——两只凶恶的橙黄色眼睛瞪着暮光教父，里面流动着仿佛液体的火焰，射出的光芒又好像要将暮光教父刺穿。随后出现的是一副巨大的上下颚，看上去是用乌黑的金属铸就。黑色的下颚微微张开，就如同露出一个疯狂的、狡诈的微笑。克莉苟萨禁不住向后退了一步。

死亡之翼！

暮光教父跪倒在圆球面前。“我的主人。”他谦卑地说道。

“你成功了？”死亡之翼直接问道。深厚的嗓音震撼着整座神殿，声波穿透了每一个人的身体，仿佛他真的来到了这里。

“从……某种角度上讲，应该是。”暮光教父答道。他在竭力抑制着自己轻微的口吃。“我们将包括阿莱克丝塔萨和伊瑟拉在内的巨龙都赶出了龙眠神殿。我为暮光之锤教派攻占了这个地方。现在，这里已经是您的堡垒了，伟大的主人。”

那双疯狂的大眼睛眯了起来。“这不是我的计划。”死亡之翼嘶声说道，“我的计划是摧毁那些龙，而不仅仅是占领神殿。你没能完成计划！”

“这……这的确是事实，主人。计划遭遇了……挫折，因为出现了某种我们不可能预见到的因素。”他迅速地解释了刚才发生的一切。死亡之翼只是在沉默中倾听着，那种气势肯定要比他怒不可遏地大吼大叫要可怕得多。虽然形成他影像的黑烟还在不住翻涌，但现在他的面容已经变得非常清晰，甚至就连他残破的火焰翅膀的拍打声也隐约可辨。暮光教父的陈述完结之后，神殿上只剩下了漫长而令人不安的寂静。死亡之翼略歪过头，似乎是在思考着什么。

“这依然没有改变任何事，你失败了。”

在寒风的吹袭中，暮光教父的脸上还是渗出了汗水。“我们的确未竟全功，伟大的主人，但也绝不是失败，只是一次暂时性的挫折。而且这一变故还有可能造成更好的结果。毕竟巨龙们因此而分崩离析，生命缚誓者——您最大的敌人显然已经心智失常了。”

“这和你的失败都没有关系。”死亡之翼发出隆隆的吼声，“你要立刻另找办法，实现我的目标。否则我就再找一个将军替换你，一个不会在这种重大事件上辜负我的人。”

“我……明白，伟大的主人。”暮光教父的眼神向克莉苟萨闪动了一下。然后，他若有所思地眯起眼睛，转回头看着死亡之翼。“把这件事交给我吧。条件已经成熟，我会立刻展开行动。”

“不要想打断我，低等生物。”死亡之翼吼道。

在那双凶狠的龙眼注视下，暮光教父感觉到自己的面色一定像死人一样苍白。“我绝不会做这样的事，伟大的主人。我只是渴望着能够侍奉您。”

“当我让你知道的时候，你自然会侍奉我。但在那以前的任何时候，都不要轻举妄动。明白吗？”

暮光教父只能点头。尽管死亡之翼在因为被打断而发怒，但他又停顿了很长时间，才继续说道：“也许……我又有了一个新的障碍。我本以为，只要你、暮光之锤教派和我们所寻求的那股力量联合在一起，就能一举粉碎龙族。我本来一直在期待着这样的胜利。你告诉我，伊瑟拉逃跑了。你不应该放她逃走。”

“主人？”暮光教父禁不住吃力地咽了一口唾沫。

“因为你，她还活着。”死亡之翼发出了咆哮，“因为她还活着，她才有机会和一个注定会与我为敌的人建立联系。这个人的介入有可能会倾覆我胜利的天平。”

死亡之翼的话让暮光教父感到一阵头晕目眩。觉醒的伊瑟拉到底干了什么？她召唤来了什么人？还是什么力量？死亡之翼对此深感忧虑——这已经足以让暮光教父五内俱焚了。

暮光教父蠕动着干哑的喉咙，努力说道：“和她结盟的会是谁？”

“一个低等生物。”死亡之翼用苛烈沙哑的声音说道。

暮光教父不知道自己是不是听得真切。“什么？但一个……”

“一个兽人！”

双方都陷入了沉默。这四个字已经告诉了暮光教父他需要知道的一切。很久以前，死亡之翼就曾经警告过他这个兽人的存在。他本来是低等生物之中最低贱的，却会向死亡之翼发起挑战，甚至有可能击败死亡之翼。只是没有人曾经真正在意过这个警告，暮光教父更是不相信这种事真的会发生。

而现在，暮光教父只想摆脱眼前这种尴尬的局面。“主人，众所周知，预言本就是神秘莫测的。您是强大的死亡之翼，这个世界都已在您的脚下四分五裂。我们的敌人是巨龙，不只是巨龙，而是这个世界的守护者们！只有那些足够强大的生物才有资格与我们为敌，而不是那些吃土的兽人。无论怎样强壮有力的兽人，都不能与您相比。”

“这个是不一样的。他一直都与众不同。他有着极其丰富的经验，足以应对各种问题。他和龙有着不同的想法和视角……正因为如此，他很有可能会拯救他们。”

暮光教父仍然对此表示怀疑，但他不敢让这种情绪显露出来。“请告诉我，这个短命的敌人具体的身份，我的主人。这样我就能将他毁灭。”

“你要做的绝不仅仅是简单的毁灭。你必须彻底抹杀这个名叫萨尔的兽人。否则他就将毁灭我们，毁灭得干干净净！”

“我发誓，一切将如您所愿。”

“当然。”死亡之翼表示同意，“这件事必须做好。现在，你的时间已经不多了，教父。”他露出一个可怕的、龙类的微笑——打开的下颚中显露出一簇簇闪烁着金属光泽的锋利长牙。“不过，不必感到绝望，我可以帮你一把。但要记住，也许我有着漫长的寿命，但我并没有无尽的耐心。等到有好消息的时候再和我联系。”

形成死亡之翼影像的烟尘开始消散，再一次变成了盘旋的黑雾。慢慢地，它落回到地面上，重新凝聚成为一颗黑球。片刻之后，就连这颗球的黑色光泽也消失了。它又恢复成一颗小水晶球的样子。暮光教父紧皱眉头，将这颗水晶球收好，站起身。

“你以为想让你的阴谋得逞很容易。”一个清澈的女性声音响起，“你以为你那个庞大臃肿、复杂过度的方案必定能取得成功。现在，你的主人说了，你已经没有时间来除掉这个萨尔了。现实是变幻莫测的，暮光教父，你只是在愚弄你自己。你的胡须已经尽数变成了灰色。你没有多少时间可以继续侍奉他了。你不会赢的。”

暮光教父转向那个锁链中的女孩，向她走过去。女孩带着挑衅的眼神看着他，而他也只是久久地盯着她。

“愚蠢的小爬虫。”他最后说道，“对于我的计划，你知道得实在是太少了。萨尔只是一只跳蚤，很快就会被捏成你想都想不到的样子。来吧，”他伸手接过了锁链，“我有些东西要让你看。这样你就能知道，我是不是在愚弄自己……还是你才是那个什么都不懂的傻瓜。”

他牵着克莉苟萨走到圆形小广场的边缘，向下一指。那架神秘的雪橇这时已经来到龙眠神殿脚下。完成任务的雪落麋鹿从雪橇上被解下来，成为狼群的食物。那些饥饿的食肉兽干净利索地完成了任务：除了骨头以外，麋鹿们在这个世界上的痕迹完全消失了。侍僧们全都仰着头，等待着他们崇敬的教父下达命令。暮光教父举起一只手，猛地挥下，身披黑袍的教徒们立刻拽下了覆盖雪橇的帆布。

克莉苟萨倒吸了一口冷气，在恐惧中用手捂住了嘴。

那架巨大的雪橇上装载的是一头巨龙的尸体。但他又和一般的龙类不同。他非常巨大，甚至比巨龙守护者还要大上许多。而且他的样子非常丑恶骇人。暗淡无光的鳞甲呈现出一种难看的紫色，就像苍白皮肤上的淤伤。最让克莉苟萨感到恶心和恐怖的是，他畸形的脖子上不只是有一颗头颅。

即使在昏暗的光线中，以人类的眼睛，克莉苟萨还是能分辨出这具龙尸一共有五颗头，颜色各不相同——红色、黑色、金色、绿色和蓝色。

克莉苟萨很清楚那是什么。

“一头多彩龙。”她用窒息般的声音说道。

多彩龙是一种可憎的生物，一种违背了一切自然规律的邪恶造物。这种畸形的怪兽由死亡之翼的儿子奈法利安一手塑造而成。那是一头几乎像他的父亲一样邪恶的强大黑龙。他妄图创造一种全新的龙类，拥有其他全部五种龙族的力量，能够摧毁其他一切龙族。他的实验遭遇了惨败。许多幼龙在孵化之前就死了。大部分活着出壳的幼龙状况也都极不稳定，存在着各种畸形。只有极少数几头多彩龙在扭曲的魔法作用下，活到了成年。

现在克莉苟萨眼前的这头龙肯定是一头成年多彩龙。只是他丝毫没有能动弹一下的可能。

“我还以为他们根本活不了多久。不管怎样……这头龙也已经死了。为什么我要害怕一具尸体？”

“哦，克洛玛图斯的确是死了。”暮光教父神情自若地说道，“现在从技术角度来说，的确是如此。但他会活过来的。他是奈法利安最终的实验成果。相信你也知道，奈法利安经历过很多失败，但努力和失败正是经验最重要的来源，不是么？”

他的灰色胡须分开，露出了慈祥的微笑。克莉苟萨则只是用充满厌恶的目光盯着他。

“克洛玛图斯的身上集中了奈法利安在无数次试验中积累的一切知识。”暮光教父继续说道，“但不幸的是，奈法利安还没有来得及在克洛玛图斯身上激发生命的火花，就被杀死了。”

“没有什么事情能好过奈法利安被杀掉。那个怪物！”克莉苟萨喃喃地说道。

暮光教父饶有兴致地看了她一眼。“听到这个消息你也许会感到惊讶——就像你面前这个即将品尝到生命滋味的造物一样，他的创造者已经先一步活转过来。是的，奈法利安回来了……至少从某种角度来说是这样。他现在是一个亡灵，但无疑相当活跃。而对于克洛玛图斯来说……我有另一个计划。”

克莉苟萨无法让自己的视线离开暮光教父。“所以说……这个东西……就是你做这许多事情的原因？”她的声音开始变得嘶哑。“你要让一个根本不应该存在于世上的怪物得到生命？”

“好了，克莉苟萨！”暮光教父带着嘲讽的意味责备道，“你应该表现出更多的敬意。也许，你在这个任务中将要充当一个非常重要的角色。”

克莉苟萨睁大了眼睛。“不……不要再有什么实验了……”

暮光教父俯下身，贴近她，将手中的锁链递给那名急忙站直了身子的巨魔侍僧。“你要明白，亲爱的。”他的声音显得格外温和，“唯一快没有时间的人……就是你。”

第五章

从大漩涡前往菲拉斯的旅程漫长而艰辛。萨尔本打算像他承诺的那样，给伊瑟拉一个答复。但他再没有见到绿龙守护者的影子。一开始，他感觉到困惑和气愤，随后又为自己的反应感到惭愧。毫无疑问，伊瑟拉还有许多重要的事务需要处理，不可能一直等待一名普通萨满的回答。他被要求完成这个任务，而且他已经接受了，他就应该现在启程去完成它。不过他毕竟还是希望伊瑟拉能够想到留下一头绿色巨龙，让他可以尽快到达目的地。伊瑟拉并没有这样做，于是他只得利用双足飞龙、船只和座狼作为自己的脚力。

伊瑟拉告诉过他，梦游者栖地就位于高大的双塔山一座主峰的脚下。他骑着自己忠诚的丛林狼雪歌，沿两旁草木丛生的道路一直向前疾驰。这里的气候潮湿闷热，与他成年后回到的洛丹伦那种温和的气候和奥格瑞玛的干热天气都不一样。他觉得自己的体力也被这种高温多水的空气融化掉了。

他首先是嗅到，然后看见了远方升起的烟尘，便急忙催促座狼加快速度。那种刺鼻的臭气和菲拉斯浓密茂盛的绿荫显得格格不入。

随着向目的地的迅速靠近，萨尔在得到这个任务时对伊瑟拉产生的愤恨和气恼也荡然无存了。这里的居民，以及这里的德鲁伊陷入了很大的麻烦，他们需要救助。无论绿龙守护者出于什么样的原因，她肯定希望萨尔能够成为这些人的救星。

萨尔责无旁贷。

他绕过一个转弯，营地突然出现在了面前。眼前的情景让萨尔急忙勒住了坐骑。

猫头鹰的雕像……古老的废墟……一座月亮井……

“暗夜精灵。”他高声地自言自语着。伊瑟拉只提到了“德鲁伊”，她显然忘记了一个小细节——居住在梦游者栖地中的不是牛头人德鲁伊，而很有可能是与兽人敌对的暗夜精灵德鲁伊。这是一个陷阱吗？萨尔曾经是联盟的囚徒，一个没有自由的“货物”，因为一个最意想不到的恩人，他才能够成为自由人。

萨尔下了坐骑，抬手示意雪歌等在原地。然后他小心翼翼地缓步向那座营地靠近，想要探察一下营地中的情形。就像伊瑟拉对他说过的那样，梦游者栖地的确很小。而且看样子，营地中空无一人。也许这里的居民都赶去扑灭不远处的火灾了。

先祖在上，现在萨尔离营地已经足够近了。他甚至能看到营地对面的几棵树。营地之中只有几座深紫色的旅行大帐篷。就像觉醒的伊瑟拉告诉他的那样，这里的那片小树林看上去一定已经非常古老了。

萨尔能够真切地感觉到这里元素的愤怒与焦躁。这种剧烈的动荡几乎在冲击着萨尔的神经。他的眼睛更是被烟气熏出了泪水。如果不立刻采取行动……

萨尔感觉到某种锋利尖硬的东西顶住了他的后颈，他的身子立刻僵住了。

“慢慢说话，兽人。告诉我们，为什么你要来找猛禽德鲁伊的麻烦。”这是一个女性的声音，语气相当严厉，听上去没有任何容许辩解的余地。

萨尔骂了自己一句。他的心思全部集中在元素的痛苦上，对周围的变化实在是太掉以轻心了。不过，至少这个精灵还能让他说话。

“我被派到这里来帮助你们。”萨尔说道，“我是一名萨满。如果你愿意，尽可以搜查我的包裹，你会找到我的图腾。”

背后的人冷哼一声。“一个兽人，来帮助暗夜精灵？”

“一名萨满，来帮助你们安抚和治疗愤怒的大地。”萨尔说道，“我是大地之环的一员。现在部落和联盟都在竭力寻找拯救这个世界的方法。德鲁伊的塞纳里奥议会不也和大地之环一样吗？我的包裹里有一只装着图腾的口袋。如果你愿意，尽可以去找找看。我只请求你能让我帮助你们。”

戳在他后颈的锋刃移开了。但萨尔并没有愚蠢到要发动反击。他身后肯定不止一个精灵。感觉到毁灭之锤从自己的背上被取走，他的肌肉再一次绷紧了，但他依旧没动一下。有两只手在摸索他的行囊，取走了他的图腾口袋。

“的确是图腾。”一个男性声音说道，“他还带着祈祷念珠。转过身来，兽人。”

萨尔依言慢慢地转过身，两名暗夜精灵紧紧地盯着他。其中一人显然是一名哨兵，有着绿色的头发和紫罗兰色的皮肤。另一个人是男性，剃光了胡须，绿色的头发在头顶上被结成发髻。他的皮肤呈现出一种丰润的深紫色，一双眼睛闪烁着金色的光晕。两个精灵全都是满脸的汗水和泥垢，显然是刚刚救火回来。更多的暗夜精灵也正在向这里靠近。他们的脸上全都显露出谨慎却好奇的神情。

那名女性精灵正在审视萨尔的面孔。然后，她似乎是认出了萨尔。

“萨尔。”她难以置信地说道，看了一眼放在地上的毁灭之锤，又抬起头看着萨尔。

“部落的酋长？”另一个精灵问道。

“不，不再是了。至少传闻说他已经不是了。”女精灵回答道，“我们听说他消失不见了，离开了酋长的位置。他到底去了哪里，哨兵们一直都没能得到相关情报。我是艾琳娜·柳芽，暗夜精灵哨兵。这位是戴沙林·绿歌，猛禽德鲁伊。我曾经因为外交活动去过一次奥格瑞玛。”艾琳娜一直高举手中的长刀，做出防御的姿势，现在她终于把武器放低了。“没想到像你这样重要的人物竟然会来到我们这个小营地，是谁派你来的？”

萨尔在心中叹了口气。他本希望能够不必对自己的任务多做解释。“你们听到的传闻是真的。我离开了酋长的位置，为的是治疗艾泽拉斯在这场大灾变中所遭受的伤害。在大漩涡，我曾与大地之环的其他成员一同施法，之后觉醒的伊瑟拉找到了我。她告诉我梦游者栖地所遭受的灾难。你们没有萨满能够与狂躁的元素进行沟通。所以，你们急需帮助。”

“你以为我会相信这种事？”艾琳娜问。

“我相信。”戴沙林说道。艾琳娜转过头，惊讶地看了他一眼。“萨尔还是酋长的时候，就以持重稳健而著称。现在，他加入了大地之环。也许真的是觉醒者派遣他来到这里。”

“一头巨龙。”艾琳娜语带讽刺地说道，“恕我直言，还不是一头普通的巨龙，而是翡翠梦境的伊瑟拉。而他的背上还扛着毁灭之锤。”

“还有谁会比觉醒者更想要援助德鲁伊？”戴沙林说道，“而且毁灭之锤正是萨尔的随身武器，不是么？他可以带着它去任何地方。”哨兵没有回话，而是将目光转向另一个刚刚走过来的暗夜精灵。这个精灵的一头绿发松垂在背后，下巴上留着一部短须，饱经风霜的面孔上闪耀着智慧的光芒。他只是若有所思地注视着萨尔。

“这是你的营地，特拉隆。”艾琳娜满怀敬意地说道，“告诉我们，你打算怎样做。他是一个兽人，是我们的敌人。”

“他也是一位萨满，所以，他是元素的朋友。”特拉隆回答道，“现在元素已经陷入狂乱，所以我们更不能拒绝它们的朋友。大地之环的萨尔，让我们看看你能做些什么，来吧。”

萨尔跟随特拉隆走上靠近火场的山丘。营地周围的树木幸运地没有被火焰吞噬。萨尔能够看出来，这些树都浸透了水。地面上所有的小灌木都被剪除干净，只有古老的大树还存留着。

眼前的景象让萨尔感到心痛。

许多大树也被严重烧伤，显然是难以存活了；另外许多树刚刚被火燎过。愤怒而凶猛的大火蔓延得十分迅速，整片树林都危在旦夕。萨尔回想起那场遍及奥格瑞玛的大火，接着立刻从口袋中拽出火焰图腾，向前迈出一步，一双赤脚牢牢地插在肥沃的土壤中。他向天空举起双手，闭上眼睛，将自己的意识和心灵向远方伸展开去。

火焰之灵，是什么让你们如此困扰？让我帮助你们。你们在伤害古老、罕见、不可取代的生灵。请让我帮助你们脱离这场灾难，让你们再度成为会呼吸的生灵获取温暖的源泉。

元素的回应中带有一种怪异的冷酷。这与数个月亮轮回之前，差一点毁掉奥格瑞玛的那颗火星中所包含的黑色怒意非常相像。而这个元素的性情中还有着某种决心。

这是我必须要做的事情。火焰有净化之责，这一点你很清楚，萨满。火焰会净化不洁之物，让污浊回归大地，新陈代谢，循环往复。这就是我的责任，萨满！

萨尔依旧紧闭着眼睛猛然抽搐了一下，仿佛遭受了重重一击。你的责任？当然，你需要选择你的责任，火焰之灵。而这些大树又发生了什么，让你认为它们需要被净化？它们生病了么？在传染瘟疫？还是遭受了诅咒？

我要净化的不是这些。火焰元素在萨尔的心中承认道。

那又是为什么？告诉我，我会尽力去理解。

火焰没有立刻回答，而是突然变得更加炽热明亮。萨尔不得不转过脸，躲开迫人的热气。

它们……很困惑。它们出了问题。它们所知道的，它们却不明白。必须摧毁它们！

元素的反应让萨尔深感困惑。他很清楚，世间万物都有自己的灵。即使是石头，可能算不上真正的“生灵”；即使是火焰，只能在他的脑海和心中说话。但他不明白这个火焰元素所说的这段话到底指的是什么。

它们知道什么？萨尔问火焰之灵。

不对的事！

“不对”指的是违背自然？还是不正确？

不正确。

萨尔拼命地思考着。它们能够学会怎样才是正确吗？

随后是漫长的沉默。萨尔甚至以为自己已经失去了与火焰之灵的联系。这种等待让萨尔感到气恼、混乱，甚至让他想要发狂。如果火焰之灵不再与他沟通……

它们曾经知道正确的事。它们可以再次学会。

那么，火焰之灵，不要摧毁它们。我请求你收回力量。如果你一定要燃烧，就请作为照亮黑暗的火炬，或者是指引迷途的心灵之火。你还可以烹饪食物，温暖寒冷的身体。请不要继续伤害这些树，否则你将让它们永远没有机会学会何为正确！

萨尔等待着，全身的肌肉如同船缆一般紧绷。他迫切地希望自己的吁求没有偏差。而现在，他只能从火焰的反应中做出判断。又是一段漫长的等待，什么事都没有发生。火焰在燃烧中吡啵作响，热气在被吞噬的树木上方翻滚。一棵棵大树变成了黑色。

然后：我同意。它们必须再次学会何为真实。必须有人教导它们。否则，我就要烧光它们。必须将它们烧光。

随后，火焰慢慢地消失于无形。萨尔向前踉跄了一步。他睁开眼睛，感觉到充盈在体内的力量仿佛一下子被掏空了。两只强有力的手扶住了他。这时，欢呼声已经在他的耳边响起。

“干得好，萨满。”特拉隆的脸上露出赞许的微笑，“干得好！你是我们的恩人。今晚……请留在我们这里。我们要好好招待你这位尊贵的客人。”

长途旅行和过度集中精神之后的疲惫让萨尔接受了这些本应在白昼进入梦乡的精灵的邀请。那一晚，当他席地而坐，在雪歌的陪伴下与暗夜精灵德鲁伊和哨兵们一同享用饮食的时候，他一直在因为惊讶的心情而暗自摇着头。他回想起就在不久以前，十位德鲁伊——五名暗夜精灵，五名牛头人——还曾经就贸易线路问题进行和平的会谈，但他们却遇到伏击，惨遭杀害。牛头人大德鲁伊哈缪尔·符文图腾是唯一的幸存者。这一桩惨案同时激怒了联盟和部落。有传闻说，派出杀手的是加尔鲁什·地狱咆哮，但这种猜测一直没有得到证实。尽管加尔鲁什脾气暴躁，萨尔本人并不相信他会做出这种事。

萨尔不由得哀伤地想到，如果那场会谈成功了，也许这样充满了歌声和故事的夜晚就会成为两个阵营之间常会发生的事情。也许会有更多的团结，双方能够凝聚起更大的力量来医治这个世界。

萨尔打算去睡觉了，暗夜精灵们则会继续向繁星歌唱。关于原野的歌声不住地飘入他的耳中。萨尔则已经用毛皮毯子裹住了身体，他的枕头就是自己的手臂。

很长一段时间以来，他第一次睡了一个好觉。

黎明时分，萨尔被一阵轻柔的晃动推醒。

“萨尔，”一名卡多雷正用音乐般悦耳的声音呼唤他，“我是戴沙林。醒一醒，我有东西要让你看。”

经过多年战争的磨炼。萨尔早已习惯于迅速从睡梦中醒来，立刻恢复到完全清醒和警觉的状态。他无声地站起身，跟随在这名精灵身后，小心地绕过正沉沉睡去的暗夜精灵们。他们走过月亮井和大帐篷，一直进入老树林的深处。

“站在这里，不要动。”戴沙林悄声说道，“仔细听。”

那些躲过最严重火焚的树木正在晃动身体，枝干发出吱吱嘎嘎的响声，树叶也在簌簌作响。萨尔继续等待了一段时间，向身边的同伴摇了摇头。

“我什么都没听见。”

戴沙林露出微笑，低声道：“萨尔，这里没有风。”

突然之间，萨尔明白了这名卡多雷话中的含意。树林在摇动，仿佛有微风吹过，但空气是静止的。

“看看它们。”戴沙林说，“仔细看。”

萨尔照做了。他集中起自己全部的注意力，细心端详树干上的节瘤……然后是丫丫叉叉的树枝……

他的眼睛越睁越大。他在不期然间懂得了自己所看的是什么东西——或者是什么人？当然，他以前就听到过他们的声音，却从没有注意过。

“他们是古树。”萨尔的声音中略带着一丝喘息。戴沙林点点头。萨尔用敬畏的眼神望向那些大树，对自己之前的漠然无知感到惊诧。他缓缓地摇着头。“我本以为，来到这里的任务只是为了拯救一片树林。他们看上去……就像普通大树一样。”

“他们在沉睡。是你唤醒了他们。”

“我？怎么会！”萨尔的目光并没有离开那些古树。这些非常、非常古老的生灵往往保藏着无数个世代以前的知识。他们不断发出各种声音，看上去就像是在……交谈？

萨尔努力地思考着。片刻之后，他意识到自己能够听懂这种深沉却又轻柔的话语。

“我们一直在做梦。令人困惑的梦将我们困在不安定的状态中。所以，当火焰袭来的时候，我们没有能醒来。直到我们听见了那古老的祷文，以及萨满和元素的交谈，我们才脱离了沉睡的状态。是你让我们醒来，是你救了我们。”

“火焰告诉我，它要将你们净化。它认为你们已……不再洁净。”萨尔回应道。他竭力回想着火焰对他说过的话。“它说你们陷入了困惑。你们知道，但你们不明白。而你们所知道的是不正确的。我问它，你们是否还能学会何为正确。火焰之灵认为你们还可以。所以它才同意不再烧毁你们。”

萨尔明白，火焰已经不会再威胁这些古树了—— 一些古树上重新出现了小动物。看上去，它们就像是生有精致翅膀的小龙。那些翅膀就如同蝴蝶的翅膀一样色彩缤纷。在它们明亮的眼睛上方，还生有羽毛一般的宽大触须。一只这样的小动物从树枝上飞下来，绕着两个人转了几圈，落在戴沙林的肩头，亲昵地用鼻子拱着那位德鲁伊。

“它们被称为小精龙。”戴沙林一边说话，一边爱抚着这只小动物。“它们并不是龙，但它们的确是翡翠梦境的魔法守卫者。”

萨尔完全明白了。他看着这些古树，这些纤小的魔法卫士，还有戴沙林的一头绿发。

“你是一头绿龙。”萨尔低声说道。他不是在提问，而是在陈述事实。

戴沙林点点头。“我的任务就是观察你。”

萨尔皱起了眉头，原先那种愤懑的情绪又回来了。“看着我？我是在受到测试吗？我是不是符合伊瑟拉的期待？”

“并非如此。”戴沙林说，“我们不是要对你的技艺进行评估。我要观察的是，当你帮助我们的时候，你的心里到底有些什么，你会如何应对这个任务。你还有很长的一段路要走，萨尔，杜隆坦和德拉卡之子。我们需要知道，你是否已经准备好踏上这条道路。”

古树又开始用他们那种奇怪的、充满森林感觉的语言说话了：“一直以来，我们都在为这个世界收藏记忆，照管早已被别人忘记的知识。但火焰之灵是对的。有些东西出了差错，我们所承载的记忆开始变得模糊、混乱……失落。有些与时间本身相关的东西出了偏差。”

它们必须再次学会何为真实。必须有人教导它们。否则，我就要烧光它们。必须将它们烧光。

“这正是火焰之灵想要说的。”萨尔说道，“它知道，古树的记忆出现了错误，但它相信古树能够再次得到正确的记忆。这意味着希望依然存在。”

戴沙林点了点头，仔细思考着。“古树的记忆发生了错误。那些记忆和现实不符了。他们的记忆是不会改变的，除非是他们所记忆的现实本身发生了改变。这意味着，时间遭到了干扰。”他转向萨尔，表情中同时带着肃穆和激动。“这就是你将要踏上的征程。你必须前往时光之穴，查清楚那里发生了什么事，并在那里纠正时光之路。”

萨尔惊愕地看着他。“时光之路……它们真的是存在的？我一直都以为……”

“它们的确存在。诺兹多姆和他的青铜龙族在管理着它们。你必须将这里发生的事情告诉他。”

“我？他为什么会愿意和我交谈？难道让一头巨龙去告诉他不会更好吗？”萨尔几乎无法去思考这样的事情：在时间中回溯，改变或纠正历史。本来是一个看似平淡无奇的小任务，现在却变得如此关系重大。萨尔不由得扪心自问，是否能接下这样的重担。

“如果你愿意，我会陪你一起去。”戴沙林说，“但守护者坚持认为，你才是真正重要的因素。请恕我冒犯，但我的确也像你一样，很奇怪为什么她会这样想。”忽然间，他展露出笑容，这让他显得年轻了许多。不过萨尔知道，面前这个生物的年龄很可能远远超出了自己的想象，“至少，你的皮肤是绿色的。”

萨尔在惊讶之中有些想要生气，却发觉自己也笑了起来。“我很欢迎你能给我的一切帮助和指引。伊瑟拉竟然如此器重我，让我感到无比光荣。我会竭尽全力去完成这个任务。”他又转向那些古树，说道：“如果我能做到，我一定会帮助你们摆脱困境。”

古树窸窣作响。萨尔听到有什么东西轻轻地落在了地上。那东西翻滚过有些倾斜的地面，停在萨尔脚边。

“这是给你的礼物。”戴沙林说。

萨尔弯下腰，捡起那样东西。这是一颗橡果。在萨尔看来，它和别的橡果没有什么不同。但他知道，这颗种子的价值绝对非同寻常。他合拢手掌，将橡果握在手心中，全身不由得微微颤抖。然后，他才小心地把橡果放进口袋里。

“仔细照顾好它。”戴沙林的语音忽然变得极为严肃，“这颗橡果里收藏着它的母树所拥有的全部知识，正如同它的母树继承了来自于先辈的知识……一代接一代，直到一切开始的时候。你要将它种植在一个最适宜它生长的地方。”

萨尔点点头，这件礼物和它所代表的责任让他的喉咙感到哽噎。

“我会的。”他向古树们保证。

“好了，兽人朋友。”戴沙林抬起头，看着被太阳照亮的天空，“我们要向时光之穴进发了。”

第六章　时光危旅

在龙背上能体验到极快的旅行速度——戴沙林是这样说的。萨尔非常同意他的话。雪歌只能暂时被留在原地。特拉隆亲自向萨尔保证，它会得到很好的关照。“你与吉安娜女士的友谊尽人皆知。”那名暗夜精灵对他说，“我们会照料你的座狼朋友，并让它安全地回到你身边。雪歌是一头高贵的猛兽，值得我们尊敬。”当然，德鲁伊全都极为擅长照料动物，而吉安娜能够安排好雪歌随后的行程。在这件事上，萨尔非常放心。他最后搔了搔雪歌的耳朵，就转身向戴沙林走去。

已经变化出真身的戴沙林看着走过来的萨尔。

“能够与你一同旅行，是我的荣幸。”萨尔对绿色巨龙说道。

“你受领的是伊瑟拉的任务，”戴沙林回应道，“所以应该是我说荣幸才对。不必害怕，我会迅速平安地将你带往目的地。尽管相信我吧。就算是以生命为代价，我也不会辜负我的女王。”

“她发怒的时候非常恐怖吗？”

“当她愤怒的时候，可以成为极端恐怖的存在。她是一位守护者，拥有无比强大的力量，但她的心却异常温柔。”戴沙林说，“我们忠诚于她，并非是出于畏惧，而是出于爱。我宁可形神俱灭，也不愿看到她伤心的样子。”戴沙林说出这番话的时候，脸上充满了尊敬和赞美的神情。伊瑟拉在绿色龙族中得到的忠诚深深触动了萨尔。

这注定将是一场奇特的冒险，但萨尔很高兴能接受这个任务。

他慢慢爬上巨龙的后背。随后，巨龙振起双翅，迎风而起——萨尔骑过不少坐骑，却还从没有体会过成为如此轻盈渺小的骑手的感觉。

当萨尔感觉到魔法能量从戴沙林体内迸发出来的时候，不由得屏住了呼吸。绿龙的翅膀有力地拍打着空气，吹在萨尔皮肤上的风显得相当寒冷。在飞行的龙背上坐直身子并不算困难。当萨尔能够继续呼吸的时候，他几乎想要大笑一场。以前他也骑乘过会飞的坐骑。而现在，他觉得在飞翔的就是自己。

“你能多告诉我一些关于你，关于其他巨龙的事么？”萨尔问道，“对你们，我有一些了解，但说实话，我根本不知道哪些关于你们的传闻是神话，哪些又是事实。”

戴沙林笑了。一阵浑厚而温暖的笑声传进萨尔耳中。“好的，萨尔朋友。不过我能告诉你的大概也多是一些最近才发生的事。要知道，我一直都是在翡翠梦境里面，觉醒才刚不久。不过只要是我知道的，我都会告诉你。有一件事你必须知道：守护者极少会和生命短暂的种族打交道。其他的巨龙？我们之中的许多同伴都对‘低阶种族’感兴趣——当然，这是一种傲慢、不礼貌的称呼。有时候，我们也喜欢变化成你们的形态。”

“比如说，一个卡多雷。”

“没错。”戴沙林表示同意，“虽然我可以任意变成所有种类的短命生物，但不同的龙类都有各自喜爱的形体。你会发现，每一个龙族都更倾向于变化成一种特定的短命生物。比如我们绿龙就喜欢变化成卡多雷，因为我们与伟大的德鲁伊玛法里奥·怒风有着非同寻常的关系。长久以来，他一直和我们分享着梦境。”

萨尔点点头。绿龙说得没错。

“我曾经观察过，红龙喜欢变化成辛多雷。而蓝龙经常会选择人类形体。至于说青铜龙，尽管他们的任务要求他们变化成为各类种族，但他们似乎格外喜欢变成……侏儒的样子。”

萨尔笑了。“不管他们天生是什么样子，也许他们喜欢弱小无害的外形。”

“也许你可以亲自去问问。”

“我……不，我想我不会问这种问题的。”

“你很聪明。”

“我的确有一点见识。你们有没有……”这样的话该怎么说呢，他耸耸肩，直率地说道，“在短命种族中占据掌握权势的位置？”

“一般来说，不会。不过死亡之翼曾经试过这样做。他的女儿奥妮克希亚则确实成功了。”戴沙林用隆隆的声音说道，“还有克拉苏斯。他曾经是……肯瑞托的一名掌握实权的成员。”

“曾经？”

“他的生命已经终结了。”戴沙林说完这句话，就陷入了沉默。很显然，这是一件他不愿多说的事情。

萨尔改变了话题。“我听说，除了五色巨龙之外，还有其他种类的龙存在。”

“确实，他们都是我们的敌人。只有黑龙算是他们的主人。”戴沙林说，“死亡之翼的儿子奈法利安曾经尝试制造过一种新龙，被称为多彩龙。他利用魔法实验，将所有龙类的特性融合为一体。幸运的是，这样的试验中产生出来的幼龙往往都是畸形的，活不了多久。现在世上已经没有活的多彩龙了。暮光龙更接近于原始巨龙。他们的创造者希奈丝特拉利用古代巨龙神器和虚空之龙的力量制造出他们。他们要比多彩龙更稳定，寿命更长……而且还能任意变幻成虚体。这让他们在战斗中具有格外的优势。”

“是一种很有挑战性的敌人。”萨尔说。

“非常有挑战性。”戴沙林表示同意，“尤其是当他们被黑龙军团控制的时候。”

萨尔看到绿意盎然的菲拉斯变成了千针石林沉没后形成的巨大水面。他摇了摇头。这片浩瀚水泊之上，只剩下了百十余个小岛。它们曾经是千针石林中一些最高石山的峰顶。这个世界改变了很多。这一点，萨尔非常清楚。他曾经查阅过无数份关于世界各地发生异变的报告，但从空中亲眼看到这番情景……萨尔很想知道，大地之环的兄弟姐妹们是否也像他一样见到过世界改变的现实景象。如果没有，他们是否也应该来亲自看一看。

这时，萨尔和戴沙林正迅速飞过塔纳利斯沙漠。萨尔能够看见锋利獠牙一般的岩石直刺天空，还有一片片丘陵——看上去，它们也可能是倾倒的建筑废墟。歪斜的塔楼、破碎的圆顶，还有标准的兽人棚屋。那里是……一艘帆具破烂的航船？再向远处眺望，萨尔能看到两头青铜巨龙正在空中盘旋翻转。

“这个地方，”戴沙林严肃地说，“就是时光之穴的广场。我要降落了。我们步行过去。他们一定很想知道，我们为什么来到这里。”

“想来应该是如此。”萨尔说。

戴沙林落在地上，依旧保持着巨龙形态。萨尔想要跳下龙背，但戴沙林说：“不必下来，萨尔朋友。没有必要让你的两条短腿感到劳累。”然后绿色巨龙就踏在柔软的沙地上，向一座圆顶建筑走去。那座建筑物有一半被埋在萨尔刚刚从空中瞥过一眼的一座突兀石山中。几乎立刻，就有一头在空中盘旋的巨龙落到了他们身边的地面上。

“这里不是你的领域，绿龙。”青铜龙用低沉愤怒的声音说道，“走吧，快一点。这里没有你的事。”

“我的青铜龙兄弟。”戴沙林的声音中带有深深的敬意，“我来到这里，是因为我的守护者女王有所嘱托。”

青铜龙的大眼睛眯了起来。他调转目光，瞥了一眼骑在戴沙林背上的萨尔，神情中显出一丝惊讶。然后，他又将注意力转回到戴沙林身上。

“你说，你们到这里来是因为伊瑟拉女士的命令。”青铜龙说道，他的声音显得不再那样严厉了，“我是克鲁纳里斯，时光之穴的守门卫士。告诉我，你们为什么要来到这里，也许我能让你们进去。”

“我的名字叫戴沙林。我来到这里是为了辅佐这名兽人。他是萨尔，曾经的部落酋长。现在，他是大地之环的一员。觉醒的伊瑟拉相信，他需要与诺兹多姆谈一谈。”

青铜龙轻声一笑。“哦，我知道萨尔。”然后，他径直转向绿龙背上的兽人，对他说道：“根据我对你的了解。你是短命种族中相当有地位的一个人物。但我不认为你能找到诺兹多姆。现在，就连作为同族的我们也找不到他了。”

曾经执掌整个部落的萨尔并不会因为一头青铜龙知道他而感到惊讶。令他惊讶的是，诺兹多姆竟然失踪了。

“我们做不到的事情，也许他能够做到。”戴沙林友善地说道。

“她亲自找到了你？我是说，觉醒的伊瑟拉？”克鲁纳里斯好奇地问道。

萨尔点点头，向他讲述了自己与伊瑟拉见面的经过。整个讲述中，他没有对自己当时的状况有丝毫夸大。他承认，自己一开始只以为这是一个简单的小任务，直到不久以前，他才知道伊瑟拉要他挽救的是古树的家园，而这个任务实际上远比他的想象更加重要。他也告诉了克鲁纳里斯，当他恳求火元素停止伤害树林时，火元素做出了怎样的反应。克鲁纳里斯点着头，专注地倾听着。

“既然大家都找不到诺兹多姆，我其实也不知道。”萨尔坦率地说，“但我可以向你承诺，我会为此而竭尽全力。”

克鲁纳里斯思考着。“我们也曾经让其他人进入时光之穴，帮助我们维护真正的时光之路。不过，我还是觉得你的行动有些讽刺的意味。戴沙林，如果你愿意，就跟着他吧。我会给你们两人引路。”

“讽刺？”萨尔问道。这时，两头巨龙踏上了一条沙路。这条路乍一看是通向山脚下的建筑，但很快萨尔就发现，这是一条进入石山内部的道路。

“确实。”克鲁纳里斯转回头，越过叠起的翅膀看了萨尔一眼，“就像我刚刚告诉过你的那样，我们有时也会允许特定的凡人帮助我们恢复时光之路的真实。最近，时光之路……遭到了攻击。敌人是一群自称为永恒龙军团的神秘家伙。青铜龙军团，尤其是时光之王诺兹多姆有责任维护时光之路，确保它们的真实。如果时光之路发生损坏或改变，你所知道的整个世界都将不复存在。因为我们所不知道的原因，永恒龙军团已经感染了不同的时光之路，正企图为了他们自己的目的而改变这些时光之路。萨尔，你逃离敦霍尔德城堡就是他们极力想要改变的时间段之一。”

萨尔盯着青铜龙。“什么？”

“如果你不曾逃离过敦霍尔德城堡，世界就不会变成今天这种样子。你也绝不可能重建部落，从集中营里解放你的同胞。那样的话，你将无法在燃烧军团入侵的时候率领部队战胜那些恶魔。艾泽拉斯就会在那时被摧毁。”

戴沙林带着一种全新的敬意望向萨尔。“哦，怪不得守护者会认为你是那么重要。”

萨尔摇了摇头。“那时的经历并没有让我觉得自己有多么重要。正相反……我只感觉到自己的卑微。请……替我感谢那些为了保护时光之路而战斗的巨龙。还有……”他的声音变低了，“如果他们看到塔蕾莎，请让他们对她好一些。”

“如果他们看到了塔蕾莎，而且一切正常的话，你就会像以前那样，与她分别。”克鲁纳里斯说。

他们正逐渐深入到山脉内部。萨尔觉得自己正一步步走进一场寻梦之旅，但他的意识非常清晰。在他的一旁，有一幢仿佛半嵌进洞穴石壁中的房子。又有一幢房子以怪异的角度显现出来。它上方的天空——天空？在一座岩洞里？但那的确是一片紫红交杂，还流淌着一股股奇异能量的天空。圆柱向上突起，柱顶没有支撑任何东西。树木在一片没有水和阳光的地方繁茂生长着。他们从一片坟场旁走过。萨尔有些想知道是谁被埋葬在这里，但终究还是没有开口。在自己的另一边，他能看见形状不同的岩块飘浮在半空中。这里有一座兽人风格的塔楼；那里却是一艘船。

这里也有一些居民。萨尔意识到，他们很可能是青铜龙。他看到了几乎各个种族的孩子和成年人。有着双臂四足的金鳞龙人在道路上巡行，准备抵抗可能的入侵者。当然，他们头顶上方还有本体形态的青铜龙在无声地飞行。

萨尔回过头，发现巨龙留在他们身后的足印过了一段时间之后就会消失。

“这里的沙子和普通沙子不同。”克鲁纳里斯说，“我们在这里不会留下任何痕迹。看。”

随着他的指点，萨尔不由得睁大了眼睛。

在前方的半空中盘旋着一个奇妙的装置。它的精巧结构很像是出自地精或侏儒之手。那是一个沙漏，却又和萨尔以前见到过的所有沙漏都有所不同。沙子正从三个容器中流洒下来，仿佛永远也不会有流尽的一刻。

还有三个容器在持续不断地向上方倾注沙子。

环绕这六个容器和它们基座的是一副盘曲缠绕的框架，但整个框架和容器没有任何接触的地方。这部仪器缓缓地转动着。沙子不断地朝上下两个方向倾泻。萨尔知道，那是时之沙。

“这是那么……”他一时间甚至找不到合适的言辞来形容面前的景象，只能惊愕地摇着头。

戴沙林停下脚步。萨尔知道，现在是他回到地面上的时候了。他离开龙背之后，绿龙便转为精灵形态，一只手轻轻按住萨尔的肩膀。

“龙以外的生灵很难把握这里的状况。”他一边说着，一边向萨尔露出一个笑容，“甚至就连青铜龙以外的龙族对这里也往往是懵懂无知的。不过不必担心，你的任务并不是要理解时光之路的运作规律。”

“幸好不是。”萨尔的声音中流露出一点自嘲的味道，“我只需要找到时间之王。他肯定能理解时光之路的变化，只不过别人一时无法找到他而已。”

戴沙林又拍了一下萨尔的后背。“没错。”他笑着说道。两个人四目相视，萨尔笑了。他知道，自己很喜欢这头绿龙。见识过古怪的伊瑟拉和冷漠的克鲁纳里斯之后，戴沙林越发让他有一种亲近的感觉。

“我不知道你打算怎么做。”克鲁纳里斯说道。

萨尔看着戴沙林。绿龙说道：“我想，也许应该用些时间，安静地思考一下我们该怎样做才能在这里帮上忙。毕竟水静沙方落。而且萨尔肯定也需要时间来消化他刚刚所见到的一切。”

克鲁纳里斯低垂下他金色的头颅。“如你所愿。你们可以在这里随意走动。但请注意——时光之路并非可以掉以轻心的地方，否则你们很可能在这里遭到毁灭。无论你们要进入时光之路的哪一部分，都必须先通知我们中的一个。相信你们现在都能明白我为什么要这样说。”

萨尔点点头。“我明白。感谢你接纳我，克鲁纳里斯。我会尽全力帮助你们。”

“对此，我并不怀疑。”克鲁纳里斯说完这句话就跃上半空，身形一下子变得模糊起来，然后消失不见了。

“这是……？”萨尔惊讶地向戴沙林问道，然后才意识到眼前的情景是怎么一回事。作为操纵时间的大师，克鲁纳里斯只是加快了自己的时间，现在已经回到他的岗位上去了。萨尔不由得惊羡地摇了摇头。

他们开始从青铜龙群身边走开。看样子，这些巨龙都有各自紧迫的任务，就连那些孩子也不例外。萨尔轻易就能看出，那些并不是真正的小孩。他们的面容和身姿都显示出他们也担当着严肃的职责。这里到处都生长着树木。常绿树直接扎根在沙粒中，而这只不过是这里的奇异景象之一。萨尔耸耸肩，默然接受了这些不合常理的地方。松木的气味清新而略有些刺鼻。他在这样的气息中，仿佛瞬间回到了自己年轻时代，在敦霍尔德长大的时候。那时，他已经被允许走出囚笼外接受训练。他所闻到的就是这种气味。这让他感到有些惊诧——气味竟然具有这样的力量，能够将过去的记忆带回给他，其中有好的，也有坏的：曾经有一个女孩，为了解救他而牺牲了自己的一切；有一个“主人”，在喝醉的时候差一点将他鞭打致死……在希尔斯布莱德，萨尔第一次看到了另一名兽人，并将他的兄弟视作怪物。

“你很激动。”戴沙林低声说道，“如果我猜得没有错，让你激动的并非是你所见到的东西。"

萨尔不得不点了点头。"我想到了自己年轻时所在的地方。那些记忆并不都是愉快的。"

戴沙林也点点头。"好了，萨尔朋友，我们先找一个地方安静下来，考虑清楚，再走进这些时光之路。我们和青铜龙不同，过去的对我们而言便已经过去了，不应该让那些事成为重压在肩头的包袱。不要再让令人不安的往事困扰自己了，我们要面对的挑战已经够多了。"

他们又在沉默中前行了一段路，戴沙林突然又停住了脚步。"这个地方似乎很安静。"他一边说，一边向周围张望，"我们在这里应该不会受到打扰。"他坐到一株大树下，将双手放在膝头。萨尔也学着他的样子，坐了下去。

萨尔感到很紧张，不仅是因为自己刚刚看到和听到的一切，以及松树气息带给他的回忆。更重要的原因是，他上一次与别人一同进入冥想状态时，犯下了严重的错误。绿龙显然注意到了他的紧张情绪。

"你是一位经验丰富的萨满。"戴沙林说道，"你应该熟悉这种方式。为什么你会感到如此困难？"

"你是一头绿龙，你习惯的应该是睡眠，而不是清醒。"萨尔回敬道。

戴沙林并没有流露出不高兴的样子。他只是用了一点时间，将长发在脑后梳理整齐。而萨尔则继续让自己镇定下来。绿龙闭起眼睛，深吸了一口气。

萨尔发现自己也在做着同样的事。戴沙林是对的，这样做对萨尔来说当然是非常熟悉的。但他依旧继续看着绿龙，并没有进入冥想状态，而是在重新回想最近发生的每一件事。离开部落领袖的位置。前往纳格兰，遇到阿格娜。凯恩的死。撕裂世界，翻天覆地的大灾变。他的气恼和无法集中精神造成的失误。伊瑟拉的任务。与古树相逢……还有坐在他面前的这头龙。现在他看上去根本没有半点绿色巨龙的影子，完全是一位正在冥思中的暗夜精灵。

这个地方令人感到不安，甚至让萨尔觉得有些透不过气来。萨尔不想闭起眼睛，探索自己的内心。他想要探索时光之穴。

这是他很快就要做的事情。而在此之前，他需要为这样一个至关重要的任务尽可能做好准备。所以，他终于不情愿地闭起眼睛，开始放慢呼吸，让自己平静下来。

一切事情都发生得那么快。当利刃撕裂空气的尖啸声向他发出示警，当他睁开眼睛的时候，戴沙林的头已经从肩膀上被砍了下来。

萨尔向一旁扑倒，翻了个筋斗，重新让双足立稳在地面上。他没有再向自己的新朋友瞥上一眼。戴沙林已经死了。如果萨尔不小心，他很快也会步这位友人的后尘。他伸手到背后，抓住毁灭之锤，以自己最熟悉的动作疾速轻捷地挥起战锤，向周围横扫了一圈。他的视线立刻就捕捉到了那个突然出现的敌人。这名刺客身材高大，但还比不上兽人，身穿沉重的黑色盔甲，臂肘、肩膀和膝盖的位置上都有长钉突起，戴着铁手套的手中攥着一把寒光闪闪、异常巨大的双手阔剑。萨尔本以为自己的战锤会结结实实地击中他的上腹部，就像砸在一只廉价的锡镴罐子上，但锤头只砸中了空气。

他的敌人及时躲闪，沉重的毁灭之锤从距离他只有一指宽的位置上扫过。萨尔在惊讶中耽误了宝贵的一秒钟，没有能及时带回锤头，再次发动攻击。他的敌人却已经趁着这个时候恢复了平衡，挥舞巨剑斩向萨尔。萨尔能看到剑刃上闪烁着魔法光芒。这一击的速度远比萨尔想象的更加迅疾——这个身经百战的兽人没有想到一个身披重甲的人能有这样的速度。萨尔感觉到心中掠过一丝恐惧。这个无名的敌人到底是谁？竟然如此凶猛、迅捷、强壮……

凭借直觉，萨尔任由毁灭之锤的惯性将自己带出敌人攻击的范围。然后他举起另一只手，召唤来一阵强猛集中的气流。这名人类——萨尔根据敌人的身材和盔甲类型做出了这样的猜测——踉跄一下，差一点栽倒在柔软的沙地上。萨尔再次向空气之灵发出请求，几团沙子突然飞起来，扑向敌人的头盔。头盔给敌人提供了一定保护，但远远不够。沙子在萨尔的精确指引下，穿过头盔的眼缝，让敌人暂时失去了视力。一阵吼声从头盔里面传出来，是一名人类男性痛苦而愤怒的吼声。敌人再次举起剑，但这一次不是为了攻击，而是要遮挡在脸前，进行防守。

巨剑上跃动着红色光晕，几乎就像它的主人的怒火。转眼间，那把剑又一次扑向了萨尔。

萨尔意识到，他面前的这名敌人不仅有着令人惊讶的敏捷和力量，而且还拥有一把很可能堪与毁灭之锤匹敌的强大武器。

戴沙林死的时候根本不知道自己遭到了攻击——这种事绝不应该发生。面前这名刺客到底使用了什么手段，竟然能将自己的形迹隐藏得分毫不露，连一头绿龙和部落的前酋长都无法察觉？其他青铜龙又去了哪里？萨尔想要向他们求援，但他们距离他可能都太远了。他和戴沙林也许犯了一个很愚蠢的错误——他们找到的冥想场所实在是太偏僻了。

大地之灵，你愿意帮助我吗？

黑甲人类的脚下突然出现了一个窟窿。他踉跄一下，单膝跪倒。刚刚的嚣张与强横在眨眼间变成了笨拙的挣扎——他只能拼尽全力要把自己陷进窟窿中的那条腿拔出来。萨尔怒吼一声，举起毁灭之锤，狠狠砸了下去……

……毁灭之锤发出铿然一声，被双手巨剑挡了下来。一只戴着铁手套的手紧握住了那把剑。魔法能量沿着剑刃不断爆裂。那个人类的力量将萨尔猛然向后推去，就仿佛有一个巨人抓住萨尔，把他扔了出去。

人类刺客这时已经重新站稳。他来到萨尔面前，举起了光芒闪烁的巨剑，剑锋向下朝萨尔刺去。

萨尔滚向一旁。但他的速度还不够快。剑刃没能刺穿他的身体，却还是在他的肋侧留下了一道深深的伤口。而萨尔也从地面上一跃而起。

就在这时，一个巨大的影子从他们头顶落下。没等萨尔反应过来，一只巨大的爪子已经抓住了他。巨龙的动作实在说不上有多温柔。

“入侵者由我们来对付！”那头龙说道，“你的任务是找到诺兹多姆！”萨尔发现抓住他的巨龙正径直向一道如同漩涡般迅速转动的传送门飞去。那是一条时光之路的入口。而那条时光之路到底通向哪里，萨尔并不知道。

不等萨尔说出一个字——他甚至还没有来得及从被压紧的胸口中吐出一口气，这头青铜龙就飞到了贴近地面的地方，一下子将他扔进了那道传送门。

但是，就在萨尔消失在传送门中之前，他听到了那个刺客用令他感到惊异的熟悉嗓音在背后喊道：“别以为能这么容易地逃走，萨尔！你不可能在那里躲藏很久。当你出来的时候，我会找到你！我会找到你，然后杀了你！听到我的话了吗！”

第七章

萨尔一直在向前奔跑，直到不断阻滞他脚步的沙子突然变成了坚实的地面和青草。他的头顶上方也不再是时光之穴的异象天空。他看到了松树、黑沉沉的夜幕，还有闪烁的星星。他放慢脚步，最终停下来，试图搞清楚自己身在何方。

熟悉的松树和泥土气息，略带有一些寒意的雾气让它们变得更加浓烈，也让萨尔确认了自己的位置。一条溪流在数尺之外淌过，萨尔看到一只狐狸的白毛尾巴。实际上，他并没有来到过这个地方，但他知道这里——他是在这里长大的。

他正在东部王国的希尔斯布莱德丘陵。

他不由得暗自思忖：我知道我在哪里，但更重要的是……现在是什么时代？

他做了一件几乎没有人做过的事，一件在不久之前，他还无法确定是否能够做到的事。

他是在什么时代？

他将沉重的身子靠在一棵树上，任由毁灭之锤滑落到身旁。刚才一段时间里，他只是在为戴沙林的突然死亡和杀手的凶猛攻击感到震惊。直到此时，他才意识到戴沙林给了自己多少帮助，而他对此是多么地心存感激。

肋侧的伤口也急需治疗。萨尔将一只手按在伤口上，呼唤愈合的力量。他的手掌上泛起光芒，渗透出温暖的刺麻感，伤口随之开始闭合。他除下身上的长袍，在溪水中洗去身上的血迹，并把染血的长袍收进背包中，又拿出一件新袍子穿好。就在这时，一阵声音传入他的耳朵。

是兽人的声音。

萨尔立刻又拿出旧长袍，尽量将太容易被辨认出来的毁灭之锤包好，也塞进了背包里。他一边用目光搜索着应该就在不远处的兽人，一边拼命想要杜撰出一个可信的故事。看到那群兽人的时候，萨尔的眼睛稍稍睁大了一些，他很高兴自己及时地将毁灭之锤收进了背包里，让它能够避开这些人的目光。他认得那群兽人高举的旗帜——红色的旗面上绘着一座黑色的山峰。这是黑石氏族的旗帜。根据萨尔对这个世界历史的了解，这意味着两种可能：大部分黑石氏族的成员在萨尔看来，都是不值得尊敬的。尤其是当萨尔想起残忍跋扈的黑手和他的儿子——盘踞在黑石山中的雷德 · 黑手和麦姆 · 黑手的时候。但萨尔也知道，有一名黑石氏族的成员给这一整个氏族带来了救赎。那位兽人的名字是奥格瑞姆 · 毁灭之锤。一想到自己有可能回到这位导师和挚友还活着的时代，萨尔不由得精神一振。那时，这位兽人伪装成一名普通的旅人，与萨尔并肩奋战。他也曾经诱骗萨尔，激起萨尔心中善良、诚实的兽人怒火……又高兴地接受了被萨尔击败的结果。是他向萨尔传授了兽人战法，并在生命的最后一刻任命萨尔为部落酋长，将自己著名的战甲赠予这名年轻兽人……还有现在萨尔使用的毁灭之锤。

奥格瑞姆。萨尔突然非常想要和这位伟大的兽人——他的朋友再见一面。在这里，这种愿望并非绝无可能……就是现在。

向萨尔走过来的兽人抽出了斧头。“你是谁？”

“萨……萨卡什。”萨尔急忙说道。他不能说自己是一名萨满。在这里，在这个时代不行。他该怎么说？“我是一名术士。”

兽人卫兵上下打量着他。“你的袍子倒是很有趣。但你的骷髅和花哨布片到哪里去了？”

萨尔挺起胸膛，摆出一副凶狠的样子，向那名卫兵迈出一步。“在阴影中行动的人是不喜欢被别人注意到的。相信我，那些必须依靠黑衣服和骨头来炫耀自己是多么危险的家伙其实根本一无是处。真正有能耐的人知道自己能做些什么，并不需要自吹自擂。”

卫兵后退了一步，小心地向周围环视一圈。“你是……被派来援助我们完成任务的？”

兽人卫兵的声音中有一种萨尔很不喜欢的紧张感。但萨尔需要尽快排除掉他对自己的怀疑。所以他点点头，回答道：“是的，当然。否则我为什么要到这里来？”

“真奇怪，竟然会派一名术士过来。”那名卫兵嘟囔着，眯起了眼睛。萨尔任由他一遍遍审视着自己。最后，兽人卫兵耸耸肩。“嗯，好吧。我的工作可不是问问题，我只需要执行我的命令。我的名字叫格鲁卡。现在还不到时候，而且我还有些事情需要处理。跟我去帐篷那里烤烤火吧。今天晚上可真冷。”

萨尔点点头。“谢谢你，格鲁卡。”

跟着格鲁卡，萨尔走进了丘陵区。这里有一顶黑红色的小帐篷，帐篷口的帘子被放了下来。两名兽人守卫立在门口两侧，他们全都在好奇地望向萨尔。但既然萨尔是格鲁卡带来的，他们很快就对这个新兽人失去了兴趣。

“在这里等我。”格鲁卡低声说，“我很快就会回来。”萨尔点点头，走到了数尺以外的篝火旁。那里聚集着另外几名卫兵。他们都将手掌伸到篝火上，享受着篝火的热量。萨尔也仿效他们，同时尽可能不引起他们的注意。就在这时，萨尔听到了说话声。

说话的人应该只有一个。萨尔不可能听清那个人所说的每一个字，但他的确听到了“古尔丹”这个名字，这让他的眼睛立刻眯了起来。古尔丹曾经出卖了兽人全族。那名术士与恶魔结盟，只为了增加自己个人的力量。他组建暗影议会，为的是操纵各氏族和他一起堕落。最可恨的是，他劝诱德拉诺最高等阶的兽人们饮下了恶魔之血。这种污染一直在困扰着兽人族群。就连那些没有参与那个邪恶仪式的兽人也发现，自己的心中出现了一种无可遏制的嗜血欲望。兽人的皮肤在这种污染的作用下变成了绿色。直到萨尔的朋友格罗姆·地狱咆哮杀死了恶魔玛诺洛斯——恶魔之血的源头，兽人才最终从这种污染中被解放出来。

但如果从萨尔所在的这个时间点来看，那场可歌可泣的战斗还要等到许多年以后才会发生。在这条时光之路中，古尔丹应该刚刚背叛兽人。那个说话的人应该正在劝说奥格瑞姆·毁灭之锤推翻古尔丹的统治。

终于，那个人讲完了这段残酷的故事。很长一段时间里，帐篷中再没有响起半点声音。

然后，萨尔听到了一个他从没有想象过自己能再次听到的声音。这个声音比萨尔记忆中的声音显得更年轻、更嘹亮一点。但萨尔立刻就认出了它，并且感觉到喉头一阵哽噎。

“我相信你，老朋友。”

是奥格瑞姆·毁灭之锤。

“我可以告诉你，为了我的同胞，我绝不会容忍古尔丹的阴谋得逞。我们会和你一起对抗黑暗。”

萨尔的心中突然升起一重疑问：在这次对话发生的时候，他出生了吗？是谁有勇气找到毁灭之锤，告诉他这些事……

但萨尔很快就知道了。一想到那个人，他立刻屏住了呼吸。

“我的一名亲卫将护送你们到安全的地方去。这附近就有一条溪流。一年中的这段时间里，森林中也会有许多猎物。你们不会挨饿的。我会竭尽全力代你去把这件事做好。一旦时机成熟，你们和我就会并肩与叛徒古尔丹作战，联手将他消灭。”

但毁灭之锤现在所说的事情并没有发生，真正发生的事情是……

帐篷帘被掀起。三名兽人从帐篷中走了出来。其中一个是毁灭之锤。他比萨尔记忆中更年轻，身材更健壮，也显得更加骄傲。但在他的脸上，萨尔还是能看到他终有一天会变成的那位兽人长者。就在不久之前，萨尔还急切地希望能再看一眼奥格瑞姆。而现在，他的目光却不由自主地固定在另外两位兽人身上。

他们是一对夫妻，身上穿着在这个季节中显得过于厚重的毛皮衣服。跟随在他们身边的还有一头高大的白狼——萨尔知道，那是一头森林狼。他们显得那样伟岸而又崇高。丈夫身材健硕，是一名标准的战士；妻子也丝毫不逊于自己的丈夫。

在妻子的臂弯里，还有一个婴儿。

萨尔认识那个孩子。

那就是他……现在，他面前的这对夫妻正是他的父母。

萨尔呆呆地望着他们，喜悦、震惊和恐惧同时在心中奔腾。

“来吧，杜隆坦、德拉卡。”格鲁卡说道，“萨卡什和我会护送你们到安全的地方去宿营。”

婴儿哭闹起来。那名女性……

妈妈……

她低下头，看着孩子。刚强高傲的兽人的面孔变得柔和起来，充满了爱意。然后，她回头看了萨尔一眼。他们的目光对在了一起。

“你的眼睛很奇怪，萨卡什。”她说道，“我只在这个小家伙的身上见到过蓝色的眼睛。”

萨尔想要找一些话说，但格鲁卡突然用古怪的眼神看着他。“我们要快一些了。要谈论眼睛的颜色，尽可以等你们到了安全的新地方再说。”

在一生之中，萨尔从没有过如此失落的感觉。他默默地跟随着格鲁卡以及自己的双亲，回到了他进入时光之路的那个地方。现在他的脑海中剧烈地翻腾着各种可能性。

他有可能救下他的父母。

他可以让自己免于遭受被俘的命运，不会被残酷而又可怜的埃德拉斯·布莱克摩尔养育成为一名角斗士。他能够帮助他们与古尔丹作战，甚至能在地狱咆哮之前就帮助他们摆脱恶魔的污染。他还能拯救塔蕾莎。

他能救他们所有人。

他曾经听奥格瑞姆·毁灭之锤谈起过自己家人遇害的情形。尽管在时光之路中，这件事还没有发生。但对于萨尔，它已经是很久以前的事情了。而现在，那些讲述又清清楚楚地回到了他的耳边。

“是我的父亲找到了你？”萨尔那时问道。

“是的。”奥格瑞姆回答他道，“我最大的耻辱和哀伤就是没有能将他们保护好。我本以为当时的安排对我的战士和杜隆坦都有好处。早知如此，我真应该一直把他们留在身边。那时，他们带着你来找我，萨尔。是他们告诉我关于古尔丹的背叛。我相信他们……”

萨尔知道，自己正紧紧地盯着自己的父母，这种样子很不自然，但他无法阻止自己这样做。这对他而言简直比停止呼吸更困难。他从没有过这样的体验——这是他在长大的时候就应该得到的。如果他现在不出手，很快就会有悲惨的事情发生，彻底夺走他拥有这种体验的可能。

萨尔的父母终于注意到了他的反常。杜隆坦似乎对他的举动感到好奇，不过并没有流露出任何敌意。德拉卡则似乎觉得很有趣。她直接向萨尔问道：“看样子，你对我们很感兴趣，陌生人。你以前从没有见到过霜狼氏族的人吗？还是你喜欢这个蓝眼睛的孩子？”

萨尔还是找不到合适的言辞来答话。幸好杜隆坦将他从窘境中解救了出来。他向周围查看了一番，认为这是一个理想的位置。的确，这个地方相当偏远，而且环境也很不错。他微笑着向德拉卡转过头，说道："我就知道，我的老朋友是值得信任的。用不了多久……"

杜隆坦的话只说了一半，他的身子一下子僵在了原地。不等萨尔意识到发生了什么，霜狼氏族的酋长已经发出战吼，伸手去拿腰间的斧头。

一切都发生得太快了。

敌人一共有三个，分别扑向了杜隆坦、德拉卡和跃向前方要保护两夫妇的白狼。萨尔发出一阵怒吼，伸手去拿毁灭之锤。他已经下定了决心，要救他的家人。

一只强壮的手抓住了他的胳膊，用力把他拽开。"你在干什么？"那名卫兵喝道。这时，萨尔同时想起了毁灭之锤告诉过他的两件事。

"虽然我还不能确定，但我相信，正是那个被我信任，受命带杜隆坦去树林中隐居的卫兵叫来刺客，杀害了他们。"

这名卫兵真正的目的是杀害萨尔的父母，而他以为萨尔是他的同党。

萨尔意识到的第二件事就是，他错了。

他不能阻止即将发生的事情——除非他不打算保护时光之路的真实。

他的父母必须牺牲。他自己必须被布莱克摩尔找到，必须接受战斗训练。否则他就无法从集中营里解救出他的同胞，无法保护这个世界，让它免于毁灭。

萨尔停在原地，在剧烈的痛苦中挣扎着。他的每一根神经都在向他怒吼，要他去战斗，消灭刺客，拯救自己的父母。但他不能这样做。

德拉卡将小萨尔放在了地上，正在勇敢地战斗，保卫她的孩子和她自己。她用充满怒火、轻蔑和憎恨的眼光瞪了萨尔一眼。萨尔知道，他从这道目光中感觉到的痛楚将伴随他走进坟墓。随后，德拉卡就将全部注意力都投入到了战斗之中。她大声咒骂着面前的兽人，也在咒骂萨尔的背叛。不远处，杜隆坦的腿上出现了一个喷涌鲜血的伤口。他正努力想要扼死那个即将杀死他的敌人。一阵尖利的号叫刚一响起又戛然而止，白狼倒下了。德拉卡还在苦战之中。

就在父母全力奋战的时候，小萨尔无助地躺在地上，只能在恐惧中等待着。

萨尔痛苦地看着这一幕，却又不能改变这段历史。这时，他濒死的父亲不知从何处聚集起一股新的力量，猛地折断了敌人的脖子。

而刚刚杀死白狼的刺客现在却转向了格鲁卡。那个叛徒面对这一变故，显得异常惊讶，甚至忘记了拔出自己的武器。

“不，”他高声喊道，声音中充满了惊讶和畏惧，“不！我和你们是一伙儿的。他们才是目标……”

一柄巨大的双手剑斩断了格鲁卡的脖子。叛徒的头颅飞起，鲜血一直喷洒到了萨尔的袍子上。现在，那个刺客又转向了萨尔。

这是一个严重的错误。

萨尔至少能做一件事：保护自己。他的时代必将到来，尽管并不是今天。萨尔发出战吼，向前猛冲过去，将心中全部的哀痛、恐惧和暴怒都灌注到了自己的战锤之中。面对这个狂暴的兽人，杀手大吃了一惊。不过，萨尔的敌人显然是一名战技高超的武士。他很快就恢复镇定，向萨尔发动了反攻。两个兽人之间爆发了一场激烈的近身战。萨尔挥锤，伏身，跳向一旁，抬腿向敌人踹去。刺客劈砍，咆哮，闪身躲避。

虽然只是将精神集中在自卫的战斗上，萨尔的心依旧疼痛难忍。他看见德拉卡瘫软的尸体，听到杜隆坦痛苦的哭号。但这些没有能削弱萨尔，反而让他的体内涌出更强大的力量，让他的精神全然凝聚在他的猎物上。他的攻击速度越来越快，迫使心惊胆战的对手一步步后退，最终倒在了他的锤下。

萨尔立刻扑了上去，一只脚死死地将刺客踏在地上，高举起毁灭之锤。就在他打算一锤砸碎脚下这个兽人的脑袋时，却突然定住了身子。

他不能改变时光之路。如果这个可憎的家伙还有必要活下去，还要实现某一个他想象不到的目的呢？

萨尔怒吼一声，向那个兽人的脸上啐了一口，然后从他的身上跳下来，但还是用脚踩住了他的大剑。“滚吧，永远不要让我再看到你的脸。明白吗？”

那名刺客完全没有心思问一句自己为什么会有这样的好运。他爬起身，飞一样地逃走了。确认过那个恶棍真的逃走了之后，萨尔转向了他的父母。

德拉卡已经死了。她的尸体几乎被砍成了碎片，而她的面容依旧保持着战斗时的勇武神情。萨尔又转向自己的父亲，却看到第三名刺客砍断了杜隆坦的双臂——只是为了让他在临死前也无法抱起自己的儿子。萨尔见到过许多惨无人道的暴行，而眼前的恐怖景象却让他僵立在原地，没办法动弹一下。

“带走……孩子。”杜隆坦用沙哑的声音说道。

那名刺客跪到他耳边说道：“我们会把这个孩子丢给森林中的动物。也许你还能看着它们将他撕碎。”

后来，萨尔完全无法回忆起自己是如何从那片空地的一端冲到了另外一端的。他只知道，自己的喉咙因为怒吼而变得像火烧一样疼。毁灭之锤化成一道幻影。他体内的一切都在燃烧，要让这个凶手化为血肉碎末，但他终于还是将最后一个凶手也放走了。当他恢复清醒的时候，他正用双手和膝盖撑着身子，吃力地喘息着，泣不成声。

“我的孩子。”杜隆坦低声说道。

他还活着！

萨尔爬行到那个婴儿身边，将他抱起来。他看着自己那双蓝色的眼睛，轻抚着自己的小脸。然后，他跪倒在自己的父亲旁边，将他翻过来，让他平躺在草地上。杜隆坦发出低沉而痛苦的呻吟。萨尔将襁褓中的婴儿放在杜隆坦的胸口上。襁褓上还绣着霜狼的图案。

“你没有了能抱起他的双臂。”萨尔说道。他的声音沙哑微弱，泪水充满了他那双如同那个婴儿一样的蓝眼睛，“所以，我把他放在你的心上。”

杜隆坦承受着萨尔无法想象的痛苦，却还是点了点头。“你是谁？你背叛了我们……你……你任由我和我的妻子被杀……但你却又赶走了杀害我们的凶手……”

萨尔摇着头。“你不会相信我的话，杜隆坦，加拉德之子。但我恳求你……以先祖的名义，我恳求你相信：你的儿子将会活下去。”

希望之光在那双渐渐暗淡的眼睛中闪烁着。

萨尔加快了语速，唯恐自己不能及时把话说完。“他会活下去，并成为一个坚强的人。他会记得作为一个兽人的意义，同时成为一名战士和一位萨满。”

杜隆坦的呼吸变得急促起来，实在是太快了。但他依旧坚持着，认真地听着这个陌生兽人说出的每一个字。

“我们的族人将摆脱古尔丹的黑暗力量。我们将会治愈过去的伤口。我们会建立起强大而令人自豪的国家。你的儿子会知道你和他勇敢的母亲，并以你的名字命名一片伟大的土地。”

“你……怎么会知道……？”

萨尔强忍住泪水，将一只手放在父亲的胸膛上，就在同样是他的那个婴儿旁边。父亲的心跳正在减弱。

“相信我说的话。”萨尔说道。他的声音在激动的情绪中颤抖着。“你们并没有白白牺牲。你们的儿子将活下来，并改变这个世界。我向你承诺，未来必将如此。”

这是从萨尔心底流淌出的话语。当萨尔说出它的时候，就知道这其中的每一个字都是绝对真实的。他活着，他改变了世界，解救了族人，与恶魔作战，让兽人有了新的家园。

“我向你承诺。”他重复道。

杜隆坦的面容稍稍放松了下来。他的唇边甚至有了一点微笑。

萨尔抱起父亲的尸体，将他紧紧抱在胸前，久久不曾松开。

那个婴儿终于睡着了。萨尔整夜抱着他，在臂弯里轻轻摇着他。他的脑海和心中充满了各种情绪，他觉得自己就要爆炸了。

听别人讲述自己的父母临死前依旧在奋力保护他，和亲眼见证他们的牺牲——这是两种完全不同的感觉。当他还是一个只知道吸吮拇指的婴儿时，他被心疼、被深爱着，但他并不需要为此而做任何事。这个婴儿没有赢得过成就，没有拯救过生命，没有参加过战斗，没有打败过恶魔。他得到爱，只是因为他是他，是一个流着眼泪和鼻涕，会哭又会笑的小家伙。

拯救自己的父母——这是萨尔一生中最大的心愿。但时光之路是冷酷无情的。发生的事情必须发生，否则青铜龙就会来将异变纠正。

“纠正”——让好人和无辜的人死去。这同样也是“纠正”。这太残忍了。这是彻彻底底的灾难。但萨尔明白其中的道理。

他抬头瞥了一眼，瑟缩一下，急忙让视线离开自己被杀害的家人。然后，他又眨了眨眼。有什么东西在溪流的水面上留下了倒影——那是闪光的金色鳞片。

萨尔想要看清楚这个倒影来自于何方，但周围什么都没有。目光所及之处，只有树、土地和天空。他没有看到自己期待中的巨龙，于是他抱着婴儿，再一次向水中望去。

一只巨大的眼睛正在注视着他。

“诺兹多姆？”这条溪流太窄小了，不可能容得下时间之王。这一定是倒影，但是……

萨尔集中起来的注意力被一阵忽然响起的啼哭声打散了。婴儿萨尔醒了，而且他饿了。萨尔将注意力转向那个孩子，竭力说着一些安慰的话，然后又向水中望去。

倒影消失了。但萨尔相信，他刚才的确见到了诺兹多姆。他又望向周围，还是什么都没有。

一个人类的声音打破了森林中的寂静。“圣光在上，这是什么声音！”

又有一个声音响起，这声音显得极为恭敬，而且充满了歉意，尽管婴儿萨尔的哭声根本和那个说话的人没有半点关系。“也许我们应该回去，中将。这么大的声音显然把有价值的猎物都吓跑了。”

“难道我教给你的事情，你一件都没有学会吗，塔米斯？能够离开那座该死的城堡和能够带回晚餐一样重要。就让那个猫叫声继续下去吧。”

萨尔认得这个声音。他听过这个声音祈祷，但更多的时候，他听到的是这个声音发出愤怒或轻蔑的咒骂。正是这个人在很大程度上塑造了萨尔的命运。也正是因为他，萨尔直到现在还背负着“萨尔”这个名字，让所有人都知道，这个兽人曾经有过怎样的身份。

说话的人是埃德拉斯·布莱克摩尔。

布莱克摩尔和他的同伴——那一定是塔米斯·福克斯顿，布莱克摩尔的仆人和塔蕾莎·福克斯顿的父亲——随时都会出现在这片空地上。布莱克摩尔将会找到萨尔臂弯里的这个婴儿，将他带走，抚养长大，训练他战斗和杀戮的技艺，以及军事策略。然后，终有一日，萨尔会杀死他。

萨尔轻轻将婴儿放在地上。他的手在那颗生着黑发的小脑袋上又停留了一会儿，摩挲了一阵那个还不算旧的襁褓。

“真是个温柔却又奇怪的时刻。”

萨尔猛转过身，握紧毁灭之锤，将自己挡在婴儿和那个声音的主人之间。

那名在时光之穴中攻击他的神秘刺客就站在离他几步远的地方。萨尔本以为青铜龙会干掉这个家伙。但看样子，尽管他先前只能无可奈何地看着萨尔逃走，随后却成功地避开了青铜龙的攻击，并想办法进入这条时光之路，找到了萨尔。

萨尔依然无法摆脱这个人给他的那种怪异的熟悉感。这副盔甲、这个声音……

“我认识你。”萨尔说道。

“那么，就说出我的名字。”在头盔中引起共鸣的声音流露出愉悦和讥讽的意味。

萨尔低声吼道：“我还说不出你的名字，但你的身上……”

“说实话，我应该谢谢你。”那名刺客继续不紧不慢地说道，“我的主人交给我一个任务——杀死强大的萨尔。你已经从我的指缝中溜走过一次了。而且我也没有信心能够保证你在下一次不会溜走。但你忘记了一样……小……东西……”

每一次停顿，那名刺客都向前迈出一步。萨尔明白了他的意思，不由得攥紧了毁灭之锤，站直身子。这个人类在他的种族中算是很高大了，但仍然无法和兽人相比。

“别想伤害这个婴儿。”萨尔低吼道。

“哦，我想我可以。”裹着黑甲的人类说，“知道吗……我知道谁刚刚从这里走开。那是你不想伤害的人，否则时光之路就会受到干扰，就像你不让自己的父母活下来一样。你知道埃德拉斯·布莱克摩尔会来到这里，会捡起这个绿色的婴儿，将他养育成一名角斗士。而你肯定不希望当他遇到这个婴儿的时候，你也在场。”

这个应该被诅咒的怪物，他是对的。萨尔不能让布莱克摩尔看见自己。他更不能与布莱克摩尔作战，那样他将有可能打伤，甚至杀死布莱克摩尔。

现在还不行。

“所以，你需要离开这里，但你也必须保护年幼的自己。如果我的工作是杀死你……将一个婴儿砍成两段显然要比杀死一个成年兽人容易得多。当然，成年兽人我也杀过不少。不管怎样，现在该怎么办，该怎么办呢……？”

“那个声音怎么一直停在这里，动也不动。”布莱克摩尔抱怨着。现在他距离这片空地更近了，也许不过几步之遥。

“可能是一头受伤的野兽，长官，连爬也爬不动了。”塔米斯猜测道。

“那就让我们找到那头野兽，让它不要再痛苦下去了。”

神秘杀手笑了。萨尔知道他想要干些什么。

虽然灵魂渴望着发出战吼，萨尔依旧只是默不作声地向敌人发动了攻击。这一次，他的武器不是战锤，而是他孔武有力的身体。人类杀手显然没有料想到这种攻击方式，甚至没有来得及举起武器，就被萨尔一头撞倒。强烈的冲击力让两个人一同栽进了湍流不息的溪水中。

“什么东西掉进水里去了？”埃德拉斯·布莱克摩尔中将向嘴里猛灌了一口酒。

“也许是这里特有的那种大乌龟，长官。”塔米斯说。已经有些微醺，正迅速把自己灌醉的布莱克摩尔点点头。他的坐骑夜歌突然停住了脚步。布莱克摩尔也看到了不远处的三具成年兽人和一头高大白狼的尸体。

然后，他才发现一个兽人身上有东西在动弹，并忽然意识到那种可怕的噪音到底是什么。那实在是他见到过最丑陋的东西——一个兽人婴儿，包裹在一个毫无疑问是兽人风格的襁褓里。

他下马，向那个婴儿走去。

第八章

龙眠神殿发生爆炸之后，已经过去了几天时间。卡雷苟斯本以为当玛里苟斯死后，龙族终于能得到某种治愈，某种和平与团结。他的想法也许愚蠢，但绝对很真诚，所以他满怀希望地前去参加那一天的会议，却只看到了不止他一个人的梦想破碎。

全部龙族在一瞬之间失去了那么多龙卵，而凶手正是他们之中的一员。卡雷苟斯怀疑他们之中的任何一员都不可能真正从这场劫难中恢复过来。考雷斯特拉兹曾经是卡雷苟斯的朋友，是他能够完全彻底信任的人……卡雷苟斯摇摇头，哀伤地垂下了自己的长颈。

伊瑟拉已经觉醒，但依旧显得神思恍惚，似乎搞不清当前的状况。根据卡雷苟斯从绿龙那里得到的消息，他们的守护者一直在四处游荡；诺兹多姆失踪已经有一段时间了；阿莱克丝塔萨则因为克拉苏斯的背叛而彻底心碎，同样不见了踪影；玛里苟斯被杀；死亡之翼则继续在这个世界上行凶作恶，谋划着将龙族彻底摧毁。

就算是最年长的巨龙们也不得不承认，自从死亡之翼最初背叛时起到现在，龙族还没有如此绝望和混乱的时候。

每一族的巨龙都收缩回本族的领域，不再试图相互联系。卡雷苟斯在其他龙族中有不少朋友，但现在和他们交流都变得尴尬而且紧张。尽管绿龙、红龙和青铜龙都不清楚他们的守护者去了哪里，但他们至少都还有守护者。而蓝龙连守护者都没有了。最近这几天，蓝龙一族一直在商讨该如何解决这个问题。

蓝龙们全体聚集在魔枢。这里一直都是他们的家园。在他们冰冷的洞穴中，蓝龙进行过无数的讨论、分析和推理，对各种魔法方案进行研讨。虽然这些方案中只有极少一部分被真正实行过。

卡雷苟斯相信，他的族人们更感兴趣的一定是关于产生或选举一位新守护者的理论依据，而不是真正选出一位守护者。对此，他觉得自己不应该感到惊讶。蓝龙最喜欢的莫过于智力挑战。只是出于对“低等种族”的蔑视，蓝龙们才没有像克拉苏斯那样，变化成其他种族的样子，混入到那些种族的魔法使用者之中，比如肯瑞托法师，研习他们使用魔法的艺术。冰冷和最需智力支持的奥术魔法是他们与生俱来的力量。感谢泰坦决定让魔法守护者玛里苟斯来到这个世界。而那些年轻的种族确实不应该参与到魔法的使用中来——蓝龙一族中的许多成员都抱有这种看法。这一点一直都让卡雷苟斯感到很不舒服。

关于如何产生或推选新的守护者，蓝龙们提出的方案几乎和蓝龙种群的数量一样多。也许实际数量还不止于此，也许就像卡雷苟斯一边喷着鼻息一边想的那样——就像每一头蓝龙身上的鳞片一样多。

幸好，一种曾经在蓝龙全族范围内蔓延的恐惧心理已经迅速平息了下去。这种心理可以被归纳为一头年轻蓝龙忧心忡忡地提出的问题："如果我们无法再拥有新的守护者呢？是泰坦让玛里苟斯成为魔法守护者的。如果只有泰坦才能创造出另一位守护者呢？其他龙族是否会认定我们不能再有守护者了？"

年长的巨龙们纷纷摇头，对此全然不感到担心。"我们全都知道，泰坦是无比强大而睿智的。"他们之中的一位说道，"所以我们有理由认为，泰坦在创造守护者之初就已经预见到了这样的事终有一天会发生。我们的学者对此非常确定。只需要有足够的研究，他们就能知道，为了产生新的魔法守护者，我们都应该做些什么。"

卡雷苟斯也相信这种观点。他相信泰坦的智慧。正是他们在很久以前创造出了所有守护者。而其他蓝龙相信的则是蓝龙一族超凡绝伦的能力。他们当然不可能在这件事上失败。蓝龙绝不会缺乏指导行动的理论。

根据传说，当守护者刚刚被创造出来的时候，月亮出现了罕见的交汇景象。而就在几天之后，同样的月之拥抱现象又将出现在天空中。这是许多个世纪都不曾一见的奇景。一个受到广泛承认而且相当激动人心的理论就是：这种天象正预示着他们必须完成眼前这个重大的任务。有一些蓝龙相信，这种天象是"让一头普通蓝龙转变成为守护者，维系整个世界的魔法正常运作至关重要的因素"。而其他蓝龙都确信，至少这是一个好兆头。

对于月之拥抱天象没有太大信心的蓝龙都希望，至少要有绝大多数蓝龙出席推选新守护者的仪式。"不管以何种方式，我们都将得到一位新的守护者。”一名更加注重实际的蓝龙学者这样说道，“如果双月汇聚的天象并不会让我们的新守护者发生质的转变，至少我们作为龙族之一，能够决定谁将是吾族最合适的领袖。”

“伟大的玛里苟斯虽然去世了，但他的血脉依然留存了下来。”阿瑞苟斯这样说道，“我就是他的亲生血裔和主要助手。守护者的能力必然也会在血脉中流传。我们必须考虑这个重要的因素。”

“没有任何证据能证明这一点。”卡雷苟斯说道，“守护者们最初也并非只来自于一条血脉。”他不喜欢阿瑞苟斯的态度，而且他知道，玛里苟斯的儿子已经认为他这个“僭越者”对自己构成了威胁。如果说五色龙族发生了分裂，那么蓝龙内部也一样发生了分裂。玛里苟斯的幽灵仍然滞留在他们之中。有许多蓝龙都像阿瑞苟斯一样，愿意跟随守护者的脚步，尽可能远离这个世界。另一些蓝龙则有着和卡雷苟斯相同的想法：他们要留在这个世界上，与其他龙族建立联系，继续战斗下去。只有这样，蓝龙一族才能强大兴盛起来。

在暮光龙发动攻击之前，蓝龙内部这样的分歧并不明显。但现在，持有不同见解的蓝龙之间拉开了越来越大的鸿沟。卡雷苟斯不喜欢这样，更不会幼稚地假装对此视而不见。

他完全不喜欢这种“投票选举”的新概念。这样的话，守护者就变成了一个空洞的头衔，其中不再包含任何真实的力量。守护者是这个世界的一部分，他们的历史要比除了古树之外的任何人或物的记忆都更加长久。而蓝龙现在却要把它变成一场辩论的结果，一个最能够煽动起族人情绪的蓝龙所赢得的锦标……

卡雷苟斯愤怒地摇了摇头，从争论的圈子中退了出去。阿瑞苟斯注意到他的反常举动，便喊道："卡雷苟斯！你要去哪里？"

"去呼吸一下新鲜空气。"卡雷苟斯回过头说道，"对我来说，这里实在是太拥挤了。"

* * *

那个裹在重甲中的人类虽然奋力挣扎，却依旧像石块一样沉到了溪水中。他松开了手中的巨剑，用一只戴铁手套的手抓紧了萨尔的长袍。他们一同沉了下去。萨尔想要用战锤击打他的手臂，却受到水流的阻碍。于是，他抓住那个人类的手，用自己过人的力量将他的手指逐一掰开。

气泡从那个人的头盔中冒出来。他抓不住萨尔的长袍，便伸出了另一只手。但萨尔狠狠踢了他一脚。他们之间的距离一下子被拉开了。

这时，萨尔察觉到这条溪流远比表面看上去更深。萨尔从没有想过一条小溪能够如此深不见底。他从眼角处瞥到一点异动，便急忙转过头去。

那是一头青铜巨龙鳞甲上闪烁的金光。正是萨尔刚刚看见的那头龙。萨尔发觉，刚刚还在因为缺少空气而仿佛被火烧一般的肺部已经没有了任何不适。这一定是时光之路中的魔法。他知道，并接受了它。他紧盯住了那片鳞甲泛起的光亮，用力向那里游去。

他身边的水开始闪烁。他感觉到一种奇怪的、令人悸动的温暖涌过自己的全身。鳞片消失了。他冲上水面……

……他在大海上。他向周围望去，想要确认自己的位置。他看到了几艘船，或者至少是船只的残骸。

那些是他、格罗姆·地狱咆哮和其他兽人从人类那里偷来的船。那时候，一位奇怪的先知敦促他们离开东部王国，到卡利姆多去。于是他们便偷来了这些船。

萨尔爬上了海岸。他又望了一眼漂浮在水面上的船只残片，抓住一只箱子，把它也拖上了岸。当他把箱子在海滩上放好的时候，有人向他发出呼唤。

“酋长！”他已经有多久不曾听到过人们这样叫他了？不管怎样，萨尔还是转过了身，看到一个兽人大步走了过去……

“我。”萨尔喃喃地说道，“那是我……”就像他刚刚看到的那个婴儿一样。现在他看到的是另一个时代的自己。他倾听他们的交谈，同时竭力避免这条时光之路中的萨尔注意到自己。这种感觉要比他在时光幻境中看到另一个自己要怪异得多。这一次，他就实实在在地站在距离自己只有几尺远的地方。

“我们的船在通过狂暴的大漩涡时遭受到了严重损伤。”那名兽人报告道。

又是一种怪异的心痛感觉向萨尔袭来。大漩涡……他刚刚离开的地方。那里被死亡之翼撕裂，而大地之环正在竭尽全力要治愈那道伤口。萨尔惊诧地摇了摇头。仅仅几年之间，这个世界就发生了如此巨大的变化。

“它已经无法挽救了。”兽人用粗噶的声音继续说道。

这条时光之路中的萨尔点头说道：“我知道了。我们能确认自己的位置吗？这里是卡利姆多吗？”

“我们按照你的命令，一直向西前进。看样子，这里应该是卡利姆多。”

“很好。”

萨尔偷眼旁观眼前的一幕。同时也在回想八年以前那段时光给自己留下的最深刻的印象。

“有格罗姆·地狱咆哮和其他船的消息么？”时光之路中的萨尔问道。

“没有，酋长。我们分开以后，就一直没有能再联系上。”

“嗯，准备出发，如果我们的同伴也抵达了海岸，我们应该能在海岸地带找到他们。”

萨尔转过头，看着漫长的沙质海岸线。

他看到一点金光闪烁。那是转瞬即逝的一道闪光，也许只是阳光反射在沙滩上。但萨尔知道，自己不会看错。

兽人们正在忙着从破损的船上收集物资，运送到海岸上。他们很快就会建起营地。萨尔知道，过去的自己能够处理好这里的一切。

他向西走去，去追踪那一点鳞片的闪光。

这一次，他在地面上找到了一个野兽巢穴大小的土洞。在其中盘旋的……是萨尔现在已经熟悉的，时光之路传送门的闪光。

诺兹多姆真的被困住了？萨尔带着满心的好奇迈步向前。或者他只是在引领萨尔经历某种旅程？土洞变大了，刚好能够容纳萨尔。萨尔一跤跌了进去。还没等他来得及惊呼一声，就已经从传送门的另一端出来了。他爬出洞口，看到一只巨大的黑鸟正坐在他面前的草地上，侧过头，用闪光的红眼睛盯着他。

然后，这只鸟张开了尖喙：“你好，杜隆坦之子。我知道，你已经找到了自己的道路。”

是麦迪文！这位伟大的法师曾经出现在萨尔的梦中，要他跟随自己。萨尔听从了他的要求。而麦迪文也给了他很大的帮助。但萨尔明明记得，当麦迪文与他交谈的时候，是会变回成人形的！

萨尔竭力回忆自己在那时说过的话。“我在梦境中见到过你。你到底是什么人？你怎么会认识我？”

那只乌鸦又侧过它乌木颜色的头。“关于你和你的族人，我知道许多，年轻的酋长。比如说，我知道，你正在寻找诺兹多姆。”

萨尔惊愕地张大了嘴。

“从许多方面来讲……你已经没有时间了。要知道，我已经见到了未来，见证了燃烧的暗影吞噬你的世界。在关于未来的浮光掠影中，我也见到了其他可能性。我会告诉你一切能够让你知道的。剩下的，就只能由你自己去完成了。”

萨尔突然笑了。他有些奇怪自己刚才为什么会感到吃惊。毕竟，这是麦迪文，无论他的真身是什么，在时间中跳跃对他来说肯定不是问题。

“我曾经因为听你的话而做出了正确的选择。”萨尔说道，“我相信，这一次你还会给我正确的指引。”

“你熟悉编织么，萨尔？”

这个问题让萨尔吃了一惊，他回答道：“我……见到过织布机工作。但我肯定没有亲手尝试过。”

“你不需要拥有技巧才能理解它。”这只不是乌鸦的乌鸦说道，“那些经线和纬线的缠绕，花纹的变幻。在梭子的穿行中，你便可以理解本不存在的东西怎样被创造出来。一架织机就是一个微缩的世界。你应该知道，要拆散一片编织，你只需要拽掉一根松开的线。”

萨尔缓缓地摇着头。“法师，你让我感到困惑。不久以前，我亲眼看到了我的父母遇害。我还和一个陌生的人类殊死拼杀——他很可能是永恒龙军团派来的刺客。我正在寻找时间之王，但他却仿佛在引领我进行一场毫无收获的追逐。而你给我的建议就是让我去想象一块布是怎么织出来的？”

那只鸟似乎是耸了耸肩——它低下头，提起了肩膀。

“是否愿意听我说话，是你的自由。我知道你在追逐什么，但你要小心，一定要选择正确的目标。这个地方充满了幻象。你只有一条道路能够找到真正的目标——只有一条道路，能让你找到你自己。再见，古伊尔，杜隆坦和德拉卡之子。”

那只鸟扬起翅膀，几秒钟之后，就彻底从萨尔的视野中消失了。

萨尔感到一阵失落。一段话从他的嘴唇间冒出来，话的内容让他吃了一惊。“虽然可能很无稽，但万物之灵告诉我……我应该信任他。”

当他第一次遭遇麦迪文之后，他也说出了这段话，一个字都没有差。而且他惊讶地意识到，现在这段话就像他第一次将它说出口时一样真实。万物之灵都在告诉他，他应该相信这位法师。他闭上眼睛，然后又以另一种方式睁开，向大地、空气、火焰、流水之灵望去，还有最后的一种灵，一直存在于他心中的风之灵。

他并不真的明白这位法师话中具体的意思。也许这些话根本就帮不到他。但当萨尔逐渐冷静下来的时候，他明白了，等到时机来临，他终究会懂得这其中的意思。

指引我，他向元素之灵发出吁求。我想要帮助这个世界，这是我真实的愿望。而我却找不到那个伟大的生物。我捕捉到了他稍纵即逝的影子，他的蛛丝马迹，但每一次我追过去，我只是落进了自己过去的生命轨迹中，他却依旧远在天边。

他睁开了眼睛。

诺兹多姆就站在他面前。或者不如说，是时间之王的一个透明的影子。伟大的龙王张开嘴说着什么，萨尔却听不到任何声音。

“你的愿望是什么，时间之王？”萨尔呼喊道，“我正在努力寻找你！”

诺兹多姆伸出一只龙爪，爪心向上，仿佛在召唤萨尔过去。兽人拔腿向前飞奔……

诺兹多姆的青铜鳞片上开始闪烁起太阳般的光芒，一次比一次更快——青铜龙王的动作变得越来越急。看样子，这里并不是萨尔此时应该到达的时间。

萨尔回忆起凯恩在很久很久以前对自己说过的话。“命运……它在合适的时候就会找到你……”

“那么，哪里又是正确的时间？”萨尔想要这样叫喊道。他迫不及待地追逐着这个神秘的幻影，甚至因此而感受到一种来自灵魂的痛苦。而这个影子却仿佛只是在不断地戏弄他，让他落进一条又一条时光之路。

每一次，时间之王都会将他带到他的生命历程的某一个点上——其中一些时光会让他高兴，但另一些却完全相反。但每一个时间点都是他人生中的关键时刻，也是对整个世界都有着深远意义的时刻。每一次，萨尔都会看见诺兹多姆。萨尔一直警惕着那名神秘的刺客再次出现。不过，那个对他锲而不舍的人类这一次似乎是彻底消失了。萨尔希望那个杂种淹死在那条溪水中，被他那副让萨尔产生出怪异熟悉感的沉重盔甲拖进那个看不到底的深渊里去。不过，萨尔并没有因此就放松警惕。

当萨尔从传送门中踏进一座光线昏暗的森林时，他意识到，自己已经有太长时间不曾进食和入睡了。而这里让他觉得很熟悉……太熟悉了。

“又是希尔斯布莱德。”萨尔一边喃喃自语，一边揉搓着面孔。至少他熟悉这一片地方。和他最后一次来到这里的时候相比，森林多少有了一些变化——那已经是多久以前的事情了？他咕咕作响的肚子和疲惫的身体告诉他，他在时光之穴中已经度过了几乎一整天的时间。这里的树比他印象中显得更加苍老。这提醒他……见到父母遇害已经是多年以前的事情了。而且现在的季节也有所不同。这个时间点正值盛夏。这意味着树林中会有足够的猎物与浆果能够让他充饥。所以，他至少不会在等待自己再次现身的时候饿肚子。

他很快就设好了捉兔子的陷阱，然后开始寻找其他食物，同时享受着这个安静而漫长的黄昏。他的一个陷阱成功地捉到了猎物；接着他熟练地升起一小堆篝火，开始烤熟他的小收获。许多兽人都喜欢吃生肉，不过萨尔更愿意将肉烤熟。然后，他躺倒在篝火旁，开始了自己迫切需要的睡眠。

过了一段时间，他醒了过来，而且立刻恢复了完全的清醒和警觉。但他依然躺在原地，纹丝未动，某种带有金属质感的冰冷物体正抵在他的喉咙上。

“愚蠢，肮脏的兽人。”一个声音响起。说话的是一名女性，而且语调有些含混，仿佛这个人已经有一段时间不曾说过话了。“如果不是你将会带给我的钱，我早就杀掉你了。”

钱？她一定是在说某种赏金。现在联盟在悬赏他的头颅吗？这个女人在黑暗中就能把他认出来？不，那样的话，她就会称呼他的名字，而不只是泛泛地管他叫兽人了。

“我不会伤害你。”萨尔尽可能保持着声音的平静。女人顶在他脖子上的是一杆大口径火枪的枪筒。萨尔估计了一下自己是否能抢在女人开火之前挪动身体，将枪管抓住，推向一旁。但估计的结果很不乐观。

“哦，我知道你不会，因为我会把你的脑子打出来。现在听我说：站起来，动作放慢一点。你活着比死了更有价值。但不要以为我会为了避免赏金减少而容忍你惹麻烦。”

萨尔听从了吩咐，依照女人的命令缓缓站起，将双手一直放在女人能够看见的地方。

“到左边那棵树边上去，然后转过身看着我。”女人继续命令着。

萨尔依言而行，慢慢转过身……

他猛地吸了一口冷气。

站在他面前的女人身材瘦削得几乎像是一捆干柴。她的浅色头发被剪得很短。看上去，她还只有三十来岁，穿着结实的长裤、靴子和衬衫。月光让她的面孔显得苍白憔悴，在她的颧骨和眼眶下面都留下了黑色的影子。但萨尔不觉得她在阳光下会更好看一些。也许，她曾经有过美艳姣好的面容。实际上，萨尔知道她过去正是一个美人。

“塔蕾莎。”萨尔喘息着说道。

第九章

塔蕾莎眯起了眼睛，用火枪指住萨尔宽阔的胸膛。“别以为我不会用枪。”她说道，“但你是怎么知道我的名字的？”

片刻之间，萨尔完全困惑了。然后他才明白个中的原委——他一定走进了一条错误的时光之路，一条青铜龙族正在竭力修复的时光之路。他知道这个痛苦的事实——塔蕾莎·福克斯顿，他儿时唯一的朋友在活到中年以前就已经香销玉殒了。

“也许这听起来很奇怪，但我恳求你能够相信我。”萨尔竭力让自己的声音平静一些，尽可能显得理智。

塔蕾莎挑起一道眼眉。“作为一个恶心的绿皮，你倒是很会说话。”

听到塔蕾莎说出这种话，萨尔感到一阵揪心的痛楚。她一直都将萨尔视作她的弟弟。但面对她的恶言相向，萨尔并没有任何激动的反应。

“这是因为我……受到过人类的教育。”萨尔答道，“我由埃德拉斯·布莱克摩尔大人养育长大，并被训练成一名角斗士。是他让我学会了读写，甚至还有战术战略。你的母亲克兰妮娅救了我的命，塔蕾莎。当我还是一个婴儿的时候，是她哺育了我。我的名字……是萨尔。”

那杆枪摇晃了一下，但立刻就恢复了稳定。萨尔能够从塔蕾莎的站姿判断出来，她对火器并不陌生。

“你在说谎。”她说道，“那个兽人只过了几天就死了。”

萨尔的意识感到有些混乱。那就是说，在这条时光之路里，他曾经存在过，但在婴儿时期就死亡了。他知道现在的情况很难让这个塔蕾莎接受，但他还是又试了一次。

“塔蕾莎，你有听说过龙吗？”

塔蕾莎哼了一声。“不要侮辱我的见识。我当然听说过。他们又和一个兽人有什么关系？快点说，我已经对这个兽人失去耐心了。”

萨尔面前的这个女人是如此凶恶，如此充满仇恨，但萨尔还是说了下去。“那么，也许你知道，有一种巨龙被称为青铜龙。他们的领袖是诺兹多姆。他们的责任是确保时间能够正常流动，维护一条条时光之路的真实。而在另外一条时光之路中，就像我告诉过你的那样，我活了下来，并且成为一名角斗士——就像布莱克摩尔所希望的那样。你会在书中夹藏纸条，用这种方式和我交谈。你成了我的朋友。”

“和一个兽人交朋友？”因为不相信萨尔的话，塔蕾莎提高了音量，“这不可能。”

"这是很不可思议。"萨尔表示同意，"也许这是世上最难以置信的事情，但也是最美好的一件事。你一定还记得你的母亲喂养过的那个婴儿，你喜欢他——他就是我。而且你痛恨他们对我做的一切。我们刚刚相遇，我却已经知道了你的不少事情。我相信，你不喜欢看到无力自卫的人被施加暴力。"

火枪第二次发生了晃动。塔蕾莎的目光向一旁闪动了一下，然后才转回来，死死地盯着萨尔。萨尔的心中充满了希望。无论这位温柔的女孩有过怎样的遭遇让她变得如此冷酷凶悍，萨尔还是能够感觉到，那个可爱善良的塔蕾莎依旧深藏在她的内心中。如果她还是那个塔丽，也许萨尔就能说服她，能够帮助她，以某种方式，某个办法、在这条时光之路中，做到他在自己的时光之路里无法做到的事情。

"你帮助我逃出布莱克摩尔的控制。"他继续说道，"后来我从集中营中解救出我的族人，打败了布莱克摩尔，削平了敦霍尔德。再后来，人类、兽人和其他种族联合在一起，打退了被称为燃烧军团的恶魔大军对我们的世界的入侵。所有这一切都是因为你，塔丽。我的时光之路全都是因为你才得到了拯救。"

"这是一个很好的故事。我从没有想到过一个兽人能够聪明到讲出这样的故事。"塔蕾莎说，"但你在撒谎。这个世界上肯定没有发生过这种事，而这是我所知道的唯一的世界。"

"如果我能够证明给你看呢？"萨尔说。

"这不可能！"

"但……如果我可以做到呢？"

塔蕾莎依然保持着警惕，但萨尔能感觉到，好奇心正在她的心中滋长。“你要怎么做？”她问道。

“你见到过那个兽人婴儿。”萨尔说，“你还记得他眼睛的颜色吗？”

“蓝色。”塔蕾莎立刻说道，“在那以前，从没有人见到过蓝色眼睛的兽人。”

萨尔指了指自己的脸。“我的眼睛是蓝色的，塔蕾莎。我也从不知道还有别的兽人生着蓝色的眼睛。”

塔蕾莎哼了一声。“难道你以为我会在这种黑夜里贴到你面前，去看你的眼睛吗？想得倒美。”她将头向左侧一摆，“走吧，绿皮。”

“等等！还有一件事……能够向你证明，我说的是实话。”

“我已经听够了。”塔蕾莎说。

“在背包里。”萨尔坚持说道，“看看我的背包。那里面有一只小口袋。在那里面……我相信你一定能找到一样你认得的东西。”

他祈祷自己的话能够有效。那只小口袋里只装了不多的几样东西。他的图腾、古树赠予他的那一粒松果、一个便携祭坛，上面描绘了每一种元素的样子，还有……一样珍贵的东西。一样他曾经失去，却幸运地又再次得到的东西……他会将它一直留在身边，直到死去的那一天。

“如果你敢耍什么花招，我就在你的身上打出一个大窟窿……”她嘟囔着，双眉紧皱，依旧显得疑心重重，但最后她还是小心地跪到地上，开始翻检萨尔的背包。“我要找的是什么？”

“如果我说的是实话……你看见它的时候，自然会知道。”

她又嘟囔了一句，将火枪交到右手，用左手翻检萨尔的背包，摸出一样又一样东西，显然没有找到对她而言有任何意义的物品。

“我只看到了一块石头、一根羽毛、一……”

塔蕾莎的话音止住了。她的手中捧着一件在月光下闪烁的小首饰。此时此刻，她似乎完全忘记了萨尔。那只捧着银项链的手不住地颤抖着—— 一轮新月缀在银色的细链上。她抬起头，看着萨尔，张开了嘴。她那美丽的面庞已不再因为畏惧和憎恨而扭曲，取而代之的是惊讶……还有好奇。

“我的项链。”她的声音轻柔低弱。

“你把它送给了我。”萨尔说，“在你帮我逃走的时候。你让我藏在一棵倒下的大树里，就在一块龙一样的大石头旁边。”

塔蕾莎不再看萨尔。她慢慢放下了枪，右手伸进破旧的亚麻衬衫中，拿出了一根一模一样的项链。

“我年轻的时候，在它上面留下了一个凹痕。”她说道，“就在……这里……”

两条项链上有着完全一样的凹痕：新月的底角稍有一点弯曲。

塔蕾莎抬起头，看着萨尔。这时，萨尔又见到了他记忆中的塔蕾莎。他慢慢地走向她，跪倒在她的面前。

塔蕾莎的手握紧了第二条项链。然后，她将手伸向萨尔，松开五指，项链轻轻地落进萨尔宽大的绿色手掌中。她看着萨尔，脸上没有半点畏惧，只有一丝微笑。

“你的眼睛。”她轻声说道，“是蓝色的。”

萨尔非常高兴，不过并不感到惊讶。塔蕾莎相信了他。他自己也知道，他的故事听起来无比荒谬，但他有着不容辩驳的证据——塔蕾莎绝不会有所怀疑的证据。也许他面前的这名女子和萨尔记忆中那个温柔、真诚的年轻姑娘已经有了许多不同，但她依旧是塔蕾莎。

他们交谈了很长时间。萨尔向塔蕾莎描述了他的世界。不过他并没有告诉塔蕾莎，她在那个世界中的结局。如果塔蕾莎问起，他不会欺骗她，但她并没有问。萨尔还和塔蕾莎讲了他的经历，还有伊瑟拉委托他完成的任务。

塔蕾莎一边拨着篝火，一边向萨尔讲述了一些这条新的、扭曲的时光之路中发生的事情。

“哦，布莱克摩尔在这条时光之路上活得太好了。”当谈话转移到这个可憎的家伙身上的时候，塔蕾莎的声音中多了一重苦涩，“我想，我应该更喜欢你那里的布莱克摩尔。”

萨尔哼了一声。“一个狡诈、自私的醉鬼，想要训练出一支兽人军队，用来对抗他自己的同胞。”

“在这条时光之路上，他是一个狡诈、自私，但非常清醒的将军。他也不需要一支兽人军队来对抗自己的同胞。”塔蕾莎说道：“按照你和我说的故事……”她转过头，又看了一眼萨尔强壮的身躯，“……你是一个强大的战士。我相信你的话。听起来，布莱克摩尔非常依赖你和他的秘密计划。而你死掉之后，他就只能自己来完成这些工作了。”

“通常，亲力亲为都是一项令人钦佩的品质。”萨尔说。

“通常是如此，但他……很难以通常的标准评价。”塔蕾莎将目光转向一旁。

她的表情有一些很不自然的地方引起了萨尔的注意。那是一种只关系到个人的愤怒，还有……羞惭？

“他……你在这条时光之路中也是他的情妇。”萨尔说，“我很难过。”

塔蕾莎发出粗噶的笑声。“情妇？一个情妇应该能参加他的舞会，萨尔。她会得到珠宝、衣服，能够与她的主人一同狩猎。她的家人能够得到很好的照料。我可没有能像情妇那样得到尊敬。”她深吸了一口气，才继续说道，“我只是一个消遣品。他很快就厌倦了我。至少这是值得庆幸的一件事。”

“你的父母……他们怎么样了？”

“他们受到了惩罚。”塔蕾莎的脸上还带着微笑，但这笑容丝毫没能触及她的眼睛，“因为他们‘任由’你死掉。在那之前，我们刚刚失去了我的弟弟法拉林。父亲失去了他的地位，被命令去做下贱的活计，比如清理马厩。母亲在我八岁的时候就死了。那个冬天，布莱克摩尔甚至不让她看医生。父亲在几年之后也死了。后来，我带上他们仅有的一点东西，头也不回地离开了那里。不过那时布莱克摩尔也没有时间管我了。他只是在忙着统治他的国家。”

“统治他的国家？”萨尔惊讶地看着她。

“当然，没有人认为他有权占据洛丹伦的王座。但也没有人敢将他的统治推翻。”

萨尔坐了下去，竭力想要搞清楚这里的状况。“具体情形是怎样的？”他的声音显得很空洞。

“他的办法很成功。他先从自己的部下开始，不断训练他们，让他们成为完美的士兵。”

萨尔想到了自己被迫进行的无数次角斗士拼杀。虽然和自己的经历全然不同，但这听起来的确是布莱克摩尔的作风。

“然后，他召集雇佣兵，用同样的办法训练他们。在黑石塔战争之后，就再没有任何人能成为他的障碍了。”

“那里发生了什么？”

“他在一对一的决斗中杀死了奥格瑞姆·毁灭之锤。”塔蕾莎冷冷地说着，又抓起一把萨尔之前采摘的浆果。

萨尔无法相信自己的耳朵。布莱克摩尔？那个酒气熏熏，曾经在他面前哭哭啼啼的懦夫？竟然和部落酋长奥格瑞姆·毁灭之锤进行决斗，而且还赢了？

“那场决斗的失败彻底摧毁了绿皮的士气——抱歉，是兽人们。”塔蕾莎立刻纠正了自己，“他们都成了奴隶，萨尔。他们的精神崩溃了。他们甚至不再像你说的那样，建立营地，聚居共守。流窜在荒野中的兽人受到王国的追缉，最终无非是被捉获，成为奴隶；或者是因为反抗而被杀。”

“所以你想要活捉我。”萨尔低声说。

塔蕾莎点点头。“如果我捉获一个野兽人，得到的赏金足够我活上一年还要多。这……这就是我的世界的规矩。萨尔，这里一直都是这样。但……”塔蕾莎皱起眉头，“……我一直都觉得……嗯，我一直都觉得这样不对。不应该是这样，但……”她的声音低了下去。

萨尔明白她想说的话。“你觉得这样不对，因为它的确是不对的。”萨尔坚定地说，“这条时光之路发生了错误。布莱克摩尔死了。兽人们有了自己的土地。我也在人类中结交了朋友。”他露出微笑，“一切都是从你开始的。”

塔蕾莎也微笑着摇了摇头。“这真奇怪，但……我现在觉得，你所描述的世界才是正确的。”她犹豫了一下。“你似乎从没有提到过，我在另一条时光之路中怎样了。”

萨尔瑟缩了一下。“我本希望你不会问起这件事。不过……你终究还是会问的。”

“我，嗯……我想，我大概不会像你说的吉安娜·普罗德摩尔女士那样有着辉煌的成就。”塔蕾莎尝试着让语气轻松一些，却失败了。

萨尔若有所思地看了塔蕾莎一眼，然后，非常郑重地问道：“你真的想要知道吗？”

塔蕾莎皱起眉头，又拨弄了一下篝火，然后将手中的树枝塞进篝火堆里，坐直身子。“是的，我想要知道。”

她当然想要知道。塔蕾莎不会因为不安的感觉就放弃对这个问题的探寻。萨尔希望自己所说的事情不会让塔蕾莎成为自己的敌人，但如果不把绝对和完全的事实告诉塔蕾莎，那就是他的错误。

萨尔静静地坐了一会儿，整理一下自己的思绪。塔蕾莎并没有打扰他。现在他们唯一能听到的只有篝火的吡啵声和夜行动物轻微的奔窜声。

“你死了。”萨尔终于说道，“布莱克摩尔发现是你帮我逃走的，当你出来找我的时候，他派人跟踪了你。所以，当你回去的时候……他就杀了你。”

塔蕾莎没有说话，但她脸上的肌肉在不断地抽搐着。然后，她以平静得令人惊讶的声音说道：“那么，我是怎么死的？”

“确切情形，我并不知道。”萨尔说道，“但……”他闭起眼睛，又陷入了沉默。先是亲眼见到父母的死亡，现在又要亲口向朋友告知她的死讯，“布莱克摩尔砍下了你的头，把它放进袋子里。当我回到敦霍尔德，要求他释放兽人的时候……他把那只口袋扔给了我。”

塔蕾莎用双手捂住了脸。

“他以为这样就会让我的精神崩溃。从某种角度说，他做到了——但并不是以他所希望的方式。”萨尔的声音低沉了下去。那个时刻的情景重新出现在了他的脑海之中。“怒火烧光了我的理智。为了他所做的事情，为了他向我展示的邪恶本性，我绝不会在给他任何仁慈。他必须为了你的死亡付出相同的代价。后来，我无数次回想那段时间发生的一切，并自问是否能有任何办法拯救你。很抱歉，我那时没有那样的能力，塔蕾莎。我非常抱歉。”

塔蕾莎依旧用手捂着脸，当她终于再开口的时候，她的声音沙哑而又模糊。

“告诉我一件事。”她说道，“我做了什么有意义的事情吗？”

萨尔无法相信塔蕾莎竟然会这样问。难道自己刚才说的话，她全不明白？

“塔蕾莎，”萨尔说道，“正是因为你的善良仁慈，我才能明白，人类是可以信任的。所以我才会愿意和吉安娜·普罗德摩尔结盟——否则我甚至根本不会考虑这种事。正是因你，我才会相信我不只是……不只是一个绿皮怪物。所以，我的族人——所有的兽人——都不应该像野兽那样被对待。”

他将一只手放在塔蕾莎的肩膀上。塔蕾莎抬起头，望着萨尔，泪水如断线的珍珠一般从女孩的面颊上滚落。

“塔蕾莎，我亲爱的朋友。”萨尔的声音颤抖着，“我灵魂的姐妹。你所做的并不是什么没有意义的事情，是你开启了一切。”

让萨尔感到困惑的是，塔蕾莎却只是给了他一个虚弱的微笑。

“你不明白。”塔蕾莎的声音显得断断续续，“我从没有做过任何重要的事情。从没有人真正在意过我。我从没有能改变过任何事，任何人。”

“你的父母……”

塔蕾莎不屑地哼了一声。“你的那个世界中塔蕾莎的父母一定比我的父母更懂得关心孩子。我是个女孩，对他们来说，没有什么用处。我们全都要为活下来而拼尽全力。你所说的学习——我从来都不知道。我不识字，萨尔，我一个字都写不出来。”

萨尔无法想象塔蕾莎竟然会是一个文盲。正是书籍将他们联系在一起。没有塔蕾莎的纸条，他也许永远不会从敦霍尔德逃出来。他本以为，塔蕾莎在真实的时光之路中遭受的命运非常残酷，认为一个这样伟大而善良的女性不应该遭受如此厄运。但从某种角度讲，塔蕾莎在这里的人生有可能更加糟糕。

阿格娜曾经陪伴萨尔一起进入他的萨满幻境。从某种角度讲，她也“遇到”过塔蕾莎。

“她不应该死。”萨尔曾经在那段灵魂的旅程中这样说过。

“你怎么知道，这不是她的宿命？也许她在这段人生中，已经完成了她此生的使命？”阿格娜曾经这样回答他。“是否对自己的人生满意，只有她自己知道。”

萨尔心中一颤。他明白了。这两条时光之路上的塔蕾莎都知道。

“听到你告诉我这些事，知道我曾经对别人、对国家，对……对这个世界的历史那么重要……你不明白，这对我来说意味着什么。我不在乎会不会死，我也不在乎会怎样死掉。至少，我有存在的意义！”

“你是重要的。现在，你同样是重要的。”萨尔急切地说道，“你也许不曾改变这个世界……但这并不意味着你现在不能这样。”

“如果我捉获一个野兽人，得到的赏金足够我活上一年还要多。这……这就是我的世界的规矩。萨尔，这里一直都是这样。但……”塔蕾莎皱起眉头，“……我一直都觉得……嗯，我一直都觉得这样不对。不应该是这样，但……”她的声音低了下去。

萨尔眨了眨眼。“你这样说过的。”这是一个很重要的情况，但他不明白，为什么塔蕾莎要把它重复一遍。

塔蕾莎一皱眉头，“说过什么？”

这里的空气……感觉有些不同。萨尔站起身，捡起塔蕾莎的枪。刚才一直镇定若素的塔蕾莎也突然站起身，贴到萨尔身边，一双眼睛不断扫视着周围的树林，仿佛是想要确定某种危险的存在。“你刚才听到什么了吗？”

“你是重要的。现在，你同样是重要的。”正坐在她身边，“你也许不曾改变这个世界……但这并不意味着你现在不能……”

他的话说到一半便戛然而止。然后，他明白了。

“这条时光之路是错误的。”萨尔说道，“我们全都知道这一点。它的错误和缺陷已经到了相当严重的程度，甚至无法正常地向前流淌。事情开始……发生重复。许多事甚至有可能就此解体。”

塔蕾莎听到他的话，面色变得煞白。“你的意思是……你认为……这个世界就要终结了？”

“我不知道会发生什么事。”萨尔实话实说，“但我们需要想办法阻止这种情况的发生，并让我能够脱离这条时光之路。否则，你的世界中的一切和我，还有许多其他人和物都将被毁灭。”

塔蕾莎显得非常害怕。她低头看着火焰，咬紧下唇，努力思考着。

“我需要你的帮助。”萨尔低声说。

塔蕾莎抬头看着他，露出微笑。“我会帮助你。我想要改变这个世界……再一次改变它。”

第十章

世界一片寂静。

这里没有愤怒的呼喊，没有痛苦，没有欢乐，甚至连低微的呼吸声也听不到，更没有翅膀的扑击声或者心跳声。像眨眼和植物将根茎深入土壤这样几乎无法听到的声音，同样也不存在。

不，这里并非是完全寂静的。大海在活动，他们的波涛不断拍击着海岸，又向后退去。只是现在海洋中已经空无一物。风在吹，掠过变成黄色的草地，掀动着房顶的瓦片。但房子里看不见一个居民。

伊瑟拉也在移动。她是这个地方唯一的生命。不安的感觉搅动着她的内心，变成忧愁，变成担心，变成恐惧。

暮光审判到来了。

她的爪子落在已经不再承载生命的大地上。这片大地上将不会再有生命了。她的翠绿幼雏也不会再有一口呼吸。她走过每一块大陆，全心希望着在某个地方、某个角落里，还能有幸存者。

死了，全都死了。巨龙、人类、精灵、兽人、鱼、鸟、树，草、虫，无一幸免。伊瑟拉一次又一次迈出充满痛苦的步伐，走在一座巨大的坟墓之中。

她怎么会活下来？

这个问题让伊瑟拉颤抖，让她不敢去寻求答案。她只能继续前进前行。

藏宝海湾、奥格瑞玛、雷霆崖、夜色镇、凄凉之地——到处都是尸体。腐烂的尸体却引不来食腐的鸟兽，因为它们也全都在腐烂着。望着这超乎想象的恐怖景象，伊瑟拉感觉到疯狂正在轻抚自己的神经，她急忙用力将它推开。

我们的神殿……

她不想去看，但不得不去看……

于是，她站到了神殿脚下。她曾经睡意沉沉的一双大眼睛现在完全睁开了。

这里有翅膀的拍动，还有呼吸声，甚至有充满恨意的胜利呼号。这里的空气充满了躁动。是暮光龙，站在这个世界的尸体上的最终生存者和胜利者。在龙眠神殿的脚下，躺着强大的守护者们的尸体：阿莱克丝塔萨被活活烧死，焦黑的肋骨从她的胸腔中一直戳出来。一头蓝色的守护者在极度痛苦的抽搐中被冻结了，伊瑟拉看不清他的脸。时间之王诺兹多姆现在被牢牢地封锁在时间里面，如同一块岩石般没有了动作。而她自己的尸体上生满了曾经是绿色的植被。现在，就连那些勒死她的藤蔓也都枯死了。每一位守护者都死在了自己独特的能力之下。

但这还不是让伊瑟拉心胆欲裂的恐怖。

觉醒者伊瑟拉死死地盯住了那具庞大的躯体。诺森德昏暗的天空下，那具躯体几乎无法被暮光照亮。它虽然巨大，却显得那样软弱无力，难以动弹一下。

以肿胀的橙红色夕阳作为背景，伊瑟拉能看到，他已经被龙眠神殿高耸的尖塔刺穿了。

伊瑟拉落在地上，颤抖着，只想将视线移开，却无论如何也做不到。

"死亡之翼。"她悄声说道。

她让自己跌回到现实之中。虽然身体还在因为刚才的幻境而颤抖，她的意识却早已完全清醒了。她摇摇头，悄声说着："不，不，不……"

这是她所见到的未来。不过她知道，这个未来还不是注定会发生的，依然是一个可以改变的未来……但能够改变它的，只有一个兽人。

萨尔，我知道你必须扮演怎样的角色，我恳求你……请不要，绝对不要失败。

不要让这个世界变得如此寂静。

* * *

现在的问题是……他们该如何让时光之路恢复正常？

"告诉我这里发生的一切，从我死的时候开始。"萨尔说。

"那可是……很多很多事。不过，没关系。"塔蕾莎回答道，

“就像我说过的那样，布莱克摩尔全身心地投入到他的目标之中。他训练和培养自己的部下，然后是雇佣兵。在黑石塔战争之后，他并没有解散自己的私人军队。实际上，他和投降的兽人达成了一个秘密交易。这个交易让整个联盟都感到恐慌。只要加入布莱克摩尔的私人军队，攻打泰瑞纳斯王和其他君主，将他们全部杀死，兽人们就能活下来。猜猜他们是怎么做的？”

萨尔点点头。“他们当然会这样做。那样他们相当于还是在与原先的敌人作战。所以，泰瑞纳斯死了。”

塔蕾莎点点头。“乌瑟尔·光明使者和安度因·洛萨也死了。”

在萨尔的时光之路中，洛萨死于黑石塔战场与毁灭之锤的战斗中。“瓦里安王子呢？”

“瓦里安和泰瑞纳斯的儿子阿尔萨斯都还太年轻，无法参战。他们两个逃走了，并且都活了下来。”

阿尔萨斯，那名堕落的圣骑士……巫妖王。

“这片土地上有没有爆发某种奇怪的瘟疫？是否出现了有毒的谷物被大范围传播的情况？”

塔蕾莎摇摇头。“没，没有这种事情。”

萨尔仿佛被狠狠打了一拳。在这个世界里，布莱克摩尔活了下来。这绝对是一件坏事。但塔蕾莎活了下来……还有数不清的无辜民众，不曾变成天灾怪物和被遗忘者。

“你知道克尔苏加德吗？”萨尔又问道。克尔苏加德，达拉然统治议会的成员。在萨尔的时间线中，他为了寻求更强大的力量而走上了黑暗之路，在生命与死亡之间的缝隙中进行他的试验。经过一系列成功的阴谋推动，克尔苏加德经由阿尔萨斯的手变成了一名巫妖。

“哦，是的，”塔蕾莎面色一沉，“他是布莱克摩尔的首席顾问。”

就是说，克尔苏加德在这条时间线中同样在贪婪地求取着力量与权势。只是在这里，他的目标是凡间的政治势力，而不是古老的邪恶学识。

“安东尼达斯和达拉然切断了与他的一切联系。”塔蕾莎继续说道，“他们要表现出一副中立公平的样子，但有谣传说，虽然他们位于洛丹伦境内，但他们真正的盟友是暴风城，而不是我们。”说到这里，她耸耸肩，“我可不知道这种谣传有多准确，我只是在进入南海镇的时候，偶尔会听到人们的一些议论。”

这条时光之路中，达拉然也还存在着。安东尼达斯还是法师们的首领。那座美丽的城市并没有化成废墟，也没有在诺森德重建。

“阿尔萨斯和瓦里安去了哪里？”

“瓦里安统治着暴风城，阿尔萨斯和他在一起。他们就像是一对兄弟。瓦里安还是阿尔萨斯的婚礼上的伴郎。”

“新娘是吉安娜 · 普罗德摩尔。”萨尔低声说。

塔蕾莎点点头。“他们已经有了一个孩子，一个小男孩。乌瑟尔王子。”

这个世界没有瘟疫，没有巫妖王。至少现在还没有。阿尔萨斯成为一名丈夫，一位父亲。洛丹伦首都没有变成幽暗城——被遗忘者的大本营，却成为布莱克摩尔的堡垒，见证了另一场恶棍取代善良君王的悲剧。

“没想到他竟然控制了这个世界。”他喃喃地说道。

“但更让人感到诡异的是，他突然间就失踪了。”塔蕾莎说。

“失踪？”

“是的，他的臣僚们一直企图掩盖这个事实。他们说他去完成某个使命——消灭更多兽人、猎杀巨龙、签订和平条约，或者诸如此类的谎话，只看你愿意相信哪一条。但他肯定是失踪了。”

“也许有人杀了他。”萨尔说。他露出一点微笑。“肯定有不少人是这样希望的。”

“如果是这样，那个刺客一定会对自己的成就大加炫耀。”塔蕾莎毫不客气地扑灭了这种希望，“而王位上也会出现新的国君——或者是合法继承人阿尔萨斯，或者是杀掉布莱克摩尔的那个人。不，这件事非常奇怪，不过应该很快就能见分晓了。我相信，阿尔萨斯和瓦里安已经在计划对洛丹伦发动进攻。他们的间谍肯定早就把这里的情况向他们报告了。”

塔蕾莎是对的。也许她在这条时光之路中没有受过教育，但她依然是一位拥有非凡智慧的女子。暴风城的眼线肯定遍布洛丹伦，而阿尔萨斯和瓦里安绝对会以最快的速度采取行动，绝不会错过这个神秘“失踪”给他们带来的大好时机。

萨尔停了一下，努力地思考着。他知道，自己必须修复时光之路，否则一切物质存在都将解体。也许，布莱克摩尔的失踪会是一件好事情，也许这条时光之路能够自我修复，消除以前发生的错误。

但……这也意味着将会有巨大的悲剧发生。

天灾瘟疫将横扫整片大陆。成千上万的人会变成尸骸，或者落得更加恐怖的下场。

阿尔萨斯也必须变成巫妖王。想到这里，萨尔突然冒出一身冷汗：如果布莱克摩尔成为这个世界的巫妖王，又会引发怎样的后果？在他身边出谋划策的可是克尔苏加德。

安东尼达斯一定会死，达拉然必将毁灭，还有奎尔萨拉斯。

而塔蕾莎……

萨尔用手掌撑住前额，就这样呆了很久。这似乎是一个不可能的任务。他至少先要找到一头青铜龙，将这里的情况告诉巨龙，说明这条时光道路上将会发生什么。就算是绿龙或者红龙应该也能帮上忙，毕竟同为巨龙的他们知道青铜龙在这里的工作，他们会相信时光之路出了问题，至少是在理论上会相信。

“你……你相信我们能改变这里吗？”塔蕾莎低声问。

萨尔发出有些无力的笑声。“我认为，我们需要找到一头龙。一头愿意先听听一个兽人会说些什么，而不是立刻把我消灭掉的……”

他忽然睁大了眼睛。

“……我知道我们能在哪里找到一条。”

* * *

克拉苏斯正坐在他的私人书房里，这是他最喜欢的地方之一。这个房间很温暖，但不宽敞。以他在肯瑞托中的地位，完全可以拥有一间更加宽大的书房，不过这里的布置很舒适。现在，这里的每一块能放东西的平面，包括书桌、边桌和一只书箱上面都摆满了摊开的书籍或者其他物什。如果说还有什么地方能比这里更让他的心中充满欢乐，那就只有在他的爱侣阿莱克丝塔萨身边了。与阿莱克丝塔萨分离，无论是否有必要，都会让他感到难过。但没有人能比生命缚誓者更懂得何为“责任”。她理解克拉苏斯在肯瑞托中间的工作，对红龙一族有着重大的意义。而对克拉苏斯的爱人来说更重要的是，克拉苏斯在这里的工作对整个艾泽拉斯都是有利的。与克拉苏斯共事的人类、高等精灵和侏儒也许会认为，像龙这样寿命漫长的生灵，彼此共同生活了那么久，多少都应该会有一些倦怠感，会想要分开一些时间。

他们大错特错了。

一颗水晶球就悬停在克拉苏斯身边不远处。绿色、褐色和蓝色光晕在其中闪烁，呈现出一幅即时变化、极为精确的艾泽拉斯地貌图。像这样的魔法工具、宝物和其他无价之宝也在这个房间里摆得到处都是。现在，克拉苏斯正忙着将一部非常古老的典籍誊抄到新的牛皮纸簿上。如果对这部原书不多加爱护，它恐怕很快就会变成碎屑了。现在，它由魔法力量维持着完整。但克拉苏斯是一个讲求实际的人，他知道，将原著中的关键内容另外抄写一份副本将有效地弥补时间和逆向破坏法术可能造成的严重损失。这个任务也可以交由学徒去完成，但克拉苏斯更愿意亲自动手。重温这些古老的学识，能够让他爱好魔法且深具学者气质的灵魂得到莫大的享受。

这时，他听到了敲门声。“进来。”克拉苏斯头也不抬地喊了一声。

“克拉苏斯大人。”说话的是戴薇，一名年轻的高等精灵法师学徒。

“谁要见我，戴薇？”克拉苏斯问道。

“是一位年轻的女士，还有她的奴隶。那位女士坚持要我把这个交给您。但……我能多说一句么？”

“有话就说吧，”克拉苏斯微微一笑，“我从没有轻视过你的建议。请讲。”

“那位女士看上去……有些问题。我对她并没有恶意，但……”戴薇摇摇头，稍稍皱起了眉，仿佛仍然在为这个问题感到困扰，“她要我把这个给您。”

学徒的反应立刻引起了克拉苏斯的警惕——戴薇在看人这件事上有着敏锐的直觉。这时，她已经走到克拉苏斯身边，将一枚看上去平平无奇的褐色小东西放进克拉苏斯伸出的手掌中。是一枚普通的橡果。

克拉苏斯猛吸了一口冷气。

知识——这么多的知识！无数个世代亲眼所见、亲身经历的沧桑变化都被收藏在这枚看似微不足道的小橡果中，透过克拉苏斯的手掌，刺激着他的神经。克拉苏斯合拢五指，将它握进掌心之中，久久不愿松手。

戴薇专注地看着自己的导师。当然，她还是一名学徒，还不可能明白自己交给克拉苏斯的是什么——一枚古树的橡果。只有经过严格训练的敏锐双耳仔细倾听，才能知道它在低声叙说着什么。

“谢谢你的谨慎观察，戴薇。现在，请那位女士进来。”克拉苏斯并没有向学徒透露任何信息。

“您还应该知道，她坚持要把她的兽人奴隶带在身边。”戴薇说。

“你觉得她为什么要坚持这种事？”

戴薇侧过头，分析道："大人，说实话，我也说不出是为什么。那个兽人只是做出一副卑躬屈膝的样子。而那个女人说这非常重要。我不认为他们打算伤害您，但我又猜不出还有什么可能。这实在是太令人困惑了。"紧皱的双眉破坏了这名深色皮肤的高等精灵姣好的面容——戴薇不喜欢解不开的谜题。

"那么，也让那个兽人进来。我想，一个女孩和一个精神崩溃的兽人应该奈何不了我。"看着导师的眼睛，戴薇露出了笑容。其他人也许会认为这名心直口快的精灵学徒在导师面前的表现有失礼仪，但克拉苏斯很喜欢她不会在自己面前畏首畏尾。

"我这就去，大人。"戴薇答道。

一株古树的橡果。克拉苏斯伸开自己纤长的手指，再一次仔细端详它。这真是一件罕见的宝物，美丽而且强大。这个女孩到底是什么人，竟然能有这样的东西？

屋门再一次打开，戴薇将他的客人带进来，鞠了一躬，便关好门离开了。克拉苏斯站起身，用探询的目光看着这名浅色头发的年轻女孩。

这个女孩身材苗条，如果不是长期严酷生活的折磨，她本应该是一个美艳的女郎。她身穿粗布长裙，披着斗篷。衣服很干净，但显然缝补过不止一次了。她的脸洗得很干净，手上却生满老茧，有几个指甲也裂开了。她将腰身挺得笔直，显得非常紧张。看到克拉苏斯，她行了一个深深的屈膝礼。

"克拉苏斯大人。我的名字是塔蕾莎·福克斯顿。感谢您愿意见我们一面。"

这个名字没有给克拉苏斯提供任何有价值的情报，但女孩用的代词引起了克拉苏斯的兴趣。

"'我们'？"克拉苏斯温和地问着，走到他们面前，双手交握在背后。确实，这个兽人要比他身前的人类更加引人注目。他比大多数兽人都更加高大，拥有极为健壮的肌肉，却只穿着一条样式朴素的褐色长袍。他的两只手上同样布满老茧，但那都来自于挥动武器，而不是在田间耕作。克拉苏斯见过足够多的凡人战士，一眼就能分辨出握剑的手和握锄头的手。而且，这个人其实并不像他的绝大多数同族那样颓废消沉。现在，他正平静地注视着克拉苏斯。

他有一双蓝色的眼睛。

"真是令人吃惊啊。"克拉苏斯喃喃地说道，"你是谁？"

"我的名字，"那个兽人说道，"叫萨尔。"

"果然是一个奴隶的名字。但说实话，我认为你并不是一名奴隶。"克拉苏斯说道。他伸出依旧握着那枚橡果的手。"你们用这个引起了我的兴趣。这非常聪明。你们知道，我能够感觉到蕴藏在其中的知识。你们是怎样得到这样珍贵的一件宝物的？"

塔蕾莎将目光转向萨尔，寻求答案。克拉苏斯对此并不感到吃惊。

"我有……一个故事要对你讲，法师。"萨尔说道，"或者，也许我应该称你为……巨龙大人？"

克拉苏斯保持着平静的表情，但惊诧感已经传遍了他全身上下。极少有人知道考雷斯特拉兹的真实身份是阿莱克丝塔萨的配偶。而在这个兽人出现以前，他绝对相信自己知道所有了解这个秘密的人。

“今天真是越来越有趣了。”克拉苏斯勉强用不急不缓的声音说道，“请坐，我会让人拿些吃的过来。我怀疑你要讲给我听的故事绝不会很短。”

他的判断是正确的。塔蕾莎和萨尔坐下来——后者的动作非常小心，尽管他的椅子是这个房间里最大的。他们开始讲述。这个故事在三个人进餐的时候被打断了一次——餐点只有简单的茶水和蛋糕，但那个可怜的女孩吃得却像饿狼一样。除此之外，他们几乎没有受到什么打扰。当故事讲完的时候，时间已经接近黄昏。其间克拉苏斯偶尔会打断一下，问些问题，或者确认一些事情。绝大部分时间里，他只是认真地倾听着。

这太疯狂、太荒谬了，简直不可理喻。

但也极为符合逻辑。

在绵延数千年的岁月中，考雷斯特拉兹听过无数疯狂的故事。这些故事中都能找到漏洞，证明它们并非事实的。这个奇怪的，名叫萨尔的兽人所说的一切都那么不像是真的，但考雷斯特拉兹知道，它们多半不是虚言。就像克拉苏斯一样，萨尔知道睡梦之龙伊瑟拉和她的族群。萨尔说，依旧被克拉苏斯握在手中的那枚橡果是一件礼物。克拉苏斯能够清晰地感觉到：这颗橡果散发出一种安详的气氛。如果它是被这个兽人偶然捡到，或者用暴力夺取，就绝不会让他有这种感觉。这个兽人更清楚时光之路的运作，他甚至还知道考雷斯特拉兹和他的女王的青铜龙朋友的名字。

兽人奴隶不可能知道这样的事情。

当萨尔讲完的时候，克拉苏斯吮了一口茶，继续端详着手心里珍贵的橡果。然后，他将这件礼物递还到萨尔的手中。

“这不是给我的礼物，”他低声说道，“对不对？”他的语气是肯定的，并非疑问。

萨尔看着他，摇了摇头，将橡果收回到口袋里。“我要把它种植在正确的地方。我觉得达拉然并非这个地方。”

克拉苏斯点了点头。他从橡果中感觉到了同样的情绪。

“我打心底里不喜欢埃德拉斯·布莱克摩尔。”巨龙法师继续说道，“几乎所有人都不喜欢他，除非是那些从他那里领取薪饷的人。我打赌，即使是那些人，爱的也只是钱，而不是布莱克摩尔。如果你说的是实话，那就算是他被砍成两截，我也不会为他哀悼。但这种事并不能纠正任何错误。尽管我理解恢复时光之路真实性的必要，但我可以告诉你，你找不到什么人会认为你的世界要比他们自己的世界更好。瘟疫，巫妖王，达拉然被毁又被重建，兽人拥有了自己的国家——你在进行一场处于严重劣势的战争，我的朋友。”

“但我们应该这样做，”萨尔说，“如果不纠正这个错误，我的时光之路——那条真实的时光之路，就会被摧毁！而这一条时光之路已经注定要毁灭了！”

“这一点我知道，你知道，我的一些肯瑞托同事们知道，青铜龙肯定也都知道，但你所说的是囊括了整个世界的剧变。”他向显示出艾泽拉斯的水晶球指了指。

萨尔站起身，走到那颗水晶球前，看着一缕缕细小的白云飘过水晶球的表面。他只是专注地看着这颗球，不过并没有伸手要碰它的意思。

“这……是真的，对不对？”萨尔问道。塔蕾莎也好奇地离开椅子，来到他身边。当她开始仔细端详这颗缓缓转动的水晶球时，不由得睁大了眼睛。

“从某种角度讲，可以说你是对的。”克拉苏斯说，“但你不可能通过一拳把它砸碎来抹杀这个世界。如果你要问的是这件事的话。”

“我问的不是这个……但如果真能这样，问题也就简单了，不是吗？”萨尔带着一点挖苦的意味说道。

“也许。”克拉苏斯表示同意，他饶有兴致地翘起了嘴唇。

“这上面……我们在这上面吗？或者，这上面能够显示出我们的位置吗？”萨尔问。

“是的，就在这里，”克拉苏斯说，“我们的……灵魂映象——或者还有更确切的表述方法。无论那是什么，可以在这上面被找到。”

“你能找到阿尔萨斯，或者瓦里安么？”

“不能找到他们的确切位置。我知道我们在哪里，是因为……嗯……我本就知道我们在哪里。但……”他睁大了一双黑眼睛，“我明白你的意思了。”

“死人会留下……明显的痕迹么？”

“会的，”克拉苏斯说，“你想要我寻找布莱克摩尔。”

兽人点点头。克拉苏斯挑起一道眉弓，然后抬起手，轻轻伸开手指，让手掌悬停在旋转的艾泽拉斯的白色云絮上方约六寸的地方。他皱起了眉头，缓缓地绕着水晶球走动，让手掌滑过艾泽拉斯表面的所有地方。最后，他放下手，转向萨尔。

“你的预感是正确的，”克拉苏斯说，“我在这个世界中已经找不到埃德拉斯·布莱克摩尔了。”

“这意味着什么？”塔蕾莎悄声问道。

“嗯，这有几种可能。”克拉苏斯说，“他可能找到办法藏了起来。或者他的灵魂被偷走了。这样的事情的确发生过。也有可能是他确实不在这个世界上了。我们全都知道，这个世界可能存在通向其他世界的传送门。”

克拉苏斯说话的时候向萨尔瞥了一眼，皱了皱眉。这个兽人突然显得非常不安，费了一番力气才让自己平静下来。“萨尔，出什么事了？”

萨尔没有回答，却向塔蕾莎转过身，将一只大手温柔地按在她的肩膀上。“塔丽……你说过，布莱克摩尔在决斗中打败了奥格瑞姆·毁灭之锤。”

塔蕾莎点点头。“是的。”

“他……有没有夺走毁灭之锤？或者是奥格瑞姆的铠甲？”

“战锤在战斗中碎裂了——大家都这么说。”塔蕾莎说道，“那副铠甲对他来说太大了。”

萨尔的神情稍稍放松了一点，似乎是卸下了一个非常沉重的顾虑。“当然，他不可能穿得上那么大的铠甲。”

塔蕾莎又点了点头。“所以他只拿走了上面几块最具象征性的甲片，将它们安装在一套专门为他设计的新铠甲上。”

兽人的手从塔蕾莎的肩头垂落下去。他紧盯着塔蕾莎。

“萨尔？”塔蕾莎忧虑地问道，“怎么了？到底出了什么事？”

兽人缓缓地转过头，看着那个旋转的艾泽拉斯模型。很长时间里，他一个字都没有说。

终于，他用沉重的语气说道：“我知道布莱克摩尔出了什么事。”

塔蕾莎和克拉苏斯交换了一个眼神，等待萨尔继续说下去。

“他不在这里，是因为他已经不在这条时光之路上了。他逃走了，摆脱了时间的束缚。他已经不必再遵从时间法则了。现在，他有一个目标，一件他必须做到的事情。”

萨尔转过身，面对着另外两个人。“这个目标就是杀死我。”

第十一章

“这样就说得通了。”克拉苏斯喃喃地说道，“你能够穿越这些时光之路，但你必须非常谨慎，因为你很容易被困在幻象之中。”

“我的确能穿越时光之路，”萨尔表示同意，“但我并没有完全离开我自己的时光之路。我知道这一点，是因为我只是连续到达了那条时光之路上不同的点。布莱克摩尔则完全离开了他的时光之路，这是因为他得到了帮助。这一切的幕后主使者应该是永恒龙军团。只有这样，这种诡异的局面才能得到解释。所以古树才会如此困扰，所以他们的知识才出现了偏差。”

克拉苏斯揉搓着额角。萨尔专注地看着他。直到现在他才明白，自己是多么希望这位红龙法师能够给他指明一条解决问题的道路。

“如果他杀死你，又会发生什么事，萨尔？”塔蕾莎的这个问题是同时问给面前这两个人的。

“想知道我的猜测是什么？毁灭。”克拉苏斯直白地说道，“在真实时光之路中的萨尔将会死在另一条时光之路中的布莱克摩尔的手中。无论这多么令人难以置信，但这就是现在的情况。对于他的时光之路，萨尔是影响未来发展的关键因素。消除他就意味着将有许多事物解体。不仅是我们的时光之路会瓦解冰消，我相信所有的时光之路都将如此，因为我们都是真实时光之路的影子。”

“那么，有办法避开这场毁灭么？”塔蕾莎问。

“实际上，这条时光之路是根本不应该存在的，它毕竟只是一个影子——考虑到这一点，恢复平衡的可能性还是存在的。”克拉苏斯抬起一只手。“我不是青铜龙，你们应该明白这一点。我只是按照逻辑进行叙述。而我的逻辑基础只是我有限的一点知识。”

“我要离开这条时光之路。”萨尔低吼着。他的两只手不停地攥成拳头，又松开。“我必须找到诺兹多姆，结束这一切。但我不知道该怎么做。”

他坐回到椅子里，将头埋进手掌中。他彻底迷失了。他辜负了龙族和伊瑟拉，辜负了阿格娜和大地之环，辜负了他的世界。一只小手按在他的肩膀上，轻轻捏了他一下。他握住了那只手。他也辜负了塔蕾莎，亲爱的，命运多舛的塔蕾莎——她甚至连活着的可能性都不应该拥有。

萨尔想到了那闪光的鳞甲。正是那片金光在吸引他进入了另一条时光之路，经历了另一种可能性。至少，他已经找到了一个答案——他知道是谁在追杀他。只是这个答案对他的震撼要远远超过他愿意承认的程度。

“伊瑟拉的世界观和……大多数人都不同。”克拉苏斯低声说道，“但其中所包含的真实要比清醒世界中的人们所看到的更加深刻。萨尔，我相信，她会认为你在这些任务中如此至关重要，肯定是有道理的。”

萨尔却因为过于沮丧，已经无力和克拉苏斯进行争论了。一切都不是真实的。在时光之路中一次又一次引诱他的闪光鳞片、不应该存在的刺客、巨龙所掌握的神秘世界——他的思想在黑色的大海中游动，竭力想要找到能够追寻的线索。塔蕾莎按在他肩膀上的手给他实在的感觉，但那也不是真实的。这是一个梦么？什么才是真实的？什么才是……

突然之间，在一阵柔和的微风和一股爆发性的力量下，萨尔明白了。

他再一次想到了黑鸟麦迪文对他说的话：“这个地方充满了幻象。你只有一条道路能够找到真正的目标——只有一条道路，能让你找到你自己。”

还有克拉苏斯的话：“但你必须非常谨慎。因为你很容易被困在幻象之中……实际上，这条时光之路是根本不应该存在的……它毕竟只是一个影子……”

时光之路并非充满幻象。这条时光之路也不是幻象。

幻象是时间本身。

历史学者和先知们对于过去和未来都有很多表述。关于过去的战争、策略、历史事件和它们对世界进程的影响，都有连篇累牍的卷宗进行记录。各种预言、愿景、希望、遐想和推测，无论是对于五百年之后，还是对于五分钟之后，也都充斥在每一个人的生活之中。

但真正是真实的，只有现在。

学者们也许会气愤地斥责他过于把眼光拘泥于现在，但在萨尔的意识中，这一切混乱的局面突然间变得简单、明确了。真正存在的时刻只有一个。

此刻。

所有过往的时刻都只是回忆，已经消失。所有未来的时刻，无论是希望还是恐惧，都还没有成形。

只有现在，这一个时刻是存在的。当它滑入到过去的时候，未来才会成为此刻。

这种感觉是如此简朴，如此令人感到平静安宁。萨尔发现自己放开了许多他只能勉强理解的东西。它们从他的肩头滑落。对过往的迷恋，对围栏的忧虑，就像是一只沉重的包裹落在地上。

但他依然需要对未来进行计划，需要对过去感到遗憾——智慧告诉他，即使是在此刻，这样的事情也都是必须做好的。理解过去，才能够以最好的状态对待现在；预想未来，才能塑造好下一个此刻。

但是，当他终于明白的时候，这一切都变得简单了许多——变得如同羽毛一样微不足道，他仿佛有了洞悉这一切的魔法，或者这一切本就可以一眼看穿。

他被困在了时间之中，这一点没有错——无论是在他没有穷尽地回顾过去时，还是他刚刚瞥到了一种可能的未来时。

但他需要做的只是走出循环，真正进入此刻。而诺兹多姆……

萨尔眨了眨眼，因为理解而感受到的强大冲击让他全身都在震颤。现在他明白了，为什么他在时光之路中的流浪总是和他自身的经历纠缠在一起，为什么他在每一段时光之路中都能看到诺兹多姆的影子。萨尔只是被困在一个时刻内——一个属于他的过去的，至关重要的时刻。强大的时间之王则被困在了时间的全部时刻之内。

但在理解而产生的平和中，萨尔知道，自己现在能够找到那位伟大的巨兽了。

克拉苏斯在向他微笑。萨尔知道，这头红龙在真正的时光之路中已经死去，但在这里，他的死亡不是真实，也不是现实。在这里，塔蕾莎同样是真实的，活生生的。萨尔几乎能感觉到她将空气吸入肺中的声音，听到她的每一声悦耳的心跳，仿佛那是这个房间里唯一存在的心跳。

真实就在这里。

“你明白了。”克拉苏斯说道。他的嘴唇上露出一点微笑。

“是的。”萨尔说。他转向塔蕾莎，微笑着望向她的眼睛。“很高兴能够和你共度这段时光。”

这种喜悦并非只属于回忆，而是他现在的，实实在在的感受。

萨尔闭上了眼睛。

* * *

当他睁开眼睛的时候，他知道自己到了一个完完全全脱离了时间的地方。他在飘浮，已经完全不受重力的束缚。周围的黑暗中，只有无数个传送门闪动的微弱光亮。从每一道传送门里，萨尔都能够看到金色鳞片的闪烁。

这是一幅令人震惊而不安的场景。萨尔被万物包围，却只是飘飞在彻底的虚空盒子中，但他只感觉到内心中的安宁。他用平静而敞开的意识拥抱着某种拥有不应该超过片刻的东西，但他知道，现在他所需要的只是一个片刻。一直以来，他需要的只是这个。

然后，他的身体轻轻落在一片柔软的细沙上。他意识到，自己回到了时光之穴。他睁开眼睛，望向时间之王。

他看到的是一头辉煌壮丽的巨兽，但又绝非仅仅如此。诺兹多姆的每一片鳞甲都在闪烁。正是这些闪光引领萨尔经历了一段段惊心动魄的旅程。而现在，萨尔从它们之中看到了无数个时刻。

他的时刻。

萨尔人生中所有伟大的事迹都在时间之王的鳞片上演进——他穿上了奥格瑞姆·毁灭之锤的盔甲；他在与凯恩·血蹄并肩作战，保护牛头人的大型村镇；他平生第一次召唤出元素；他站在格罗姆·地狱咆哮身边。数不尽的时刻让他成为英雄，成为传奇。就是在那些时刻里，他一次又一次改变了世界。

“你看到了吗？”

这个声音如同远方的沉雷，比萨尔听到过的任何巨龙的声音都更加深沉悠远。它隆隆地涌过萨尔的血管，渗透了他的灵魂。

“我……看到了。”萨尔悄声说道。

“你看到了……什么？”

“我的生命中最重要的时刻。”萨尔说道。他的视线从一个时刻转移到另一个时刻。这么多经历，他几乎无法将它们逐一回想。但只是当下这一个时刻，就足以将它们容纳。

“这些改变了历史的事件。”诺兹多姆说道，“我将它们尽数收纳。所有重大的事，所有生活于其中的人，但还不仅于此。”

看到所有这些舞动的、美丽的景象，萨尔感到一阵狂喜，他的心中渴望着要一头扎进这些时刻之中。但他只是悄然压抑下这种渴望，在沙地上站稳了脚跟。此刻的萨尔，看着此刻的诺兹多姆。

萨尔的目光集中在巨龙的脸上，那双闪耀着太阳光泽的眼睛中容纳了几乎无法想象的古老智慧，却又显得如此年轻、强大，远远超出了萨尔的理解能力。而这一切的一切，让萨尔感受到的只有无尽的美。

“一个生命并非只有伟大的时刻，并非只有世界能看到他的那一面。”诺兹多姆继续说道，“而这些，必须由你自己来看到。”

萨尔看到了：发现塔蕾莎的第一张关心的字条；依然只是一个女孩的塔蕾莎向他挥手；激战之后，营地中安静的夜晚，在篝火边饮酒欢笑，讲述故事；与元素交流，化成幽魂之狼疾奔。

“那只被我握住的手，温暖而又强壮。”萨尔喃喃地说着。记忆中阿格娜的褐色手指始终不曾放开过他。

“我们因此而被接纳，因此而理解，懂得。这是我们的立足之地。而荣耀、战斗、伟大的时刻，则是我们为这个世界开拓的道路。我们不可能只有给予，从不接受；不可能不先融入，就会分享。正是呼吸之间的宁静、行进空隙的驻足，才让我们成为我们，给我们力量，能够走完自己的道路。”

阿格娜。

时刻在闪烁、停止，现在萨尔看到的只有时间守护者美丽的金色鳞片——不多，也不少。他意识到，时光之穴中并非只有他和诺兹多姆。他们的周围默默地出现了许多欢欣快慰的青铜龙，其中也有时间之王的儿子——阿纳克洛斯。

诺兹多姆逐一望向他们，然后又将目光转回到萨尔身上。“我欠你许多，多到我不知该怎样偿还。你带我回来了。这之前，我无所不在，也因此无处可寻。我忘记了我的第一课。我，是时间之王。”他发出一阵低沉的吼声，半是自嘲和自责，半是懊悔和气恼。“也许别人会以为，被时间之沙包围的我，应该能记得这样的小事情。”

你的手中那只强壮的手。

“我想知道你为什么而来。”听到诺兹多姆这样说，萨尔忽然感到有些胆怯，而时间之王只是继续说了下去。“或者说……你来此的全部理由，虽然其中有一些也许并非那样必要。说吧，我的朋友。”

萨尔从伊瑟拉来访开始，逐一讲述随后发生的事情。听到古树的遭遇时，诺兹多姆的鼻翼翕张，一双大眼睛慢慢眯了起来。

“他们同样在以他们的方式守护着时间。”诺兹多姆只说了这样一句话。

萨尔继续讲述了下去，很快就说到了那名神秘刺客和他在时光之路中的各种经历。“我知道，追杀我的人很可能是我最大的敌人，埃德拉斯·布莱克摩尔—— 一个强壮、狡诈、意志坚定的埃德拉斯·布莱克摩尔。”

“而且，”诺兹多姆叹了口气，“他还是永恒龙军团的爪牙。”

“你怎么会……？”

诺兹多姆威严地抬起一只前爪。“在某一个时刻中，我听过了你的故事，知道所有这些之后……我得到了一个非常令人不安的结论。”这时，他说话的对象已经不只是萨尔，而是包括了周围所有的青铜龙，“一个非常难以接受的结论。但我们必须接受它。我的孩子们……一切都是相互联系在一起的。”

青铜龙们交换着眼神。“你是什么意思，父亲？”阿纳克洛斯问道，“我们知道，扰乱时光之路会造成可怕的反弹效果。”

“不，不，这一次的影响严重得多……范围也要大得多……情况几乎无法估计。这样的影响和我们龙族息息相关。我虽然被困在每一个时刻，被囚禁在时间的幻象之中，但这样至少让我有了一个收获。我见证了一种异变的萌芽、成长和实现。我要告诉你们，现在的所有事件都绝非偶然。”他深吸一口气，稳稳地看着一众青铜龙和萨尔。

“在这个千年之中，所有伤害守护者和龙族的时间……都不是巧合，不是随机事件。时光之路的改变，由布莱克摩尔生出的怪物，伤害了无数人的翡翠梦魇，暮光龙族的进攻，玛里苟斯的疯狂，甚至是奈萨里奥——它们全都有着内在的联系。也许，它们是同一架黑色竖琴上一组完整的琴弦。”

片刻之间，没有人说话。那么多事情……都是相互关联的？都是一个大规模异变的一部分？这个异变竟然会持续千年以上，才逐渐露出端倪？

终于，萨尔打破了沉默。“最终的结果会是怎样？”他问道。时间之王所说的这些事件，有相当一部分他甚至根本一无所知。这些事情的规模都太过庞大，太难以理解了。

“守护者和龙族彻底的毁灭。一切秩序和稳定再不可能存在。”

他转向萨尔，将自己巨大的头颅低垂到兽人的面前，迷人的金色眼睛里充满了哀伤。

“我曾经在时光之路中迷失，萨尔，被困在每一个时刻中。你是否知道，我为什么会进入那里？”

萨尔摇了摇头。

“我进入时光之路，是为了了解一个黑暗的东西是如何形成的，该如何阻止它。你问我，我怎么会知道永恒龙军团是创造和解放布莱克摩尔的幕后主使。”

他犹豫了一下，然后转过头，避开了萨尔蓝色的眼睛。

“我知道这件事，是因为……是我派他去追杀你的。”

第十二章

“什么？”萨尔一开始以为时间之王是在开玩笑，是一头巨龙失败地尝试了凡人的幽默。但诺兹多姆的表情非常严肃。萨尔心情激荡，思绪却彻底陷入了混乱。就连其他青铜龙也纷纷后退，开始窃窃私语。

诺兹多姆重重地叹了一口气。“我在时光之路中知道了我死去的时刻和方式。我绝不会改变它。但我的命运之路中，有一条是必须被纠正的。在一个正逐步成形的未来中，我成为永恒龙军团的首领。所以，我迷失在了时光之路中，萨尔。我在试图理解这样的事情是怎么发生的。我——一只担负着重大的职责，恪守荣誉，深受泰坦信任，从而得以执掌大权的龙——怎么会堕落到如此程度。”

萨尔点点头，但他依旧感到万分惊讶，心中的警惕也没有松懈分毫。

“你……有没有发现该如何阻止这件事发生？”萨尔问道。

诺兹多姆缓慢地摇着巨大的头颅。“很不幸，直到现在，我对此都还一无所获。我只知道一件事，那就是全部龙族必须团结起来，共同对抗即将降临的恐怖未来。伊瑟拉是对的：你有一种能力，你的思考方式、你的说话方式，可以对其他人产生深刻的影响。你已经为我做了很多事，但我必须请求你付出更大的力量。”

为永恒龙军团未来的领袖做事？萨尔犹豫着，但他在诺兹多姆身上感觉不到半点邪恶，至少现在还没有。充满在他心中的只有忧虑和愤懑。

“为了伊瑟拉，尤其是为了在帮助我寻找你的旅途中牺牲的戴沙林，我会帮助你，时间之王。但我需要知道得更详细一些。我在黑暗中摸索的时间已经太久了。”

“既然是伊瑟拉找到了你，你会有这样的困惑并不让我感到惊讶。”诺兹多姆的语气亲切中带着揶揄，“她很少能有完全清醒的时候。萨尔，杜隆坦和德拉卡之子，我向你致以最诚挚的感谢。我们会把我们能告诉你的尽量向你解释……但你只能单独完成这个任务。关于未来的可能，以及与之相关的推理——我必须知道更多一些，才能真正懂得我们必须怎样做。不必担心，我不会忘记你让我牢记的事情。我不会第二次迷失在时光之路中了。我给予你的是一个艰难的任务，但只要完成它，众生都有可能得救。你必须找到生命缚誓者阿莱克丝塔萨，让她从现在的哀痛中解脱出来。”

“出了什么事？”萨尔问道。

“我当时不在场，不过我知道。”诺兹多姆回答道。萨尔点点头。如果诺兹多姆被困在了所有的时刻中，他就理应知道。“不久之前，各色龙族在龙眠神殿中进行了一次集会。这是自玛里苟斯死亡，魔枢战争结束之后龙族第一次进行这样的集会。”

“阿莱克丝塔萨的配偶考雷斯特拉兹，也就是你所认识的克拉苏斯在会议进行时仍然留在红玉圣殿之中。每一个守护龙族都有一个这样的庇护所，一种……只属于这一龙族的封闭空间。这次会议被暮光龙军团的进攻打断了。暮光巨龙是死亡之翼和暮光之锤教派培养出来的邪恶龙种。”

萨尔皱起眉头。“我知道这个教派。”他说道。

“在战斗中，发生了一场可怕的爆炸。所有龙族的庇护所都被摧毁了。克拉苏斯也随之失踪……一同消失的还有每一个龙族庇护所中的龙卵。他将所有那些幼龙都杀死了。”

萨尔盯着这头青铜龙，回想着自己见到的克拉苏斯：镇定、聪慧、关心他人。“他……他杀害了幼龙？所有幼龙？”

“看样子，确实是如此。”阿纳克洛斯恨恨地说道。他眯起了眼睛，尾巴如同鞭子一样甩来甩去。

萨尔坚定地摇了摇头。“不，我不相信。这一定有着什么原因，有着我们不知道的……”

“生命缚誓者完全崩溃了。”诺兹多姆打断了他，“想象一下她的感受。想象一下，她最爱的人或者是疯了，或是与暮光之锤教派狼狈为奸——这足以摧毁她的精神。红龙失去了守护者，将无法再为对抗暮光教派而贡献力量。没有了红龙，我们绝不可能赢得胜利。一切都将步入毁灭。”

他用硕大的龙眼盯住萨尔，以异常严肃的口吻说道：“你必须让她明白她的责任，帮助她重新拾起心中关爱他人的能力，即使她的心刚刚受到重创。你能做到这件事吗，萨尔？”

萨尔对此没有半点头绪。不管怎样，这实在是一个令人望而却步的任务。难道就没有一头巨龙能够完成这个任务吗？萨尔和生命缚誓者没有任何私交可言，他怎么可能说服一位守护者放下如此巨大的悲痛，重新投身于惨烈的战场？

“我会试一试。”这是萨尔唯一能说出口的话。

* * *

阿莱克丝塔萨不记得自己过去几天都是怎样度过的，也不知道自己该去哪里。她只是向前飞着。痛苦和逃离痛苦的渴望让她失去了方向感，只是任由翅膀将自己带去不知何处的地方。

她飞过了空旷的灰色海洋，飞过精灵的土地，飞过腐败的森林和冬季荒原，一直到了这个像她一样孤独、破碎和空虚的地方。她决定，这里就是她最后的宿命之地。凄凉之地，一个很合适的名字，她苦涩地想道。

她改变了形态，用双脚从石爪山向南走去，经过一处部落和联盟交战的战场，却没有朝那里多看一眼。就让那些短命的种族把自己摧毁吧。她已经不再关心他们了。她经过一座伤痕累累的山谷。从大地的伤口中喷涌出的岩浆散发出只有黑龙才能忍受的高温。她漠然地对那些伤口一瞥而过。就让这个世界摧毁自己吧。她的爱已然消逝——曾经拥有她的爱的人可能背叛了她，还有她为之奋斗的一切。

阿莱克丝塔萨诅咒自己，诅咒她的龙族，还有其他龙族。她诅咒泰坦，是他们将如此沉重的包袱压在她的肩头。她并没有要求接下这副重担，而现在，她明白自己根本无力扛起它。

她除掉了脚上的靴子，想要感觉到脚下坚硬、死亡的土地，全然不理会柔嫩的脚心磨出的血泡。她的脚下是一条愈发坚硬崎岖的岩石道路，道路两旁的土地已经丢失了对草原的记忆，变得灰暗沉郁。疼痛难忍的脚下渐渐出现了一层尘埃，感觉上终究要比粗糙的岩石舒服一些。她在这里感觉到了腐蚀的能量，但她依旧满不在乎地向前迈步。一步接一步，鲜血凝成的足印被她留在了身后。

这里已经死了。她看到数不清的科多兽和其他动物的枯骨已经因为岁月的磨蚀而变得苍白。它们散落在这片荒原上，就如同其他地方成片枯死的树林。她所见到的生物似乎都在以死肉为食，无非是一些土狼、秃鹫。阿莱克丝塔萨神情迟钝地看着一只秃鹫在自己的头顶盘旋，想知道它以前是否尝过龙肉。

很快它就会尝到了。这个地方很适合她。她不会离开这里了。

慢慢地，被世人奉为生命缚誓者的巨龙女王登上了一座兀立的尖峰，俯视这片死寂的戈壁。她不会再进食、饮水，或者睡眠。她会坐在这座山峰的顶端，等待着死亡到来。然后，她的痛苦就能彻底结束了。

* * *

萨尔几乎错过了她。

即使骑在强大的青铜龙背上，他也不可能看清所有东西。他在寻找一头红龙，在这个空旷的地方，这么巨大惹眼的目标本应该是不难发现的。但他没想到自己的目标会变成一名身材窈窕的女性精灵，孤独地蜷缩在一座石峰的顶端。

“我在那附近把你放下。”缇珂说道。她是守卫时光之穴的巨龙之一，自愿背负萨尔到他需要去的地方。他们的第一站就是这片死亡之地。“我想，她大概不会喜欢看到我这个同族的出现。”

缇珂这样说的时候，语气中没有任何敌意，只有深深的遗憾。萨尔相信，所有龙族全都对生命缚誓者的遭遇感同身受。他同样也相信，任何还有感情的生物都会为她的遭遇感到伤心。

“我想，这样最好。”萨尔说道。随着他们逐渐靠近，萨尔能够进一步看清那个纤小的形体了。他还看不清阿莱克丝塔萨的脸，只能看到她的身体紧紧地蜷成一团，膝盖贴在胸前，头枕在上面，红色的长发垂挂下来。她身上的每一根线条都在发出痛苦和绝望的呻吟。

青铜龙落在了一段距离之外，伏低身子，让萨尔能够跳下来。

“准备好离开的时候，就到这里来。”她对萨尔说道。

“我希望阿莱克丝塔萨能够和我一起回来。”萨尔说。

缇珂郑重地看着他。“准备好离开的时候，就到这里来。”将这句话重复了一遍，她就一跃飞上了天空。

萨尔叹了口气，向那座山峰看了一眼，便开始了攀爬。

“我听说过你，兽人。”当萨尔刚刚爬上半山腰的时候，阿莱克丝塔萨就开口说道。她动人心弦的美妙声音显得疲惫而消沉，就像是一尊美丽的玻璃雕塑被不小心丢在地上，摔成碎片的声音——依旧轻灵，依旧可爱，却已经变成了碎屑。

“我没有想要偷偷溜过来。”萨尔答道。

精灵女郎没有再说一句话。萨尔终于爬到山顶，坐到了她身边的一块硬石头上。她甚至没有再瞥萨尔一眼。

过了一会儿，萨尔说道：“我知道你是谁，生命缚誓者。我……”

她将视线转向萨尔，一张秀美绝伦的茶色面孔上满是怒容。她向萨尔露出了牙齿。“不许这样叫我！永远也不许！我和生命没有缚誓，再也没有了。”

阿莱克丝塔萨爆发的怒火显得非常突然，但萨尔并不吃惊。他只是点点头。“好吧。我是萨尔，曾经的部落酋长，现在是大地之环的成员。”

“我知道你是谁。”

萨尔稍稍感到一些挫败，但还是继续说道：“无论我用什么名字称呼你，我要找的终究还是你。”

“是谁派你来的？”阿莱克丝塔萨问道。她的声音和面孔再一次变得冷漠而迟钝了。她的目光也转了回去，继续看着面前那片空旷、丑陋的土地。

“伊瑟拉，还有诺兹多姆。”

红龙女王的脸上闪过一点稍纵即逝的兴趣，如同在幽深的池塘底部掠过的一道影子。“他回来了？”

“我找到了他。就像我找到你一样。”萨尔说，“他了解到了很多事。而且他相信，你需要知道这些事。”

阿莱克丝塔萨没有回话。热风掀起她酒红色的发卷，让散乱的发丝在她的两鬓飘摆。萨尔不知道该如何继续把话说下去。他本来准备要应对红龙女王的痛苦和愤怒。而现在，他看到的只有麻木和死一般的绝望……

他还是向阿莱克丝塔萨讲述了在此之前发生的种种变故，并希望让自己的讲述听起来像是一个故事。如果他能引起红龙女王的一些兴趣、一些好奇，无论是什么，只要等打破她的这种可怕的、岩石一样了无生气的面具，萨尔一定会感到欢欣鼓舞。他提到了伊瑟拉，还有想要摧毁古树的火元素。强风吹袭着他们两人，带来残酷的炽热，而阿莱克丝塔萨依旧无动于衷地坐在原地，就好像她自己也变成了一块石头。

“古树告诉我，”萨尔说着，“他们的记忆发生了混乱。有人破坏了时光之路。”

“我知道。”阿莱克丝塔萨冷漠地说道，“我知道青铜龙正在解决这个问题。他们在召集凡人去帮助他们纠正错误。你和我说的都不是什么新鲜事，萨尔。为了这些，我不可能回去。”

阿莱克丝塔萨的言辞和声音全都显得那么怨恨深重。不过萨尔知道，红龙女王的怨恨并非是针对于他。她恨的是她自己。

萨尔再一次进行了努力。“诺兹多姆相信，有许多事情都是相互关联的。它们的发生不是独立的。守护者承受的全部可怕灾难——永恒龙军团的神秘攻击、翡翠梦魇，甚至是死亡之翼和玛里苟斯的疯狂。在诺兹多姆的眼中，它们构成了一幅完整的拼图，一个攻击守护者和巨龙一族的庞大阴谋。这个阴谋要逐步削弱龙族，击败他们，甚至会造成他们自相残杀。”

阿莱克丝塔萨只是轻轻嘟囔了一句：“谁会希望发生这种事情，哪怕诺兹多姆猜得没错？”

萨尔立刻收到了这一点点好奇的鼓励。“诺兹多姆需要更多时间来搞清楚这一切。而现在，他相信永恒龙军团已经开始对这个世界产生影响了。”

一段时间的沉默之后，阿莱克丝塔萨回了一句：“我知道了。”

“他要我找到你……帮助你。帮助你治疗自己的伤口。”要生命缚誓者相信萨尔这渺小的兽人萨满竟然要帮助自己治疗伤口，这肯定会让她感到难以置信，甚至感到遭受了羞辱。要知道，生命缚誓者也许是有史以来最伟大的治疗者。萨尔做好了遭受拒绝和责骂的准备，但阿莱克丝塔萨只是静静地坐着。萨尔便继续说了下去。

“如果你能恢复过来，其他许多人和事也就都能得到治疗了。我们将一同前往魔枢，同蓝龙交谈，帮助他们看清当前的局势。然后……”

“为什么？”

这句简单而唐突的问话直接甩到了萨尔的脸上，让他一时竟然无话可说。

“因为……这样能帮助他们。”

“我再问一遍：为什么？”

“如果他们得到了帮助，那么他们就能加入到我们之中。我们可以发现这场劫难的症结所在。搞清楚这一点，我们就有了拨乱反正，扭转局势的机会。我们能够同暮光之锤教派作战，打败他们。我们还能洞悉永恒龙军团的动机，一劳永逸地制止死亡之翼……拯救这个正在分崩离析的世界。”

阿莱克丝塔萨盯着萨尔，目光仿佛一直穿透了萨尔的身体。很长一段时间里，她什么都没有说。

“你不明白。”她终于开口了。

“我不明白什么，阿莱克丝塔萨？”萨尔以极为温和的口吻问道。

“这些事，都不重要。”

“你是什么意思？我们已经得到了情报。我们知道这是一个巨大、复杂阴谋的一部分。这个阴谋已经持续了超过千年！我们也许能阻止它！”

阿莱克丝塔萨只是缓慢地摇着头。“不，这不重要。即使这些事之间都有关系也不重要。这些事持续了有多久也不重要。我们是否能阻止它，也同样是不重要的。”

萨尔盯着她，完全不理解她的意思。

“孩子们，”生命缚誓者的声音中没有任何感情，“都死了。考雷斯特拉兹死了。我的全部都死了，最后剩下的一点，很快也会死去。希望没有了，什么都没有了。一切都不重要了。”

突然之间，萨尔感觉到火热的愤怒。塔蕾莎的死依旧是他心头隐隐作痛的伤口。如果时光之路没有出错，她的死就是一种必然。但萨尔不会忘记她，现在不会，以后永远不会。他回想起塔蕾莎曾经多么希望自己能做一件有意义的事，能够向这个世界证明自己的存在。她感觉到自己对这个世界无能为力，但她依然会竭尽全力。生命缚誓者只要稍稍用些力气，就能做到塔蕾莎根本无法想象的事情，而她却待在这里，说什么一切都已经不重要了。

有很多事都是重要的。塔蕾莎很重要，艾泽拉斯很重要，无论承受过什么苦难，阿莱克丝塔萨也没有资格让自己只是在痛苦中沉沦。

萨尔压下怒火，换之以对阿莱克丝塔萨真切的同情。“失去那么多龙卵，这的确是一个悲剧。整整一代巨龙几乎全部泯灭了。我无法想象你的痛苦，并且也为你失去了爱人而感到难过——尤其是以这样一种方式失去了他。但……我无法相信你会在那些需要你的人面前转过身去。”怒气渐渐渗进了他的声音，“先祖在上，你是一位守护者。这正是你存在的意义。你……”

坐在萨尔身边的阿莱克丝塔萨以萨尔的眼睛无法捕捉的迅疾速度飞上半空，转眼之间，一头巨大的红龙已经盘旋在萨尔的头顶。死亡的土地化成灰色尘埃被气流搅起，落在萨尔的皮肤和长袍上，让他的眼睛里充满了泪水。萨尔跳起身，迅速后退了一步，不知道随后将要发生什么。

“是的，我存在的意义即是如此。”阿莱克丝塔萨说道。她的声音深沉、苛烈，充满了怒火和苦涩的痛楚。“我被塑造成生命缚誓者，却并不真正懂得这代表着怎样的责任。而现在，我已经无法继续担负这样的责任了。我付出了牺牲，我不断地给予、援助和战斗，我得到的奖励却只有更多痛苦、更多要求，还有我的一切挚爱的死亡。我不想杀人，但兽人，如果你继续烦扰我，我将不会在乎任何事！任何事！滚吧！”

萨尔再次作出努力。“求求你，”他说道，“请考虑那些无辜的……”

“滚！”

阿莱克丝塔萨仰起头，拍动翅膀，张开巨大的下颌，露出剃刀般锋利的牙齿。萨尔逃走了——一股激烈翻涌的橙红色火焰烧焦了他刚刚坐在上面的石头。萨尔听到红色巨龙再一次吸气的声音，半跌半跑地从那座石山上逃了下来。

凝重的空气中充斥着一声咆哮，那其中混杂着愤怒和痛苦。萨尔为悲伤的守护者感到心痛。他希望自己能够找到某种方式接近阿莱克丝塔萨的心灵。想到红龙女王将要一个人死在这里，因为饥饿和干渴，最重要的——因为一颗破碎的心，萨尔就感觉到悲从中来。他无法想象，也许有一天，旅人会在这里看到阿莱克丝塔萨的尸骨，就像这片荒原中的其他枯骨那样古老苍白。

萨尔一直下到了山底，全身都是淤痕擦伤，心情更是沉重无比。他迈着迟缓的步伐，走到缇珂和他约好见面的地方。青铜龙在他的头顶上方盘旋了一会儿，然后便落下来，哀伤地看着他。

“我该带你去哪里，萨尔？”她低声问道。

“我们去魔枢，就像我们计划的那样。”萨尔的声音显得很是疲惫，“我们要去说服蓝龙与其他龙群联合起来，就像诺兹多姆说的那样。”

“那么……只有我们两个。”

萨尔点点头。“只有我们两个。”他回头瞥了一眼那头巨大的红龙。阿莱克丝塔萨依然不时会拍一下翅膀。现在她扭转脖颈，将头枕在了后背上。也许，如果红龙女王看到了其他巨龙在行动，她的心也会有所触动。“暂时是这样。”

就在他们向北方飞去的时候，透过缇珂拍动翅膀的声音，萨尔听到心碎的生命缚誓者发出了一声无比哀痛的长啸。

* * *

就像阴影在黄昏的大地上伸展，某种黑暗的东西也从藏身的孔穴中爬了出来。他和目标保持着一定距离，确保自己不会被发现，同时又能盯紧目标。埃德拉斯·布莱克摩尔国王骑在一头暮光龙背上，跟踪在萨尔后面。

疾风将他的黑色长发吹到脑后。他的容貌相当英俊，只是面孔的根根棱线都显露出残酷的意味。一部修剪整齐的山羊胡上方是两片薄嘴唇。精致的黑眉下几乎紧连着一双蓝色的眼睛。

第一次刺杀失败之后，布莱克摩尔决定不再跟踪萨尔穿越时光之路。他的猎物太过狡猾，很可能会将他引向歧途，让他的狩猎无果而终。

等待才是更好的战术。他有的是时间。而且他知道，萨尔最终会出现在哪里。

萨尔，他已经听够了关于萨尔的事，现在他只想用一把小小的匕首了结掉这个兽人的性命。萨尔，将要杀死他的兽人。仅仅是这个兽人的存在，就会让他变成一个可怜的、酗酒的懦夫。萨尔，他率领一支兽人军队对抗敦霍尔德。不，他得到的将是一场快乐的享受。这个绿皮的确是一个有难度的挑战，而这只会让他的胜利更加甜美。

飞走吧，兽人，他在心中暗自说道，薄薄的嘴唇扭曲成一个微笑。*尽管飞走吧，但你已经逃不出我的手心了。*

我会找到你，我会杀死你。然后，我也会出一份力，摧毁你的世界。

第十三章

萨尔不得不承认，当他逐渐靠近蓝龙军团的大本营时，心中感到很不舒服。和这些强大巨兽的接触从不曾让他对他们的敬畏有半分减少。实际上，对巨龙了解越多，他就越对这种辉煌的生灵有着更多的惊叹。绿龙、青铜龙，伟大却已心如死灰的生命缚誓者——人们都说她是全艾泽拉斯力量最强的巨龙，但即使是他们之中力量最弱的一个，也只需要一扫尾巴，或者拍一下爪子，就能将他置于死地。

巨龙让萨尔感觉到的力量并不仅仅来自于他们超凡的肉体和魔法。他们的精神和“短命”种族也是不一样的。他们的思虑会涵盖广阔的地域和漫长的时间。无论自己的寿命能有多久，萨尔知道，仅仅是巨龙生涯中的一段残片，就足以让他的人生相形见绌。伊瑟拉即使在觉醒的时候，依然继续着她的梦境，并在那其中看到了其他生灵无法企及的景象。诺兹多姆的一片鳞甲上，就有无数生命之路在编织、延伸；而当他的心中充满了对整个世界的怜悯与慈悲的时候，那份随之而来的痛楚……

现在，萨尔和缇珂正径直飞向刚刚为世界带来诸多祸患的龙族——他们的守护者选择管理这个世界的奥术魔法。玛里苟斯陷入疯狂，然后又在恢复清醒时变得更加可怕，制造出了比他发疯的时候更加恐怖的灾难。萨尔并没有走进过翡翠梦境，但他曾经与戴沙林谈笑风生，曾经竭尽全力帮助过精神崩溃的阿莱克丝塔萨，甚至能够唤醒迷失的时间之王。

而这些蓝龙……

他们对于“低等种族”没有任何好感。这一族巨龙掌管着奥术魔法，生活在蓝白色的冰寒极地。据传说，他们的心也像他们的家园一样冷酷无情。

萨尔想到即将开始的会面，不由得苦笑一声。“也许我本就应该留在家里。”

“如果你这样做。”缇珂喃喃地说道，“时光之路就会发生更加严重的扭曲，我们一族恐怕就要被繁重的工作压垮了。”

萨尔愣了一下，才意识到虽然这头青铜龙的语气很郑重其事，但她还是在尝试着表达出短命种族的幽默。萨尔笑了。

蓝灰色的冰寒海面在他们身下延展。在很长一段的旅途中，萨尔能看见的只有这个。不过，现在海面终于变成了白色和灰色的峭壁。萨尔一生中见到过许多令人目眩神迷的奇景，但魔枢依旧让他那些惊心动魄的经历都黯然失色。

蓝色是这里无所不在的基调，其中间杂以银色和白色的影子。环绕魔枢主体，在半空中悬浮着数只平整的圆碟。当缇珂逐渐飞近的时候，萨尔能够看到，这些圆碟实际上是一些平台，上面有着闪光的镶嵌花纹。为数不多的几座平台上生长着美丽的水晶树。它们的树枝仿佛由冰雪雕琢而成，叶片上挂着寒霜。

从外望去，魔枢分为许多层，每一层都以奥术能量形成的魔法甬道与上层连通。这是萨尔见到过的最美丽的事物之一。几头巨龙正懒洋洋地在魔枢上方的天空中盘旋，他们的身躯闪耀着不同的蔚蓝、海蓝或者钴蓝色泽。

萨尔和缇珂立刻就被发现了。四头蓝龙向他们飞来。他们身上散发出来的挑战气势并非针对萨尔，而是针对萨尔身下强大的青铜龙。萨尔暂时还处在被完全忽略的位置上。

“向我们的青铜龙姐妹问候。”一头蓝龙围绕缇珂飞了一圈，他的神态显得颇为轻松，但胁迫的意味早已昭然若揭，“不过，魔枢并非是需要你去探索的时光之路。为什么你要来到我们的圣地？没有人邀请你到这里来。”

“来找你们并非是我，而是我背上的这位兽人。”缇珂说道，“委托他来至此地的同样不是我。他的委托人首先是觉醒者伊瑟拉，随后是时间之王诺兹多姆。他的名字叫萨尔。”

蓝龙们交换了一个眼神。“这个短命生灵应该是一个信使。”一头蓝龙说道。

“萨尔。”另一头蓝龙念出这个名字，似乎是想起了什么东西，“部落酋长。”

“已经不再是了。”萨尔说道，“我现在只是为大地之环工作的一名萨满。我的任务是治愈这个世界被死亡之翼造成的深重伤害。”

这句话一出口，萨尔便怀疑自己是不是说错了什么。那些蓝龙立时变得怒气冲冲。一头蓝龙冲向远方，盘旋了一周才飞回来。他显然是在用这样的动作让自己平静下来。

“那个叛徒非要将我们一族彻底摧毁才肯罢休。”一头蓝龙咆哮着，他的声音就像他所栖息的蓝色冰山一样冰冷。“我们会将你的来意告知同族。等在这里，直到我们允许你靠近，或者命令你离开。”

随后，蓝龙就飞走了。在蓝紫色的天空中，他们碧蓝的身体清晰可辨。让萨尔感到惊讶的是，他们并没有落在魔枢周围的飘浮平台上，而是一直向下，飞向了魔枢脚下的冰雪。

* * *

卡雷苟斯叹了口气。又变成这样了。他一边想着，一边凝视着覆盖巨型会议厅的寒冰穹顶。

蓝龙们进行了大量的交谈。每天都有更多的蓝龙来到魔枢，让这个一直显得空旷孤寂的地方也渐渐热闹了起来，但他们依然没有能达成任何有意义的共识。

大多数蓝龙同意，两颗月亮的交汇是一种吉兆。有一两头蓝龙想借助太古法术对这一天象进行更加深入的研究，但并没有取得什么成果。就现在的状况而言，能够在数日之后的天象异景中让他们推举的人选在仪式中成为守护者，这一点已经足够让蓝龙们满意了。但这其实只是满足了他们想要得到领袖的情绪。从逻辑角度来讲，并不能证明蓝龙一族推选的领袖就一定会是真正的守护者。

阿瑞苟斯一直在强调他的血统，认为新一任的守护者非上代守护者的子嗣莫属。而从各个方面考虑，他也是最合适的人选。卡雷苟斯早就听说过这种论调，现在他已经无心再就此进行争论了。他向魔枢以外瞥了一眼，看到又有两条蓝龙向这里飞来，不由得皱了皱眉。他的好奇心被激发了起来。

飞来的并非是新到的蓝龙，而是两名魔枢卫士。他们落到了阿瑞苟斯身边，打断了正在发言的阿瑞苟斯，低声向他说了些什么。

阿瑞苟斯看起来相当气恼。“没工夫理他！”他冷冷地说道。

“纳里苟斯，”卡雷苟斯喊道，“出什么事了？”

“没什么事。”阿瑞苟斯飞快地说道。然后，他转向纳里苟斯，用凶狠的语调说：“杀死他。”

“杀死谁？”卡雷苟斯没有理会阿瑞苟斯声音中警告的意味，迅速来到了阿瑞苟斯和那两头蓝龙面前，“纳里苟斯，到底出了什么事？”

纳里苟斯分别瞥了阿瑞苟斯和卡雷苟斯一眼，然后说道：“有一个陌生人来找我们。他是一个低等种族，一个兽人，曾经作过那个被称为‘部落’的低等种族集群的酋长。他的名字叫萨尔。有一头青铜龙让他骑在身上。那头青铜龙说，是伊瑟拉和诺兹多姆派遣他来见我们的。”

卡雷苟斯的耳朵竖了起来。“诺兹多姆？他回来了？”

“看样子是的。”纳里苟斯答道。卡雷苟斯立刻将目光转向阿瑞苟斯。

“杀了他？”卡雷苟斯重复了一遍阿瑞苟斯的命令，响亮的声音中尽是惊讶和难以置信，“你要杀死两位守护者派来的使者？而且还有一头巨龙愿意当他的坐骑？”

几乎所有蓝龙的注意力都集中在了他们身上。阿瑞苟斯的面色更加阴沉了。

“好吧，那么，就不要伤害他。”阿瑞苟斯说道，“但一个低等种族在这里是没有地位的。我可不想见他。”

卡雷苟斯愤怒地转向阿瑞苟斯。“我会去见他。带他来。”

“就算他是泰坦亲自背来的，我也不会在乎。我不可能在吾族的庇护所中接见一个短命种族！”

阿瑞苟斯也生气了。他来回踱着步，巨大的尾巴不停地抽搐着，翅膀在激动中收起又张开。看到他们两个之前发生了争吵，其他蓝龙也纷纷开始插话。

“但……派遣他的可是伊瑟拉和诺兹多姆！”纳里苟斯也表示反对，“这绝不是一件小事。伊瑟拉总是在做梦，几乎不会干涉现实事务，而诺兹多姆就连他自己的青铜龙族也一直无法找到。而且，听听他说什么应该不会有害处！”

“也许有人会瞧不起低等种族，”卡雷苟斯说道，“但他们常常会证明自己拥有非同寻常的能力。我们对他们的重视远远不够。而现在的情况就是：两位守护者派遣他一个人来见我们。仅是这一点，就足以让我明白该怎样去做了。我的建议是，带他到这里来，听听他要告诉我们一些什么。”

“你当然会这么说。”阿瑞苟斯发出冷笑，“你最喜欢的莫过于和低等种族一起玩泥巴。我从来都看不透你，卡雷苟斯。”

卡雷苟斯伤心地看着阿瑞苟斯。“我也从来都不明白，你为什么要拒绝吾族以外的人向我们提供帮助和信息。为什么你那么仇恨他们？正是短命种族将你从安其拉的千年囚禁中解放了出来！我认为你应该为此而感激他们。”

不等阿瑞苟斯喊嚷出愤怒和攻击性的回答，另一位年纪更长的蓝龙特拉里苟斯喝道：“肯定不会有人比我们更懂得吾族的事务！”

“确实！我们需要关心的是我们自己的事情，卡雷苟斯，难道你忘记了？”阿瑞苟斯说道，“再过几天，推选新一任守护者的仪式就要开始了。我们应该为此做好准备，而不是任由一个兽人在我们面前胡说八道！”

“杀死他，结束这场闹剧。”特拉里苟斯喃喃地说道。

卡雷苟斯转过身。“不，我们不是屠夫。而且，难道你想要去告诉伊瑟拉和诺兹多姆，你杀死了他们特意派遣来见我们的使者？无论觉醒的伊瑟拉有多么不问世事，我都不想去对她说这种话。”

巨龙之间响起一阵窃窃私语。卡雷苟斯看到不止一个蓝龙在点头。

“让兽人到我们面前来，陈述他来此的理由。”卡雷苟斯继续说道，“如果我们不喜欢他说的话，我们可以把他赶走。但至少，我们应该先听听他要说些什么。”

阿瑞苟斯低吼了一声，但他也能看出，已经有越来越多的人在赞成卡雷苟斯，而不是他了。“看样子，伊瑟拉和诺兹多姆对蓝龙军团的影响要比我们自己更深。”他嘟囔着。

“你还不是守护者，阿瑞苟斯。”卡雷苟斯严厉地说道，“如果你被推选为守护者，你才有最终决定权。在那以前，我们尚无领袖，多数人的意志就是蓝龙军团的决定。”

阿瑞苟斯转向纳里苟斯。“带他进来。”纳里苟斯点点头，跃上天空。当阿瑞苟斯转回身的时候，立刻又皱紧了眉头。卡雷苟斯已经变成了一个半精灵；另外一些蓝龙也纷纷变成不甚具有威胁性的人类或者精灵形态——他们在无形中已经向这名使者表示了礼貌。阿瑞苟斯并没有模仿他们，他依旧维持着自己的巨龙身躯。

卡雷苟斯向周围环视了一圈。这个房间对于蓝龙以外的种族显然极不适合。他集中精神，挥了挥手。

巨大的洞窟中出现了两只火盆，毛皮覆盖了数尺方圆的地面。一只用猛犸牙和皮制成的椅子上，厚重的毛皮覆盖住了它弯曲的扶手。一张小桌上摆放着食物和饮料：肉类、仙人掌果和大杯冒着泡沫的啤酒。岩洞的石壁上出现了各种装饰品——动物头标本、斧子、长剑和样式特别的匕首。

卡雷苟斯微微一笑。他对于联盟种族更加熟悉，但他去过这个世界的很多地方，所以他相信自己在蓝龙庇护所中营建的这个小地方完全符合部落的风格。

片刻之后，一头青铜龙出现在蓝龙们的视野中。跟随在她身边的是另外四头蓝龙。她从低空中向这里飞来，但这个地方非常广阔——毕竟它是为了巨龙而设计的。卡雷苟斯认得这头青铜龙。她名叫缇珂，是守卫在时光之穴入口处的青铜龙军团卫士之一。如此高贵的一位青铜龙竟然愿意为萨尔充当坐骑，这本身已经证明了这名兽人的重要性。这时，缇珂也正在望向卡雷苟斯。这名蓝龙点点头，向她表示问候。缇珂以优雅的身子降落下来，伏低身子，让背上的兽人能够跳下来。

卡雷苟斯专心打量起他们的兽人客人。萨尔的身上只有一件朴实无华的褐色长袍。在地上站稳之后，他郑重地向聚集于此的蓝龙鞠躬行礼。而当他站直身子的时候，他威严的身姿和蓝色眼睛里镇定而敏锐的光芒都显示出他曾经是一位深具智慧与力量的领袖。卡雷苟斯热情地微笑着，张嘴想要说话。

“你能够站在这里，只是因为两位守护者派遣你来见我们，萨尔。”阿瑞苟斯抢在卡雷苟斯前面发出了声音，“我建议你有话快说。你不是我们的朋友。”

兽人微微一笑。“我并没有这种奢望。但我来到这里，是因为相信我的任务是重要的。我会尽快说明我的来意。不过，也许我的讲述时间要比你预料得更加长久。”

“那就快点开始吧。”阿瑞苟斯毫不客气地说道。

萨尔深吸一口气，开始讲述。他告诉了蓝龙们伊瑟拉向他提出的要求、困惑的古树、在时光之路中的迷失和重新寻回自我，还有诺兹多姆。尽管阿瑞苟斯依旧保持盛气凌人的态度，但蓝龙们还是认真倾听着他说的每一个字。这些巨龙是魔法的大师，是聪慧的学者，任何知识，哪怕来自于一个兽人，都是他们的美酒佳肴。

“诺兹多姆相信，所有那些事件、那些悲剧、那些对龙族造成的伤害，都是相互关联的。”萨尔最终说道，“他怀疑这是永恒龙军团在暗中作祟。等他搜集到更详细确切的情报之后，就会来找你们。他要我先找到生命缚誓者，带她同来此地。但……阿莱克丝塔萨已经深深陷入哀痛之中，依旧无法拾起精神，与我一同前来。所以，缇珂同意先带我来这里。这就是我所知道的全部，如果你们还有什么想要问的，我会尽量做出回答。我会尽心竭力帮助你们。”

卡雷苟斯盯着这名兽人，感到内心无比震撼。“这实在是……太过不同寻常了。”同时，他也看到许多蓝龙的表情中流露出和他一样的关切与担忧。

但并非所有蓝龙都如此重视萨尔的讲述。阿瑞苟斯和他的亲信们似乎对这些异变完全无动于衷。“我很尊敬伊瑟拉，但她在翡翠梦境中沉睡数千年之后，显然还有太多事情需要了解。她自己也承认，她现在非常……困惑。她不知道何为真实，何为梦幻，何为她自己的异想天开。至于说诺兹多姆，你说他一直被……困住了？被困在他自己的时光之路里？而帮助他逃出来的竟然是你？那就请告诉我们，你是怎么做到的？”

听到阿瑞苟斯语气中明显的挑衅与怀疑，萨尔的面颊微微有些发青，但他的表情并没有变化。当他说话的时候，声音也依旧保持着平静。

“我明白你的怀疑，阿瑞苟斯。我自己曾对此深感疑虑，但伊瑟拉的预见显然是清晰而且正确的。我已经为两个龙族做了一些事情——尽管我还没有能帮助阿莱克丝塔萨。如果你是在暗示诺兹多姆因为他在时光之路中的经历而头脑有些混乱，那么我建议你和缇珂谈一谈，看看她是怎样想的。我个人认为时间之王的清醒与睿智并没有受到任何损害。你问我—— 一个渺小的兽人是怎样将时间之王拽出时光之路的？这……其实很简单。”

蓝龙群中响起一阵气愤和充满敌意的议论声。萨尔抬起了一只手。“我这样说，并不代表我想要贬低任何人。‘简单’并不意味着‘容易’。我已经明白，看似最简单的事情常常却是最有力量的。到最后，往往也是最重要的。当我遇到诺兹多姆的时候，他被困在了所有的时刻中。那时我明白了：只有一个时刻是真实的，就是此刻。”

阿瑞苟斯不以为然的表情变得更加明显了。“任何人，只要明白这一点，就能把他救出来？”

“任何人都可以。”萨尔表示同意，“但没有人曾经这样做过。这是一个简单的想法：当下才是真实的。只是我必须通过自己的亲身经历才能明白。”他谦逊地笑了笑。一些蓝龙脸上的怒容消失了，更多蓝龙露出若有所思的神情。“这件事本身很简单，但要明白它的过程绝对不轻松。一件事，也许只有亲身经历过，才可能真正地明白。不管怎样，如果我能够为两位守护者一尽绵薄之力……也许我同样可以帮助你们。”

“我们没有守护者。”阿瑞苟斯说，“我相信，如果这个问题对我们而言是陌生而且令人困惑的，你一样也帮不上什么忙。”

“这对我的确也是陌生而令人困惑的一个问题。至少在这一点上，我们是平等的。”

笑声在蓝龙群中传扬开去。就连那些阿瑞苟斯的盟友也笑了。

“兽人，你作为我们一族的客人来到这里，”阿瑞苟斯的声音中明显带有警告的意味，“你最好说些有用的建议，而不是嘲讽我们。”

卡雷苟斯叹了口气。在陷入疯狂之前，玛里苟斯曾经以幽默感和游戏之心而著称。这两种品质在他的儿子身上却完全不见了踪影。

“阿瑞苟斯，他没有嘲讽我们。他只是以轻松的态度指出了一个严肃的问题。这是一个极为动荡的时期。我们要面对许多新的问题，也发现了许多新的道路。我们将要以守护者都不曾经历过的方式开创新的历史。萨尔已经得到了两位守护者的认可。让他听一听我们的讨论，提供一下意见又有何不可？”卡雷苟斯伸开双手，“他不是我们中的一员，对此，他非常清楚。所以，他不可能对我们造成任何直接影响，除非我们愿意接受他的建议。他也许会注意到我们忽略的一些事。我认为，如果我们不让他留下，观察我们的讨论，以他的角度提供建议，将是我们犯下的一个严重错误。”

阿瑞苟斯的身子晃动了一下。他抬起头，用盛气凌人的目光盯着眼前这个小小的半精灵。

“你当然可以给每一个低等种族一张软床，还有能塞满他们肚子的食物，如果你能做到的话。”他冷笑着说。

卡雷苟斯露出温和的微笑。“我看不出这会有什么害处。他只是一个兽人。我不相信你会害怕他。”

这句话击中了阿瑞苟斯的要害。他猛地抽下尾巴，显露出受到冒犯的神情。“害怕？我？我可不会害怕一爪子就能拍死的小兽人！”

“那么，”卡雷苟斯继续微笑着，“他留下来就不应该有什么问题，不是么？”

阿瑞苟斯的身子一下子僵住了。他将眼睛眯成两条细缝，久久地盯着卡雷苟斯。

“我不害怕这个低等种族，但我们在这里将要做出的决定对于蓝龙一族会有长远而巨大的影响。我不知道，让一个低等种族见证这一事件是否合适，更何况你还打算让他参与进来。”

卡雷苟斯抱起胳膊，重新打量起这个兽人，很长时间没有说话。他的脑海中有一个声音在告诉他，这里需要萨尔，不仅仅是因为蓝龙一族需要对守护者们表达敬意。如果这个世界确实面临诺兹多姆所说的危险，那么蓝龙就绝对不能忽视任何一种智慧的思想，无论它来自于什么人。更重要的是，巨龙不能自以为拥有与众不同的高贵血统，更不能因为这个错误的想法而变得傲慢无知，彻底隔绝于其他生灵之外。他将敏锐的目光转向缇珂，带着询问的神情挑起一道眉弓。青铜龙平静地看着卡雷苟斯的眼睛。卡雷苟斯从她的眼睛里读到了不可动摇的决心，这与他心中的想法正相吻合。

卡雷苟斯做出了决定。他将要进行一场赌博，但他从骨子里深刻地意识到，自己别无选择。

“萨尔要留下来。”卡雷苟斯平静地说，“否则我就离开。”

一阵不悦的窃窃私语声响起。阿瑞苟斯什么都没有说，但他的尾巴抽搐了一下。

“我尊敬你的父亲，并以他为荣。玛里苟斯，他无论是作为蓝色巨龙，还是魔法守护者，都是我们一族的骄傲。但他的选择是错误的，这个错误不仅危害他人，同样也贻害于我们。也许我们也会走上这条错误的道路。但只要我的体内还有呼吸和生命，我就不会在能够察觉到问题存在的时候依然走上这条路。萨尔应该留在这里，他为龙族作出的贡献完全不亚于我们巨龙本身。我重复一遍：如果他走，那么我也走。还会有其他同伴和我一起走。”

这不是一个合适的威胁，但如果阿瑞苟斯不惜让蓝龙陷入分裂，那么就让这件事在此时发生好了。卡雷苟斯不会单独离开魔枢。阿瑞苟斯承受不起他离开对蓝龙一族造成的影响。现在有太多事情无法确定了。

阿瑞苟斯沉默了一段时间。然后，他突然冲到萨尔面前，低垂下头，双眼一直逼近到距离兽人只有数寸的地方。

“你在这里是一名客人。”阿瑞苟斯发出雷鸣一般的声音，重复着他刚刚说过的话，“你必须保持敬意和礼仪，服从我们的意志。”

“我是一名使者。”萨尔说道，“我明白这一点。我曾经与许多使者打过交道，阿瑞苟斯。我明白，我需要保持敬意和礼仪。”

当萨尔说出“我”这个字的时候，声音中或多或少带出了一种强调的意味。阿瑞苟斯翕动着鼻翼，然后转向那头随萨尔一同前来的青铜龙。“缇珂，这里不再需要你了。现在萨尔由我们负责。”

缇珂微一扬头，显露出一副轻蔑的样子，然后随意地向阿瑞苟斯点了点头。

“那么，我会回到我的龙族中去。照顾好这个人，阿瑞苟斯。”

阿瑞苟斯看着她飞走，然后转头望向蓝龙们。“据我所知，我们得到了关于这一……仪式……将如何产生作用的新消息。让我们听听刚刚回来的法师怎样说。”

结果，刚返回的蓝龙并没有带来多少信息。就像许多过分注重于奥术的细枝末节的蓝龙一样，他们因为发现了一点可能与新守护者的产生有关的细节信息而兴奋不已，但他们的确没有得到任何具有决定意义的答案。蓝龙们立刻陷入到议论和争辩之中，其间还有一头蓝龙突然爆发了。他大吼大叫着，险些对卡雷苟斯的一个朋友发动了攻击。最后，众蓝龙终于达成一致——他们必须继续进行研究，看看是否还能有什么新的发现。

萨尔安静地坐在卡雷苟斯为他准备的小待客区中，享用着小桌上的美食，倾听着，观察着。除了有一次，他被要求澄清某件事以外，他几乎什么话都没有说。随后的时间里，他只是靠在椅子中，双手抱在胸前，冷眼旁观蓝龙们的一举一动。

当会议结束的时候，有一些蓝龙立刻就离开了，但还有许多双眼睛向兽人这边瞥了过来。不过绝大多数蓝龙最终还是一言不发地离开了会场。阿瑞苟斯是他们之中最后一个走出去的。他在洞窟门口停了一下，抬起头，绕过宽大的肩膀，恶狠狠地瞪了萨尔一眼。他什么都没有说，但萨尔也没有因为他愤怒地瞪视而有任何反应。终于，阿瑞苟斯眯起眼睛，转回头走掉了。

卡雷苟斯长吁了一口气，变出第二把形制粗大的椅子，重重地坐了进去。他将臂肘撑在桌面上，揉搓着疲惫的双眼。

“我感觉到了会议中紧绷的气氛。”萨尔说。

卡雷苟斯笑了笑。他挥挥手，变出一杯葡萄酒，吮了一口。

“你能一眼看穿纷乱的时局，这应该是你的一种天赋，萨尔朋友。单单是今天下午，我就已经有三次准备面对彻底公开的暴力了。也许正是因为你的存在，才让阿瑞苟斯保持了最低限度的文明。在他父亲的事情之后，他格外不想在那两位守护者的眼线面前表现出失去理智的样子。只为了这一点，以后我就要在某个你最意想不到的小酒馆里请你喝上一杯。”

然后，他笑了，一双蓝眼睛里闪烁着愉悦的光彩。萨尔发觉自己也在微笑。他喜欢卡雷苟斯。这个年轻的蓝龙在他的半精灵身体中似乎显得很是惬意。卡雷苟斯让萨尔想到了戴沙林。想到那头因自己而亡的绿龙，萨尔愉悦的心情中渐渐生出了苦涩，脸上的微笑也渐渐褪去了。

卡雷苟斯没有忽略萨尔的表情。“有什么问题吗？”

“我在旅途中遇到过另外一头龙。他非常像你。他的名字是戴沙林。他是……”

“一位绿龙。”卡雷苟斯接口道，他的神情也变得肃穆起来，“已经过世了。”

萨尔点点头。“在旅途中，他对我帮助良多。是他带我去了时光之穴，并在那里遇害。杀死他的凶手本打算在我们进行冥想的时候将我们两个全都干掉。”

萨尔无法压抑自己声音中的怒火，卡雷苟斯点了点头。“非常有效的战术……但只有卑鄙怯懦的人才会使用。”

萨尔沉默了一段时间。“是的。我在被困住的最后一段时光之路中发现了他的身份。你可能不知道埃德拉斯·布莱克摩尔这个名字——正因为你不知道，所以我会感到非常高兴。在我们的这条时光之路中，他的影响非常有限。这是一件值得庆幸的事。当我还是婴儿的时候，他找到了我，并将我训练成角斗士。他的目标是让我成为他的兽人大军的头领。而他将指挥这支军队彻底征服联盟。”

“很显然，他没有成功。”卡雷苟斯说道。

“在这条时光之路里，他的确没成功。但在那条时光之路里……我还是婴儿的时候就死了。布莱克摩尔不得不亲自指挥那支军队。”

“真是一种令人胆寒的可能。”卡雷苟斯说，“但你说过，他在那条时光之路以外攻击过你。他是怎么……？”卡雷苟斯在这时忽然明白了萨尔话中的意思，不由得睁大了眼睛。“一定是永恒龙军团将他从时光之路里拖了出来，让他去猎杀你。”看到萨尔点了点头，他才继续说道：“想到他们能做出这种事，实在是让人……感到困扰。”

“自从我开始这段旅程之后，我所了解到的一切都在让我感到困扰。”萨尔盯着自己的杯子，“只除了这杯美味的魔法啤酒以外。”然后，他举杯向招待自己的主人敬酒，再一次露出微笑。

卡雷苟斯仰起头笑了起来，一头蓝色的秀发也随之飘摆。

* * *

今晚的月亮已经接近满月，但月神的速度还是太慢。阿瑞苟斯已经等不到下一个夜晚来推进他的计划了。就像所有蓝龙一样，他丝毫感觉不到极地的寒冷。他的翅膀稳定地扇动着，带着他穿过清澈而凛冽的诺森德夜空。星星看上去就像是点缀在天空中的冰屑。

阿瑞苟斯保持着最高度的警惕，确保不会有人跟踪。他一边频频回头观望，一边向东方飞去，一双翅膀拍动的速度越来越快。很快，考达拉犬牙交错的山峰变成了稍稍平缓一些的原野。高温水流从艾泽拉斯的核心处喷涌而出，冒起大量蒸汽，伴随着响亮的啸吼。间歇泉、蒸汽喷泉、水流冲积形成的原野——他对所有这些奇异的景象全都视而不见，只是一心想着自己的目的地。

龙眠神殿的尖塔如幽影一般出现在月光之下。它们都已经遭到了严重的损毁。但现在那里面却是暗影憧憧，黑色、紫色、靛蓝色的影子正在其中缓缓移动。另外还有许多影子趴伏在神殿的角落中，已经沉沉睡去。两个影子正懒洋洋地俯卧在神殿顶端的平台上，如同生有皮翼的巨型蜥蜴。

他被发现了。

几头负责守卫神殿的暮光龙一直在神殿周围盘旋。他们全都向阿瑞苟斯扑了过来。这时，一个找不到源头的声音仿佛从所有地方传出来。

“阿瑞苟斯，玛里苟斯的儿子。”这个声音曾经在不久之前那个改变了许多巨龙命运的一天嘲讽过阿莱克丝塔萨和她所率领的一众巨龙。

“是我。”阿瑞苟斯高声应道。

他落在了神殿的最高一层，谦恭地低下了头。

第十四章

克莉苟萨本来已经睡着了。她紧紧蜷缩着身子，做着飘忽不定的梦，却又保持着高度的警惕。当她听到自己弟弟的声音，片刻间，她觉得自己已经落入了又一个噩梦之中。随后，她又一次发现现实比梦境更加可怕。

她在锁链的限制范围内尽量直起身——现在锁链的另一端被牢牢地固定在地上。她仰着头，死死地盯着她的弟弟阿瑞苟斯。她的弟弟正在向那个要杀光巨龙的杂种行礼。克莉苟萨不由得攥紧了拳头。

这时，阿瑞苟斯已经抬起了头。他的视线落在了姐姐的身上。“克莉苟萨，看到你还活着，真是让人又惊……又喜啊。”

“如果我能恢复成我的真身，我会把你的眼睛挖出来。”克莉苟萨吼道。

“好了，好了，”暮光教父打断了她。听口气，他现在的心情一定很不错，“我可不愿意看到姐弟之间斗嘴。”

克莉苟萨咬紧了牙关。一定是阿瑞苟斯出卖了她，才让她落进这个……这个……

她怎么会这样天真？她对自己的弟弟非常了解，早就知道阿瑞苟斯极其崇拜他们的父亲。但是，当阿瑞苟斯一天晚上在私下里找到她，告诉克莉苟萨，他已经改变了心意，要克莉苟萨帮助他的时候，克莉苟萨却欣然答应了他的请求。

"跟我来吧，"他那时这样说道，"你和我……我们肯定能制定出一个计划来。我爱父亲，克莉，不管他做过什么。我们应该能找到办法，结束这场战争，同时又不会让他丧命。"

那时，已经有许多巨龙在战场上丧生，其中也包括他们的母亲莎拉苟萨。她选择站在玛里苟斯一边。她的死让他们全都伤心不已。但克莉苟萨已经下定决心，必须阻止玛里苟斯的行动。

"你真的这么想？"克莉苟萨问道。她是那么想要相信她的弟弟。

"是的。现在我明白了，你是对的。让我们一起好好思考一下，看看我们到底能做些什么。如果我们有一个足够好的计划，生命缚誓者也应该能被我们说服。"

于是，克莉苟萨跟着弟弟走了。那时的她热切地信任着弟弟，心中充满了希望和爱，身体中还孕育着蓝龙族群的未来。而阿瑞苟斯却将她和她未出世的孩子们像擒获的猎物一样献给了暮光教父。

激烈的言辞在克莉苟萨的喉头涌动，相互挤撞，想要冲出克莉苟萨的双唇，却反而让她一时为之语塞。*他到底给了你什么样的力量？向你承诺了怎样的谎言？你是否早就知道他会对我做什么？交出我的时候，你有没有过片刻犹豫？*

但克莉苟萨不会让阿瑞苟斯享受自己的痛苦。所以，她硬生生地把这些苦涩的话语咽回了肚子。

看过姐姐现在的样子，确认过暮光教父依然很喜欢自己献上的这名囚徒之后，阿瑞苟斯将全部注意力转回到了自己主人的身上。

“讨论进行得如何？”暮光教父问道，“你越早确定还需要些什么，对我们的行动就越有利。”

“进展……不算顺利。”阿瑞苟斯不得不承认，“我们都不知道下一步该怎样走，毕竟这样的事情以前从没有人做过。”

他的声音显得毫无信心。克莉苟萨从没有听到过他这样说话。他想要得到承诺，克莉苟萨明白弟弟的心思。他想要听到自己的行动得到了肯定，他想要取悦这个怪物。想到这里，克莉苟萨感到一阵恶心，但她依然保持着沉默。她在这里听到的一切都将对卡雷苟斯有所帮助……如果她能想出办法逃出魔掌。

“你向我保证过，你会找到办法让蓝龙推选你为新一任的守护者。”暮光教父提醒他，“否则你要怎样将他们献给我，就像你承诺的那样？”

“我相信我一定能够被选上，无论他们要以怎样的方式进行选举。”阿瑞苟斯急忙说道。

克莉苟萨很清楚弟弟的信心。在父亲死后，五色龙族中只有蓝龙没有了守护者。但他们真的要推选出另一位守护者？这怎么可能？是泰坦认命了守护者。难道完全无法和泰坦相比的龙族也能做这种事吗？

“我们需要你们。要战胜龙族，我们的最强战力必须被唤醒，而且他必须拥有一支军队。”

“他们必败无疑，我发誓！”阿瑞苟斯的声音中充满了渴望，

“我们将要打败他们，摧毁这个世界。当暮光之锤落下的时候，一切都将化为齑粉！”

一支军队，一支由克莉苟萨的族人组成的军队……

克莉苟萨紧闭住眼睛，努力抑制着泪水。阿瑞苟斯就像他的父亲一样，已经丧心病狂了。

“我会把蓝龙献给您。克洛玛图斯必将醒来。”阿瑞苟斯的眼睛在黑暗中闪着光。他的肌肉因为欲望而绷紧。

暮光教父露出了微笑。

“他们和我都将供您驱使，为您赢得这场伟大的战争，暮光教父。但是……我需要先得到他们，才能将他们献与您。”

“你说‘但是’？”

暮光教父和克莉苟萨同时捕捉到了阿瑞苟斯心中的犹疑。希望的花朵在克莉苟萨心中痛苦地开放着——敌人的计划进行得很不顺利。

“您警告我要提防的那个兽人。他来了，正像您所担心的那样。”

萨尔！克莉苟萨躲在阴影中，努力将头转向一旁。她根本无法抑制自己的微笑。

暮光教父咒骂了一句。“这可不会让我们的主人高兴。我被告知，布莱克摩尔将会阻止萨尔。告诉我，那个萨尔到现在为止都造成了怎样的妨碍……为什么你还没有杀死他。”

阿瑞苟斯仰起头，气愤地说道：“我一听说他来就打算杀死他，但卡雷苟斯阻止了我。而且毕竟那时所有蓝龙都在场。”

“萨尔只是一个兽人！”暮光教父喝道，“你可以在他人表示反对之前轻松地干掉他！”

“是两个守护者派他来见我们的！如果我在那时动手，肯定会招致许多同族的怀疑和敌意。如果我要成为守护者，就必须得到他们每一个人的支持！”

“难道我必须像教一个婴儿一样教你吗，阿瑞苟斯？”听到暮光教父的斥责，这头强大的巨龙也是一阵瑟缩，“安排一场意外！”

“你只是安全地待在这里，没有敌人在时刻窥伺你的弱点。”阿瑞苟斯气恼地回道，“光是用嘴说说什么意外之类的话当然会很轻松，处在风暴核心的又不是你。如果真的发生了什么事，第一个被怀疑的对象肯定是我！”

“隐藏自己真的那么困难吗？难道你以为我会不清楚这种事？”暮光教父仰头大笑，“我一直在我的族类之中活动，就像你在你的族类中一样。但没有人能够看穿我真实的计划。这是一种你需要掌握的技巧，年轻的蓝龙。”

“有许多蓝龙都听从了卡雷苟斯的煽动，我不能让他们怀疑我为什么要这样坚持处死一个普通的兽人！”

“他不是一个普通的兽人！”暮光教父的眼睛狠狠地盯着阿瑞苟斯，“你不明白吗？萨尔将会摧毁你，除非你抢先将他毁掉！这就是我的意志，也是死亡之翼主人的意志！难道你会只因为害怕受到指责而违抗你的主人？我认为你根本没有弄清楚什么才是最可怕的！”

“卡雷苟斯已经将他藏到了自己的翅膀下面。”阿瑞苟斯嘟囔着，但他还是低垂下了头颅，“我现在没办法对他下手，但我们至少知道了他在哪里。我们可以监视他。说不定什么时候就能有干掉他的机会。不过，很快这些就都不重要了。我将成为新的守护者。然后，我就能为所欲为了。”

“你见到他了吗？”

暮光教父显然是改变了话题。这个突兀的问题让与他对话的和正在旁边偷听的蓝龙都感到了困惑。

“谁？”阿瑞苟斯问。

“那就快飞过去。”暮光教父的声音忽然平静了下来，“飞到西北方去，看看他，然后再回来见我，快去。”

阿瑞苟斯点点头，重新飞进夜空中。暮光教父大步走到平台的边缘，看着飞远的巨龙。低温让他呼出的空气变成了一股股白烟。

克莉苟萨吃力地咽了一口唾沫。现在她知道阿瑞苟斯要去看的是什么了。

克洛玛图斯——多头巨龙，绝不该出现在这世上的巨龙，她的亲弟弟与之结盟的巨怪。当暮光教父的视线落在克莉苟萨身上的时候，她不由得感觉到了一阵刺痛。

“他会死去。”暮光教父以平静如常的口吻说道，“你一定也知道这一点。”

“阿瑞苟斯？当然。”克莉苟萨要激怒暮光教父。

“我还不想走过去折磨你。”暮光教父说，“卡雷苟斯会死去，你也是一样。没有人能够对抗克洛玛图斯和死亡之翼联手的力量。即使是整个世界，也会在他的酷刑折磨中哀号。”

“卡雷苟斯也许的确会死。”克莉苟萨不得不承认道，“我也可能会死。但总会有人站出来对抗死亡之翼和他的儿子制造出来的畸形怪物。”

克莉苟萨为卡雷苟斯感到骄傲。她不知道卡雷苟斯是否已经在怀疑阿瑞苟斯背叛了他们，还是只想要保护萨尔的安全，让他免于遭受任何原因导致的伤害。蓝龙军团内部肯定有不少对他保持敌意的人。

一只手伸向了锁住克莉苟萨的那条纤细却蕴含着强大力量的银链，另一只手摸向了她的下腹部。熟悉的苦难和哀伤的感觉在克莉苟萨心中升起。她任由这种感觉从体内涌过，然后无声地将它呼出体外。她一直没有在他们的折磨中屈服。现在，她更不能垮掉。无论克洛玛图斯的五颗头颅和死亡之翼多么可怕，她似乎已经再一次看到了希望。

寂静的夜幕中响起了翅膀拍击的旋律。阿瑞苟斯回来了。短短的一去一回之间，他的气势削弱了很多。暮光教父不动声色地看着这头巨龙。

“你要把你承诺的事情做好。”暮光教父的声音非常，非常轻。

他面前的巨大蓝龙颤抖着。

* * *

“再和我说一说这个天象吧。”萨尔说道。

“当然，众所周知，艾泽拉斯有两个月亮。”卡雷苟斯说道，“不同的文明也许给过他们不同的名字，但通常他们都会被认定为一对母子，因为白色月亮比蓝色的要大很多。”

萨尔点点头。“我的族人称他们为白色女士和蓝色孩童。”

“没有错。当他们完美地融为一体的时候，通常会被称为‘月之拥抱'。因为那看上去就像是作为母亲的白色月亮将蓝色的孩子抱进了怀中。这是一种极为罕见的现象——大约四百三十年才会出现一次。我从没有见证过这种天象。在这个动荡不安的时候，我唯一能庆幸的只有这个天象的发生。”

“所以，你同意那种看法——必须在这个天象之下选出守护者？”萨尔问道，“因为只有在这个时刻，蓝色巨龙才能再一次得到守护者的力量？”

“在传说中，泰坦就是在融合为一体的月亮之下创造出了守护者。”卡雷苟斯说道，“如果说有哪个时刻最合适于我们一族将守护者的称号授予一头普通巨龙，那就非此莫属了。”

“称号？你不认为有什么特别的事情会发生吗？”

卡雷苟斯叹了口气，伸手抓了抓头发。“未知的事情实在是太多了。我们必须有一位守护者，萨尔。如果在全体投票之后，我们同意称某一个族人为守护者，那么也就只能如此了。”

萨尔点点头。“这种感觉……就像是一篇伟大的乐章安静地结束了。”这是他好不容易才想到的说法，“但守护者应该是那种无比强大的存在……而且你们蓝龙是魔法的守护者，你们掌握的是那么辉煌夺目，那么具有想象力的力量。如果新一代的守护者只是来自于简单的投票……”萨尔没有说完自己的看法，他不必再说下去了。

卡雷苟斯低声说道：“我对于领袖的权力并没有特别的野心，萨尔，但我要告诉你：我在为我的种族，为这个世界担心。如果阿瑞苟斯成为蓝龙守护者，我的担忧恐怕就要变为现实了。”

萨尔微微一笑。“并非全部成为领袖的人都需要对权力有野心。

我就没有。我只是迫切地想要救助我的人民，要解放他们，为他们找到一个能够安身立命的家园，保护他们，让我们的文化能够再度繁荣昌盛。”

卡雷苟斯若有所思地看着他。“从现实来看，你实现了你的愿望。就连一些联盟的成员也都敬佩你是个英雄。而且我相信，在当下的世界中，他们比以往任何时候都更加需要你。而你却来到了这里，成为一名与世无争、谦恭有礼的萨满。”

“我正在执行另一个使命。”萨尔说，“就像你说过的那样……这个世界需要我，甚至比我的族人更急迫地需要我。我要帮助的是我的世界。因为非常奇特的命运转折和因缘巧合，我来到这里，正是为了帮助这个世界。现在蓝龙正要决定出下一任守护者的人选。卡雷，这是一个巨大的责任，虽然我对你们的观察极为有限，但我至少可以相信，你才是守护者最佳的人选。我只希望你的同族也能够看清这一点。”

“除非别无选择，否则我是不会去争夺这个位置的。”卡雷苟斯说，“这其中有一部分原因是我还不知道需要准备得到些什么：一个空洞的守护者头衔？还是一名真正拥有守护者力量的领袖？对我来说，这其中有着巨大的差别，绝不能等闲视之。而且这也是我从没有考虑过的问题。没有人曾经遇到过这个问题。这……是一个沉重的包袱。”

萨尔仔细地端详着说话的卡雷苟斯。他相信，他明白了。

卡雷苟斯在……害怕。

“你认为如果这种事真的发生了，你就会被改变。”萨尔的话并非是在提问。

卡雷苟斯静静地点点头。“在这个古老世界的大多数生灵看来，我已经是一个非常强大的生物了。这一点我自己也很清楚。所以你可能会理所当然地认为我可以承担起这份责任。但……我真的能承担守护者的责任吗？”

这个蓝龙的目光转向一旁，仿佛在望着非常遥远的某个地方。“萨尔……一位守护者并不只是一头有着特别强大的力量的龙。他和一般的巨龙完全不同。他是……”卡雷苟斯在努力搜索着合适的词汇，“这将会彻底改变我，一定会的。但……五位守护者之中，有两位发了疯；阿莱克丝塔萨也许同样正在走向疯狂；诺兹多姆几乎在他自己的时间王国中永远迷失了自己。而守护者的身份又会让我变成什么样子？”

他的恐惧是有道理的。当奥格瑞姆 · 毁灭之锤倒下，任命萨尔为他的继承人时，他也曾经面对过类似的恐惧。他并不想扛起酋长披肩的重量，但他还是接受了它。于是，他不再只是他自己，不再只是简单的萨尔，杜隆坦和德拉卡之子。他成了酋长。这份责任被他担负了数个年头。就像阿格娜以她那种坦率得令萨尔又爱又恨的方式所说的，他已经成了部落的“萨尔”。

卡雷苟斯一旦成为守护者，就再也不可能放下这份责任，而且他的寿命要比一个渺小的兽人漫长得多得多。

这会改变卡雷苟斯，而卡雷苟斯将再也无法改变回来。他将是蓝龙守护者卡雷苟斯，而不会再是朋友们口中的“卡雷”。他又该如何面对这种改变？

“这是一个非常重要的问题，我的朋友。”萨尔低声说道，“你不知道这对你将有怎样的影响。但有些事，就算是巨龙也不可能想得到。你只能根据你知道的一切做出判断。你的心、你的头和你的肚子告诉你的都是真的——你需要问的问题并不是这会对你造成什么改变。实际上，你已经问出了正确的问题。"

"如果阿瑞苟斯成为守护者，会对我的族人造成什么改变？"卡雷苟斯说。

萨尔点点头。"明白了吗？你已经知道了问题。你只是不知道这个问题的答案。不过你很清楚，你必须选择接受这份责任，而不是将它拱手献给阿瑞苟斯。"

卡雷苟斯沉默了半晌。"阿瑞苟斯的血统让他占有很大优势。"最后他说道，"但他不明白的是，我们整个蓝龙族群，整个龙族，应该是一个大家庭。我们必须团结在一起。阿瑞苟斯思考问题的方式对我们没有益处。这种思想从来都是错误的。如果蓝龙追随他，他们就会变成孤独的，被隔绝在龙族之外的蓝龙。他们的结局很可能会是惨死，甚至更糟。"他露出一点笑容，"这就是我的头、心和肚子告诉我的。"

"那就是说，你已经做出选择了。"

"我依然心怀畏惧。这种感觉让我成为一个懦夫，但我还无法摆脱它。"

"不，"萨尔说，"它只是在让你变得睿智。"

* * *

时间到了。

萨尔将身上沉重的毛皮斗篷拽紧了一些。他正在魔枢最高处的一座巨大平台上。在这里，他能够清楚地看到辽阔的天空。一些化成人形的巨龙站在他身边；还有另一些巨龙只是不停地在空中盘旋着，等待着。也许是因为天空格外清澈，这个夜晚的风显得比平时更加凛冽。星星在乌木一般的天空中闪烁着。萨尔很高兴能看到晴朗的天空，虽然这也意味着空气会更加冰冷。他希望能亲眼见证一场罕见而壮丽的天象奇景，尽管蓝龙早就向他保证过，无论天空中是否有云层覆盖，月之拥抱天象所蕴含的能量都不会受到任何影响。

两颗月亮已经非常接近了。白色女孩和蓝色孩童很快就会拥抱在一起。蓝龙们都保持着安静。萨尔完全不记得他们还有这样平静的时候。虽然蓝龙喜爱的环境几乎能把萨尔冻僵，但这一支龙族给萨尔的印象却是生机勃勃、活力四射。青铜龙总是思考多过言谈和行动。毫无疑问，每一个字和每一个动作在时光之路中造成的影响都会对青铜龙施加不同程度的压力。绿龙似乎也是一个趋向于平静的龙族。他们往往会用千年的时间沉浸在他们的梦境中。而蓝龙在萨尔看来则像魔法的爆鸣和火花一样活跃多变，也许这正是他们与生俱来的内在品质。他们的思想如同剃刀一般锐利，像疾风一般迅捷；他们的情绪像水银一样不断地流动，变化；他们的行动迅速而且有力。看到他们全都只是这样静静地站立着，或者周而复始地在天空中盘旋，一双双眼睛全神贯注地盯着天空——这种景象本身就足以让人神经紧绷了。

就连卡雷苟斯也显现出不同寻常的肃穆神情。他像许多同伴一样，显露出他的巨龙形态。虽然萨尔一开始觉得半精灵形态的卡雷苟斯更容易接近和交谈，但现在，他已经可以从容地接受这位年轻蓝龙的任何形象——卡雷苟斯对他而言，只是卡雷苟斯而已，无论他选择成为什么样子。萨尔向卡雷苟斯靠近了一步，伸出一只安慰的手，按住这头强大蓝龙的前腿——他也只能碰到卡雷苟斯身体的这个部位了，现在他的动作大概相当于按住卡雷苟斯的肩膀。卡雷苟斯低下头，瞥了他一眼，目光中闪烁着感谢的微笑。然后，他重新仰起巨大的蓝色头颅，注视着天空中月球的轨迹。

萨尔思考着眼前看到的景象，以及这景象所代表的意义。月之拥抱—— 一个母亲对孩子的爱。他想到了玛里苟斯。根据他的听闻和观察，他已经知道，在疯狂降临在玛里苟斯的头上之前，蓝龙守护者曾经像卡雷苟斯一样乐观幽默、胸怀宽广。死亡之翼对他，对蓝龙，对全部龙族，对这个世界造成的伤害……萨尔哀伤地摇摇头，不禁为过去那一连串的灾难感到惋惜。如果命运之路不是那样残酷无情，也许今天蓝龙一族就没有必要举行这种令人忐忑的仪式了。

现在，蓝色孩童正向母亲移动。萨尔露出一丝微笑。正当他在凄寒清澈的夜色中瑟瑟发抖的时候，月亮的拥抱开始了。这是一个应该平静下来，思考一下爱与魔法的时刻。曾经相隔万里的两轮圆月拥抱在一起。他们似乎在告诉世人，任何隔阂都不是绝对无法跨越的。

现在已经不是发表个人意见，进行逻辑辩论证明阿瑞苟斯是多么危险，卡雷苟斯才是最佳人选的时候了。该说的话都已经说过。每一头巨龙都将表达自己的意愿，做出自己的选择。萨尔想到了诺兹多姆、时间的本质，还有这个决定在做出之前就已经注定的因素。无论希望还是畏惧，在此时此刻都是没有意义的。

重要的只有这个时刻。站在寒夜之中的群龙身边，看着眼前美丽罕有的变化。这个时刻也将随之演变，成为另一个时刻。它将被度过，被永远保存在记忆之中。但现在，只有这个时刻是真实的。

蓝色孩童缓慢地移动着，然后，他们等待的景象出现了：漫长的期盼和守候让这个时刻显得如此缓慢，但它终究是发生了。白色的大月亮“抱住了”蓝色的小月亮。萨尔感觉到无言的喜悦和完全的静瑟将自己包裹在其中。他只是静静地看着。

冷冽平静的气氛突然被打碎了——阿瑞苟斯跃上半空，一双有力的翅膀拍打出强劲的气流，将他支撑在空中。他抬起头，高声喊道：“让我统领我的族人！给我守护者的祝福！我是我父亲的儿子，这是我应得的！”

在萨尔身边，卡雷苟斯倒吸了一口冷气。“不，”他悄声说道，“他会把我们全部毁掉……”

阿瑞苟斯的大胆行动引起了很大程度的关注。巨龙们纷纷转过头，目光从空中的异象转移到他身上。几乎每一头巨龙都被这突如其来的呼吼吓住了。

阿瑞苟斯则继续激动地向他的族群吼叫道：“是的！我代表了最真实的我们——魔法的掌控者，有责任指引奥术力量的生灵！你们知道我的能力，虽然我还不是一位守护者，但我是我父亲真正的儿子。我相信他为之奋战的信念，相信我们必须掌控自己的命运！我们应该充分使用奥术魔法，因为这是为我们准备的工具，是我们取得自身利益的手段！一切为了蓝龙！这就是魔法存在的意义！”

母亲和孩子紧紧拥抱在一起，全不在意下方魔枢中发生的骚动。他们继续散发出柔和的光亮。蓝白色的光线落在雪地上、光滑如镜的蓝色鳞甲上，又被反射回空中照亮了他们。这是一种极端美丽，令人难忘的情景。萨尔发现自己的眼睛已经不再被那个大喊大叫，在风中扇动翅膀的巨兽所吸引，他的心依旧沉浸在此时此刻的平静安宁中。

慢慢地，其他巨龙也一个接一个地转回了头，不再理会阿瑞苟斯和他要将魔法作为工具的宣言。他们继续心醉神迷地望着这个令人震撼的奇景——两轮月亮交叠成完美的同心圆，甚至忘记了将冰冷的空气吸入鼻腔之中。

萨尔意识到，这是一种选择：一方是阿瑞苟斯和他对于往日荣耀的宣扬，对于辉煌未来的承诺；另一方是寂静无声的月之拥抱。在这个时刻，蓝龙们全都选择了后者，这种寂静……这种魔法……

阿瑞苟斯还在喊叫、吹嘘、求告，但蓝龙似乎并不想听。他们如同雕像一般，在蓝白双月的月光之下，忘我地欣赏着月之拥抱。他们似乎……完全被这美丽的景象惊呆了。

萨尔觉得，融合在一起的蓝白色月光似乎在这些一动不动的巨兽身上投下了两轮月亮的魔法幻影，让他们的身体散发出一种细腻优雅的光亮。这种光是如此吸引人，以至于萨尔在不知不觉间将观察双月的视线转移到了这些巨龙身上。

然后，这片光发生了变化。它似乎变暗了，穿过阿瑞苟斯，将整个蓝龙族群笼罩在其中。萨尔知道，他自己也被包容在了这片柔和的光线之中。然后，光线又慢慢地从他们身上褪去了。

但它没有离开卡雷苟斯的身体。

这时，萨尔明白了。

这个仪式并非是智力的考验，也不是蓝龙一同投票，选举他们认为最合适的候选人。这根本无关乎守护者的“头衔”。任何巨龙都不可能将这个头衔作为一种工具，无论是用来为他自己牟利，还是为了他的族群。

这种天象被称为“月之拥抱”。它所关系的是蓝色巨龙的心，而不是他们的脑子。新的守护者绝不可能为了一己之私的谋划而获得力量。泰坦已经做了他们认为是正确的事。所以，现在，在这个时刻中，有资格继承守护者责任的蓝色巨龙也要做出他们认为是正确的选择。

萨尔终于明白了，曾经，当他和卡雷苟斯发言的时候，巨龙们并不只是在用他们的理智，更是在用心倾听他的话。他们已经看到了萨尔注视他们的目光，注意到了他的反应。而且，他们肯定也听到了萨尔希望他们听到的一切——关于生活在这一时刻，关于审视自己的生命、自己的能力，因为审视自己而感到的惊奇。而更重要的是，当一件真正富有魅力而充满魔法的事物出现在眼前，显示出罕有的美好，哪怕其中没有半点权威或力量，蓝龙们依旧会将全副身心转向它，就像花朵朝向太阳。他们的心已经离开恐惧，正向希望开放，离开封闭，向这个世界敞开。

这时，蓝色孩童已经离开了母亲慈爱的怀抱，天空中和巨龙身上的光晕正渐渐褪去，只有卡雷苟斯身上的光却越来越强。

卡雷苟斯很快就恢复了呼吸。他惊讶地睁大了眼睛。突然间，他飞向空中。萨尔不得不抬手遮住眼睛，以免自己的双眼被新生的守护者放射出的灿烂光华刺痛。明亮的卡雷苟斯就如同一颗无法直视的灿烂星辰——不，是太阳，被美丽而动人心魄的光辉包围着。现在，他成为奥术魔法最终的主人，赐予他这种力量的是希望、爱和信任，是他的族群，是天空中的母亲和孩子，是漫长岁月中泰坦意志的回响。

突然之间，当他拍动的翅膀仿佛要将天空撕裂，发生了一件意料之外的事。

卡雷苟斯笑了。

充满喜悦的声音从他口中倾泻而出，如同冰雪般晶莹明亮，如同羽毛般轻盈，如同母亲的爱一样纯粹。这不是胜利者得意的嗤笑。这是无法抑制的快乐，是强大、鲜活、真实的魔法，是必须与世界分享的礼物。

萨尔发现自己也在欢快地大笑着。他无法将自己的目光从飞舞在夜空中的那头蓝白色巨龙身上移开。洪钟一般的巨龙笑声带着令人惊异的甜美感觉，在他身周响起。萨尔的心中充满了无可言喻的满足感。他环顾四周，感觉到伟大的巨龙们在这一时刻传达给他的友谊与关爱。他看到喜悦的泪水同样在他们的眼中闪烁。他的心与巨龙的心一同感受到了轻松和安宁。他觉得，如果自己跳起来，也许同样能飞上高空。

“你们这些蠢货！”

阿瑞苟斯声音中的愤怒、侮辱和惊骇将这个时刻打碎成万千碎片。“你们这些愚蠢之极的东西！是你们背叛了吾族，而不是我！”

没等萨尔仔细思考这句话的意思，阿瑞苟斯已经仰起头，发出一声可怕的吼声。萨尔感觉到那吼声几乎像铁拳一样砸在自己的身上。这吼声中不止有音波和空气，更有阿瑞苟斯的魔法力量。

它震颤着萨尔的血液和骨骼，让他无力地跪倒在地。

是你们背叛了吾族，而不是我……

萨尔抬头看了一眼卡雷苟斯，新的蓝龙守护者。他盘旋在空中，身上依旧散发出璀璨的奥术魔法的光芒。和曾经与他不相上下的对手相比，现在的卡雷苟斯显得更加辉煌雄壮，而阿瑞苟斯则仿佛失去了英武的气势，变得更像是夜空中的一块污渍。光辉耀眼的卡雷苟斯已经不再满心喜悦，而是变成了一位驱逐邪恶的神明。他收起双翼，向阿瑞苟斯扑了过去。

"不，阿瑞苟斯！我不会让你毁灭我们！"

转瞬之间，天空中充满了恐怖的声音：那是数十对强有力的翅膀拍动的声音。萨尔瞪大了眼睛，看着暮光龙军团迅速逼近。在此之前，这个兽人从没有见过一头暮光龙，但他一眼就认出了他们。他们如同黑暗的幽灵，生存在巨龙形状的影子里，向蓝龙的堡垒发动了猛攻。

身躯庞大的蓝龙们立刻以令萨尔吃惊的迅捷速度展开行动。还没等萨尔反应过来，他们已经如同火山爆发般跃入空中，冲向敌人。夜空立刻被白色和浅蓝色的冻气和奥术能量的爆炸点亮了。萨尔的视线则只是集中在激战正酣的卡雷苟斯和阿瑞苟斯身上。

"卡雷！"萨尔喊道。他怀疑新一代的守护者根本不可能在战场的喧嚣声中听到他的喊声，但他必须试一试，"小心！"

随后的短短一瞬之间，萨尔被吓出了一身冷汗。一开始，卡雷苟斯仿佛并没有听到他的喊声，但在最后一刻，守护者摆脱了阿瑞苟斯的纠缠，向左侧闪去。三头暮光龙径直扑向阿瑞苟斯。令萨尔瞠目结舌的是，他们在即将撞上阿瑞苟斯的时候同时变成了幽灵，毫发无伤地穿过了他们的蓝龙同伙，然后又转身加入了战团。

萨尔与其说是听到，不如说是感觉到了身后袭来的巨龙。他猛地转过身，抽出毁灭之锤，用双手紧攥住锤柄，咬紧了牙关。为了保护这些他已经开始喜爱并尊敬的巨龙，他不惜将自己的热血泼洒在敌人的头顶。他的战斗一定能治疗这个世界的创伤。

他将用生命保卫这个世界。

扑到他面前的暮光龙非常美丽，也极为恐怖。她张开嘴，露出几乎像萨尔的身体一样长的獠牙，前爪也已经伸展过来。如果不能一口吞下萨尔，她就会用两只巨爪将这个兽人撕成碎片。

“为了部落！”的战吼冲到萨尔口边，但他并没有发出喊声。现在，他不只是为了部落而战，他将为这个世界的一切而战，无论是联盟、大地之环、塞纳里奥议会，还是残破不堪的巨龙族群。

他要为艾泽拉斯而战。

他高举起战锤，暮光巨龙的利齿已经落下。

突然之间，萨尔升到了空中五十尺高的地方。一股强大、不可违抗，却又让人安心的力量撑住了他的身体。他向下瞥了一眼，看到一只龙爪正将自己握在其中。卡雷苟斯的声音冲进他的耳中。“到我背上来，快！这样你才不会有危险！”

萨尔知道卡雷苟斯说得没有错。卡雷苟斯将萨尔放到自己连接着巨大翅膀的肩头，松开爪子。萨尔纵身一跃，在空中滑行了一两秒，才落在卡雷苟斯宽阔的脊背上。

蓝龙喜好冰冷的魔法，但卡雷苟斯的身体却让萨尔感觉到温暖——这种温暖甚至超过了在戴沙林和缇珂背上的感觉。如果说在另外两头巨龙背上飞翔的乐趣像是在吹口哨，那么骑在蓝色守护者的背上肯定就像是在狂喜中放声高呼。魔法火花汇聚成的能量流过萨尔全身。萨尔紧紧抓住卡雷苟斯的脊背，跟随他一同上下翻飞，俯冲疾升。卡雷苟斯盘旋到两头暮光龙之间，吐出一口致命的冰寒气体。暮光龙痛苦地号叫着，变成了半透明的样子——但只有被卡雷苟斯的气息冻成硬块的血肉无法变化。卡雷苟斯转回头，甩动尾巴狠狠抽在一头暮光龙的身上，将她冻结的前腿打成了碎块。另外一头暮光龙的翅膀被冻住了，她慌乱地掉落了下去，僵硬的翅膀再也无法鼓起一丝气流。

兽人和守护者形成了一对完美的战斗组合。萨尔仿佛焊在了卡雷苟斯的背上，随同这个伟大的生灵急坠、侧转，迅猛调头。卡雷苟斯用魔法进行战斗，召唤出幻影吸引一头暮光龙，他则趁机向另一头暮光龙发动袭击，同时贴近第三头暮光龙，让萨尔能够进行攻击。

“后脑！”卡雷苟斯喊道。

萨尔一跃而起，保持着和卡雷苟斯完美的同步。他甚至没有多想一下，便已经落在了一头暮光龙的脖子上，同时举起毁灭之锤，砸中了卡雷苟斯告诉他的目标。这头怪兽完全没有料到自己会遭受这样的突袭，根本来不及变幻形体，就成为一具死尸，向地面栽去。卡雷苟斯折了回来，平稳地向萨尔滑行。

萨尔从那头巨龙背上跳回卡雷苟斯背上。守护者扇动翅膀，他们迅速向上攀升，准备继续战斗。兽人向周围瞥了一眼。现在他全身都处在巅峰状态，呼吸甚至都还没有变得粗重，而他的脸上已经露出了微笑。

蓝龙正在赢得战斗。

第十五章

蓝龙胜利了！

他们的数量不如敌人，但他们漂亮地赢得了这场战斗。新的守护者让他们士气高涨。拥抱之月治愈了他们的创伤，泰坦的祝福因为他们谦卑的祈求而到来。巨大的喜悦和慰藉为他们提供了新的力量和决心，要为保护蓝龙一族而战。

这种事本不应该发生的！

阿瑞苟斯浑身流着血，身体的一部分已经被冻成冰块，一只翅膀因为卡雷苟斯准确的打击而受伤。他勉强坚持着战斗，但已经感到虚弱、恐惧——这两种情绪都让他感到极不适应。

情况怎么可能变得这样糟糕？

像所有被困在陷阱中的野兽一样，阿瑞苟斯的心里只剩下了惶恐和厌恶，而他现在想要的只有安全—— 一个巢穴，一个能够恢复、休息和思考的地方。他知道，这样的地方的确有一个，在那里，他可以平静下来，甩掉像黑雾一样缠绕在他神经上的恐惧。

他狂乱地寻找着卡雷苟斯。那个浑蛋在那里，看上去是那样巨大、骄傲、光辉灿烂，全身放射出本应该属于阿瑞苟斯的能量。而卡雷苟斯宠爱的那个兽人竟然还骑在他的背上，就像一只站在牛背上的蒺藜球，挥舞着他的锤子，打碎了一颗又一颗暮光龙的头颅——那可都是阿瑞苟斯的暮光龙。

永恒之眼。他必须去永恒之眼。他将在那里思考，重整部队，制定新的计划。那里是魔枢的核心，他的父亲隐居和避难的地方。在阿瑞苟斯心慌意乱的时候，它向阿瑞苟斯发出了召唤。只是想到那里，阿瑞苟斯立刻感觉到了某种程度的镇定。他以巨龙不该有的方式呜咽着，摆动双翼向下飞去，离开惨不忍睹的空中战场，像一块石头从魔枢的巅峰跌落。直到最后一刻，他才张开翅膀，滑翔着穿过魔枢的入口，飞快地在魔枢内部迷宫一般的走廊之中穿行。惶恐将寒冰一般的利爪刺进他的内心，让他的心脏跳得越来越快。

他终于看到了：一个如同迷雾漩涡一般不断旋转的传送门，门对面就是永恒之眼。阿瑞苟斯疾速向那里飞去，穿过传送门，进入一片夜空之下——这里是一个完全独立的小型维度空间，在过去还曾经有过一个蓝灰色的魔法平台。巨龙能够在那上面休息，沉思盘旋而过的各种奥秘。魔法符文在这里翩翩起舞，如同轻轻飘飞的雪花一样，时隐时现。这片黑色的夜空点缀着冰冷的星星，不住地扭曲变幻。夜空中的一部分是一片徐徐旋转的蓝白色星云。

现在，这里已经没有了平台。在夺取了父亲生命的那场战役中，魔法平台也变成了飘浮的碎片。这样一块碎片上还摆放着封闭的魔法水晶球——聚焦之虹。玛里苟斯曾经利用自己的血将这颗水晶球激活，并控制了已经沉睡千年的这件神器。打开聚焦之虹，玛里苟斯就能引导强大的湍流之针，利用湍流之针吸取艾泽拉斯魔网的奥术魔法，将魔法能量引导进入魔枢。而正是一把久已被遗忘的钥匙打开了聚焦之虹上的一道细缝，让玛里苟斯投入了他的最后一战。

虽然这里难免会让阿瑞苟斯回忆起自己生命中那个可怕的时刻，但它毕竟还会让他感觉到舒适和熟悉。阿瑞苟斯感到自己放松下来。他伏身到一块缓缓移动的平台残片上，将双翼收在巨大的身躯旁，张开下颌，大口地喘息着。

“阿瑞苟斯？”

蓝龙张开眼睛，伸展翅膀，迅速恢复了警惕。是谁竟敢……？

“布莱克摩尔！”他终于松了一口气，“真高兴能在这里见到你。”

“希望我也能这样说。”这个人类一边说，一边大步向前走过来。他站在另外一块平台碎片上，大胆地望向那头飘浮在上方的巨龙。然后，他脱下头盔，一头黑色的长发披散开来，一双闪烁不定的蓝眼睛直盯着阿瑞苟斯。“到底出了什么事？我对于守护者的事情知道得不多。不过……我猜你没能成为守护者。”

阿瑞苟斯打了个哆嗦。“是的，他们选了……卡雷苟斯。”他恶狠狠地说出了这个名字，这个让他感到极度愤怒、极度委屈的名字。“那个愚蠢的兽人……他鼓动蓝龙们背叛了我，夺走了本应属于我的东西！”

布莱克摩尔皱起眉头，喃喃地说道：“这可不是什么好事。”

“难道你以为我不知道吗？”阿瑞苟斯愤怒地用尾巴抽了一下

平台，平台随即发生了危险的倾斜，“这全都是萨尔的错。如果你能够做好你该做的事，将他杀掉……”

那个人类眯起了眼睛。“是的。而如果你按照原先的计划，成为守护者，我们也就不必进行这场愉快的谈话了。”他的声音仿佛劈开空气的鞭子，“但我们都还没有实现我们的目标。所以，我们最好将怒火放到一旁，想一想该如何将事情做好。”

这个人类是正确的。阿瑞苟斯让自己平静下来。他需要集中精神，所以他才会来到这里。

“也许，我们可以通过合作来实现我们的心愿。”阿瑞苟斯说，“这样，暮光教父和死亡之翼才会对我们感到满意。”

布莱克摩尔看着他，说道：“继续。”

“我们两个想要的都是萨尔的命。我们也都想让我成为守护者。和我一同返回战场吧，布莱克摩尔国王，完成你的复仇。如果你杀死了那个兽人，卡雷苟斯就会明白，不可能万事都合他的心愿。如果卡雷苟斯失败了，蓝龙的忠诚就会动摇——那些卑鄙的家伙。不管怎样，那时卡雷苟斯就会变得脆弱不堪，我就能杀死他。”

阿瑞苟斯越说越兴奋。这就是他的计划。他能看到这个计划得以实行的每一步。“一旦卡雷苟斯被干掉，蓝龙们一定会急切需要领袖来指引他们。那时，他们的忠诚心就会转向我，我也会获得守护者的力量，这才是应该出现的结果！到那时，一切都会回到正轨。”

“对此，你能肯定吗？”布莱克摩尔质问道。

“不……还不能很确定。但那股能量还能到哪里去？我是唯一向卡雷苟斯发起挑战的人。如果我让那些蓝龙看到了他的软弱，他们自然都会倒向我。”

布莱克摩尔用被甲片包裹的手指捋着下巴上的山羊胡，认真地考虑着。“我不喜欢现在的力量对比。我只是一个人类，却要对抗一头，甚至数头巨龙，也许……我们的敌人是一整支巨龙军团？”

“相信我。萨尔如果再见到你，肯定会彻底崩溃。”阿瑞苟斯催促着他。他不喜欢这样哀求，但他需要这个人类。“只要萨尔一死，蓝龙定会遭受沉重的打击。天空中还有许多暮光龙，如果我们将力量合并起来，就一定能取胜！”

这个人类点点头，说道：“很好。这是一个很冒险的计划，但人生没有不冒险的，对不对？”他突然笑了，露出白色闪光的牙齿，就如同一头食肉兽在微笑。

“不会冒多大险。”阿瑞苟斯说，“而我们将实现伟大的成就。”他的心情比自己预想中更放松。他清楚这个人类的历史，知道他对萨尔有多么憎恨。布莱克摩尔想要那个兽人的命，就像阿瑞苟斯想要卡雷苟斯的命。阿瑞苟斯飞向那个人类所在的平台，让身子悬停在平台旁边稍低一点的地方，以便于布莱克摩尔能够方便地爬上他的脊背。

他们能够实现这个目标。阿瑞苟斯很清楚这一点。然后，一切问题都将迎刃而解。他将成为守护者，就像他一直渴望的那样。

他调转过头，向那个漩涡样的传送门飞去。每扇动一次翅膀，他的精神便会更振奋一点。在他的下方，平台碎片缓缓地转动着。阿瑞苟斯及时地低下头，看到一个平台碎片翻转过来，在他的正下方露出了聚焦之虹。

疼痛感爆发得突然而剧烈。仿佛一根白热的钢针刺进了他的颅骨底部。布莱克摩尔的大剑刺进了他的脖子。阿瑞苟斯之后又活了一会儿，让他能看到自己的一滴血沿着彻底刺穿了他的脖颈的剑锋掉落在聚焦之虹上，看到聚焦之虹骤然张开。当他开始急速下坠的时候，他看到布莱克摩尔从他的脊背跳到了一块缓缓转动的平台碎片上。阿瑞苟斯，玛里苟斯的儿子，他知道自己被出卖，就要死了。

* * *

萨尔一只手握着毁灭之锤，另一只手高高举起。闪电撕裂天空，化成一道灼热的死亡之链，在不少于四头暮光龙之间爆炸开来。猛烈的打击让他们暂时陷入了混乱，烧焦了他们的一侧身体，并且烧毁了他们的皮翼。他们痛苦地尖叫着，滞留在物质形体中，让萨尔有足够的时间从卡雷苟斯的背上跳起，落在一头暮光龙的身上。他挥起毁灭之锤，狠狠地砸在这头龙的颅骨上。但他这一击还是打歪了，让暮光龙趁这个时候变成了虚体。萨尔骤然向下跌落，看到雪白的地面向他猛冲过来。突然之间，他又看到了卡雷苟斯宽阔闪亮的蓝色脊背。他重重地跌在龙背上面，不过并没有受伤。

萨尔正打算抬起头，寻找下一个敌人，这时魔枢突然开始晃动起来，炽烈的光芒从那里面的所有地方爆发出来。就连强大的守护者也不得不转过头，向远处飞去。萨尔只能紧紧地抓住卡雷苟斯的脊背。

“出什么事了？”萨尔喊道。

“奥术魔法发生了爆炸！”卡雷苟斯答道。他细长的脖颈低垂了下去，让萨尔能够清楚地看到下方魔枢的情况。魔法能量还在不断从那里涌出来，如同渐渐沉寂下去的焰火。“我还不能确定是什么……”

“暮光龙！” 在卡雷苟斯低头俯视的时候，萨尔还在警惕着周围，“他们逃回神殿去了！”

“蓝龙！跟我来！”卡雷苟斯高声喊道。他的声音洪亮深沉，萨尔的全身的筋骨仿佛也因之而震颤，“我们的敌人正在逃走，局势现在对我们很有利！消灭他们，不要让他们逃回到主人那里去！”

萨尔一直认为卡雷苟斯的飞行速度是极为迅捷的。而现在，他才知道什么是快——他用尽全力抓住巨龙的脊背，几乎已经无法呼吸。暮光龙发疯般想要逃跑，根本无心再与守护者作战。他们全都已经变成了虚体。作为应对之策，蓝龙们开始用纯粹的魔法攻击。空气中充满了白色奥术能量的炸裂声和寒冰风暴的怒吼声，到处都闪烁着冰霜的光芒。又有几头暮光龙掉了下去，但大部分还是逃脱了。

蓝龙们穷追不舍，不尽数消灭这些敌人，他们誓不罢休。

* * *

克莉苟萨死死盯着眼前这一幕，心中充满了恐惧，只希望她所看到的事不会成功。

她感觉到了弟弟的死亡，感觉到他的生命能量——遗传自玛里苟斯的血——受到控制和引导。而这种被引导的方式令克莉苟萨感到熟悉却又困扰。毫无疑问，暮光教父是从死亡之翼那里得到了情报，现在他很清楚自己在做些什么。

她的弟弟死去之后不过数秒时间，一场风暴就出现在龙眠神殿上方的天空中。紫黑色的浓云愤怒地翻滚着，形成一个巨大的旋涡。震耳欲聋的能量爆裂声让克莉苟萨尖叫着，用双手紧紧捂住了自己可怜的人类耳朵。天空被撕开了。

灼目的白色强光同时向上方和下方射去，如同长矛刺穿了眼睛看不到的天穹和大地。克莉苟萨意识到，这是一根湍流之针，一种完全由奥术能量形成的工具，一种充盈着强大能量的工具。玛里苟斯曾经利用这种工具从遍布整个艾泽拉斯的魔网中汲取奥术魔法，将它们输送进魔枢。

而在天与地之间，位于湍流之针正中心的是克洛玛图斯。

这一股强大到无法想象的魔法能量所汇聚成的长针刺穿了五头巨怪庞大而死寂的杂色身躯。克莉苟萨看着眼前这一切，颤抖着，用双臂紧紧抱住自己的身体，依稀感觉到自己苍白肌肤上针刺刀割的印痕。她知道，自己也是面前这一幕恐怖情景之所以会发生的原因之一。这让她感到无比恶心。他们利用她来进行试验，而她现在还能活着只有两个原因：她的血统和她的性别。

“你很幸运，亲爱的。”暮光教父在她身边说道，“在所有巨龙之中，唯独你有幸见证了了这个奇迹……甚至还参与了创造这个奇迹的过程。”

“看样子，我的弟弟作出的贡献更大。”克莉苟萨说道。她的声音中流露出了痛苦和颓唐，这让她更加气恨自己了。“这就是暮光之锤奖励效忠者和有功者的方式吗？为了你，阿瑞苟斯背叛了他的整个族群，实际上，他背叛了整个龙族。而你却把他杀了！”

“我杀了他，是因为他失败了，而不是因为他有多么忠心。”暮光教父不动声色地说道，“你说得不错，这就是暮光之锤奖励失败者的方式。”

“死亡之翼似乎对于你的成绩也很不满意。”克莉苟萨不顾一切地怒喝道，“也许我可怜的、被欺骗的弟弟就是你的前车之鉴……”

暮光教父拽了一下锁链。克莉苟萨的话音变成了一阵痛苦的呜咽，锁链猛烈地灼烧着她的喉咙。“小美人，看样子以后我要更加谨慎地决定该说些什么了。”

克莉苟萨终于能再次呼吸了。在绝望中，她觉得就算是暮光教父用来威胁她的死亡也要比她现在的生命更加甜美——现在的她只不过是暮光教父手中一件用来伤害巨龙一族的工具。她刚刚张开嘴，想要狠狠叱骂这个恶棍，却听到下方的暮光教徒们发出一阵狂野昏乱，却又无比兴奋的咆哮。即将脱口而出的言辞生生僵死在她的喉咙里。

克洛玛图斯动了起来。

畸形巨龙的动作极为轻微，几乎无法察觉。但他的一只爪子的确稍稍张开了一下，又合拢起来。他身体其余的部分依然像死尸一样僵硬，但很快，他的尾巴又抽搐了起来，动作同样轻微得难以分辨。然后，他的一颗头——那颗黑色的——猛然开始抽动。

暮光教父跑到圆形平台的边缘。“他活了！他活了！”

暮光教父将戴着手套的双手紧攥成拳，高举到空中。神殿下方人群的欢呼声立刻变得更加响亮。

湍流之针在一下一下脉动着，其中的能量源源不绝地注入逐渐复活起来的尸体中。每一分一秒，克莉苟萨都觉得这个怪物在变得更加强壮。现在他所有的肢体都开始抽搐了。一个接一个，五颗骇人的头颅全部抬了起来，就像一头深海巨兽的粗大腕足，在来回摇摆、舞动，只是这些腕足的顶端都生着明亮的双眼和布满利齿的巨颚。现在，他的十只眼睛都睁开了，完全一致的眼睛颜色成了这头巨怪混乱杂驳的身体上唯一统一的特征——这些眼睛全都闪耀着夺目的紫色光芒。克洛玛图斯的确活了过来，像生物一样在移动，甚至也许能与别人对话。但他的身躯仍然是极不完整的。在他身上的一些地方甚至能清晰地看见骨头。原本黏附在他身上的许多鳞片都剥落了，露出健康或者腐败的皮肤。每一颗头颅都有或多或少的缺陷：少了一只耳朵，或者不断渗出液体的眼睛……

“克洛玛图斯！”暮光教父喊道，“到我这里来，我赐予生命的儿子，看着我！”

一只红色的耳朵抖动了一下。绿色的鼻翼在翕张。青铜色的头颅在脖颈上缓缓转动。一个接一个，笨拙的、从没有挪动过的头颅纷纷动了起来，十只眼睛一同望向了暮光教父。

“我们的……父亲。”青铜头颅开口说道。这声音几乎能震撼整座神殿，只是发音还显得非常笨拙。蓝色头颅上的一双紫眼睛眯了起来，然后，那道目光落在克莉苟萨身上。阴沉的笑声透过蓝色头颅的喉咙，如沉雷般响起。当那颗头颅开始说话的时候，声音却显得异常甜美，只是他也还无法流畅地选择言辞。

“不要害怕，小蓝龙。你的弟弟还活着——就在我的体内。你感觉不到我们亲密的关系吗？”其他头颅也都转过来，似乎对这颗蓝色头颅的话感到很有趣，“你们同样也都会来侍奉我。”

“绝不！”克莉苟萨尖叫着。想到被迫亲眼见证的这一切恐怖，她的意识几乎要崩溃了，“蓝龙绝不会侍奉你！卡雷苟斯才是他们的领袖！”

她预想到自己脖子上的锁链会被狠狠拽一下，早已挺直身子，准备承受那种锐利、炽烈的痛苦，但暮光教父却笑了。“难道你不明白吗？我本以为蓝龙都是很聪明的！”

克莉苟萨不想听他继续说下去，也不想“明白”任何事情，但她还是不由自主地问道：“明白什么？”

“他被制造出来，到底是为了什么！”

克莉苟萨强迫自己盯着克洛玛图斯。她看到的是一头外形可怖的彩色巨龙，那五颗头颅比她见过的任何怪物都更加可怕。他……

“不，”克莉苟萨悄声说道，仿佛被狠狠揍了一拳，“不……”

“看样子……你终于明白了。”暮光教父满意地说道，“很辉煌，不是吗？一切都将毁灭，只有这一点是注定不变的。蓝龙是不是有了新的守护者，根本就不重要。伊瑟拉醒来，诺兹多姆回归，这些都不重要，甚至就算生命缚誓者能够再度振作起来，也已经毫无意义了。”他将嘴唇贴到克莉苟萨的耳边，仿佛在亲昵地和她分享某个最为隐私的秘密，“克洛玛图斯活了……守护者们就只能去死。”

克莉苟萨失去了对自己的最后一点控制。她扑向暮光教父，尖叫着、抓挠着、撕咬着，但她软弱的人类形体根本无法与暮光教父的魔法——或者是脖子上这根锁链的力量抗衡。她只能拼命呼喊着一个无用的字眼，仿佛这样就能阻止不可避免的劫难。

“不！……不！……不！……”

“安静！”暮光教父高喊着，用力拽了一下银链。克莉苟萨重重地跌倒在地，全身都在痛苦中剧烈抽搐着。

“好了，好了。”克洛玛图斯的黑色头颅说道。这颗头发出的声音带着一点气声，像丝绸一样光滑细腻，却又冰冷无情。克洛玛图斯缓缓地站起身，动作变得越来越灵活——他已经发现控制身体的窍门了。“就让这头小蓝龙继续胡言乱语吧。她的话很快就会变得更甜美了。她将会……”

红色的头颅打断了黑色头颅。克洛玛图斯转向西方，他对于自己的躯体还是有些不适应。“他们来了。”红色头颅用清晰、强壮的声音喊道，“我却还没有完全恢复过来！你都干了些什么，父亲？”

克莉苟萨笑了。她听到自己的笑声，知道自己现在有多么歇斯底里。但那笑声依旧连续不断地从她的喉头涌出来，仿佛突然冲出地面的泉水一般源源不绝。她举起一根颤抖的手指，指向那些正全速向神殿飞来的暮光龙。还有在他们身后不远处穷追不舍的，她那些勇敢的蓝龙同族们。

“你的美梦做不成了！”克莉苟萨高声喊道，“‘伟大’的暮光教父，你的计划也许很高明，但你的龙跑得太快了。我的龙族将会消灭他们，还有你和你的亡灵怪物！你现在有什么计划，聪明的白痴？”怒火中烧的暮光教父甚至没有使用锁链，他戴着手套的拳头狠狠砸在克莉苟萨的面颊上，让这名女子的头猛地向一旁甩去。但克莉苟萨还是大笑着，挥舞起双臂。

“卡雷苟斯！卡雷！”

他来了！

克莉苟萨的心也飞翔了起来。卡雷苟斯的智慧和仁慈终将赢得胜利。他在天空中翱翔，魔法守护者的身形远远大过了其他巨龙，全身闪动着明亮的光。在他的背上，还有一个小小的身影。终于，经过这么长时间的忐忑等待之后，克莉苟萨终于看到如此宝贵的力量被她信任的巨龙得到，而不是继续留在疯狂之人的手中，或者成为一个叛徒复仇的工具。泪水充满了她的眼眶，她在喜悦地抽泣着。

卡雷苟斯不会从空中坠落，其他守护者也都不会。他们现在就会发动猛攻，而不是等到克洛玛图斯掌握他全部的毁灭性力量。

在神殿下方，克洛玛图斯扬起五颗巨头，疯狂地吼叫着。所有那些声音——光滑细腻、强壮有力，亦或是优美动听——混合在一起，形成了一段恐怖的交响乐。然后，那头怪物跳入半空，踉跄一下，但他的翅膀很快就变得越来越有力量。他开始发动攻击了。

克莉苟萨曾经有过噩梦，尤其是在她成为囚徒的最近这几个月里。她每天都在遭受折磨，被囚禁在人类的躯壳之中，相信只有死亡才能结束这种痛苦。是的，她有过很多噩梦。

但所有这些噩梦都无法与她现在看到的恐怖事实相比。

五色巨龙仍然在空中僵硬地移动着，仿佛一只木偶，一个从不应该出现在这世上的怪物。他比任何龙都更加庞大，甚至比守护者卡雷苟斯还要大。他非常笨拙，但他的速度却比所有敌方和己方的巨龙都要快，攻击也更加致命。

他所依仗的还不止是超凡的力量和敏捷。白色的奥术魔法和令人作呕的暮光龙紫色能量中还夹杂着其他各色巨龙的攻击——猩红色的烈焰和翡翠毒云。克洛玛图斯正在用所有远古龙族的力量作战。

克莉苟萨能够听到暮光龙发出胜利的号叫。他们的士气再一次被激发了出来。片刻之前，他们还在夹着尾巴落荒而逃，但现在，他们全都发狂般向蓝龙军团猛攻不休。

仅仅是看到这头亵渎万物的怪物飞翔在天空中，已经足以令人心胆俱裂。但他还是不可动摇地占据着克莉苟萨的视野，喷吐火焰、操纵幻术，以笨拙却又极其残忍而高效的手段夺取一头又一头蓝龙的生命。

转眼之间，已经有数个克莉苟萨的同族被克洛玛图斯杀害。其他蓝龙全都被吓坏了，只能愣愣地看着这头多彩龙，无从去理会依然充塞天空的暮光龙。就在克莉苟萨眼前，一头蓝龙试图从后面靠近克洛玛图斯，却被那头怪兽随意甩起尾巴，一下子扫断了他的脖子。眨眼之间即已丧命的蓝龙和一众牺牲的同胞一样，从天空坠落。克莉苟萨痛苦地将目光转向一旁，遮住自己的脸孔。这时一只凶狠的手抓住她的两只手腕，将它们拽开。克莉苟萨转过充满泪水的眼睛，盯着暮光教父，却几乎看不清那张藏在黑色兜帽里面的脸。

“是谁能笑到最后呢，小蓝龙？”暮光教父发出粗嘎的笑声，“是你的那些蓝龙心肝们？他才刚刚苏醒，看看他是怎么做的！看啊！”

暮光教父将克莉苟萨拽到平台边缘，一只手抬起她的下巴，另一只手像铁箍一样，将克莉苟萨的双臂在她的体侧勒紧。“看啊！”

至少，克莉苟萨心碎地想着，他不能强迫我睁开眼睛。

* * *

萨尔能够感觉到蓝龙军团中弥漫着失败的情绪，甚至他也已经被这种情绪所俘虏了。

那是一头龙，同时又可以说是连被遗忘者都想象不到的噩梦造物。他至少有五颗头，每颗头似乎都有着不同的颜色。五根脖颈从同一副肩膀上生长出来。当他发动攻击的时候，僵硬摇摆的样子和腐烂的身躯正如同那些天灾怪物。但它是活着的，并非亡灵。他的每一颗硕大无朋的头颅都在发动强猛无俦的攻势，让一个刚刚还将胜利握在手中的巨龙军团在转眼间就陷入慌乱与恐怖之中。

“这是什么？”他向卡雷苟斯喊道。

守护者没有立刻回答。他正忙着抵挡两头暮光龙的进攻。片刻之后，他也喊道：“一头多彩龙！”

萨尔回忆起戴沙林向自己讲述的这种怪物的样子。多彩龙是一种用五色巨龙的躯体残片拼凑起来的畸形怪物。戴沙林说过，现在没有一头多彩龙还活在世上。

但这个怪物显然是有生命的。

萨尔盯着那头怪兽，竭尽全力去理解这是一头怎样的怪物，他正在对蓝龙军团干什么，他又要对蓝龙军团的新守护者卡雷苟斯做什么。他只愣了短短一瞬，但这一眨眼的震惊还是太久了。

那头怪物冲向了他们。五颗头都张开了血盆大口。烂肉的臭气从他身上释放出来，几乎让萨尔窒息。卡雷苟斯跃出了他的冲击路线。萨尔用尽全力抓住守护者的鳞甲。他觉得自己安全了，直到有什么东西狠狠地击中了他的上腹部，将他从守护者的背上扫了下去，仿佛他只不过是一只趴在狼背上的跳蚤。他意识到，虽然卡雷苟斯高超的飞行技巧让他躲过了多彩龙的直接攻击，但巨怪随意挥动的尾巴却打中了他。

这就是我的结局了，萨尔想道，从一位守护者的背上落下，在山岩的利齿上变成碎块。

他闭上眼睛，将抓住毁灭之锤的手按在胸口。他很高兴自己牺牲的时候手中还握着武器，同时又有些好奇，当自己的脊骨或头颅跌碎的时候，他是否能感觉得到。

第十六章

这两种痛苦萨尔都没有感觉到。他的身体所遭受的冲击要比预想中轻柔得多。这肯定不是石头，他的下坠并没有停下来，只是速度缓慢了许多。片刻之后，当他终于停顿下来的时候，他感觉到自己周围湿漉漉的。他什么都看不见，也几乎无法呼吸。然后，他明白自己是落在了积雪之中，是松软的新雪救了他。他还活着。他的身子在不由自主地剧烈抖动着，肺吃力地吸着气……但他还活着。

他闭住眼睛，不再去理会周围的现实。

充盈在他脑海中的景象是他坐在一座岩石山峰的顶端，身边是一位悲痛欲绝的美艳佳人。阿莱克丝塔萨看着他，全身都散发着令人心碎的悲伤和麻木的绝望。

“你不明白。”那时她这样对萨尔说。

“我不明白什么，阿莱克丝塔萨？”

“这不重要。即使这些事之间都有关系也不重要。这些事持续了有多久也不重要。我们是否能阻止它，也同样是不重要的。

“孩子们都死了。考雷斯特拉兹死了。我的全部都死了，最后剩下的一点，很快也会死去。希望没有了，什么都没有了。一切都不重要了。”

那时，他并不明白。那时他刚刚解救出诺兹多姆，心中充满了希望。后来，卡雷苟斯的乐观精神和宽广胸怀更是激励着他奋战不息，即使面对恐怖妖异的暮光巨龙，也不曾有过半分畏惧。

但阿莱克丝塔萨是对的。这些都不重要。

卡雷苟斯敌不过这个令人胆寒的巨怪。向他发动攻击的蓝龙就像是微不足道的蜜蜂，被他轻而易举地击退。暮光之锤将取得最终的胜利。他们首先将奴役这个世界，然后将它彻底摧毁。

他是否能继续呼吸下去，这又有什么关系？大地之环坚持不懈地努力工作，对世界的未来深感担忧，为了找到治愈世界的方法而废寝忘食地进行研究——所有这一切又有什么意义？这全都不重要了。

除了……

在他的心中，生命缚誓者凄美的面容被另一个人所取代。那个人有着一张更刚硬、更有棱角的脸，深褐色的唇边露出獠牙的小尖。但一看到这张脸，萨尔的心突然就开始跳动起来，疼痛的感觉立刻随之而来，仿佛他这时才苏醒过来。

也许这个世界将被暮光教派摧毁，也许一心想着救治大地的大地之环的萨满们真的只是一群笨蛋，只能见证这个世界的毁灭。

但在这一片凄凉之中，在无尽的绝望和黑暗之中，萨尔还知道一件事。

考雷斯特拉兹死了。阿莱克丝塔萨这样对他说道。红龙女王再也无法见到自己的爱人、伴侣、朋友和战士；再也无法伸出充满爱意的手指轻抚他的面庞；再也看不到他的微笑。

但阿格娜并没有死。而从天空坠下的萨尔，也奇迹般地活了下来。

重新恢复感觉之后，强烈的疼痛感让他不由自主地用力吸气。他僵硬的嘴唇翕动着，发出一个几不可闻的声音："阿格娜……"

是她鼓励萨尔接下这个任务。那种下命令式的鼓励实在是非常直率和生硬，但在那个"命令"后面蕴藏的深厚爱意，萨尔直到现在才渐渐明白。阿格娜要萨尔离开，并不是为了她，这是为了萨尔，为了他的世界，尽管阿格娜也是这个世界中的一员。萨尔回忆起她聪慧的头脑和一针见血的话语曾经让自己多么气恼。她会明白地说出心中的想法和感觉。萨尔又回忆起在自己的幻境任务中，她那出人意料的温柔保护和引导。还有他们一同度过的那一个个充满柔情蜜意，又狂野不羁的夜晚。

萨尔想再见到她，在万事万物终结之前。

凄凉之地的阿莱克丝塔萨是绝望而孤独的。那种死亡的空旷正反映出她已经成灰的心……而萨尔，他能够再见到自己的爱人。

他很冷，身体正在迅速变得麻木，但和阿格娜在一起的心愿是那样强烈，那样充满生命力，那样温暖和真实。它赶跑了萨尔体内的消极和怠惰。萨尔强迫自己的肺继续工作，用尽全力吸进清冽的空气，同时尽量激活在他体内进入休眠状态的生命之灵。

萨满就是用这种方式与元素沟通，与万物沟通，与自己沟通。万物有灵，而唯有萨满理解这一点，能够利用这一点。但萨尔非常担心自己会失败。他以前一直都无法与生命之灵沟通。在大漩涡的时候他就失败了，辜负了大地之环的其他成员。那时他的心中有太多杂念，让他无法集中精神，深入到自己的内心，将那深沉而丰饶的知觉呼唤出来。

但这一次，他没有分神，没有心烦意乱。他的眼中只有阿格娜，如同在关于未来的未知黑暗中得到了一支火把。他闭起双眼，看着她，带着一点玩笑的意味，微笑着望进她金色的眼眸中，手中握着她的手。

你的手中那只强壮的手……

哦，他想念她，并且知道这种思念是正确的，是完全可以信任的。这只是一点微不足道的思绪，却要比他心中一切对于死亡和毁灭的恐惧更加强大。

就在萨尔向阿格娜和自己内心深处的生命之灵敞开自己的时候，另一个幻象出现在了他眼前。

这个幻象无关于阿格娜，也无关于萨尔的生死。如同一幕舞台的布景，它在萨尔的意识中逐渐展开：英雄、恶棍、令人惊骇的黑白翻转、灾难，还有误解。他的心中充满了对阿格娜的渴望与思恋。现在，另一种感情让他疼痛难忍，那不是同情，而是有过共同经验之后的移情和理解。

他理解了……阿莱克丝塔萨……

"她必须知道，"萨尔悄声说道，"我必须找到她，告诉她。"到最后，这些联系才是最重要的。到最后，它们才是唯一重要的。它们是激励灵魂的歌声和画面：对家园，对文化和信念，对某个人的爱。正是它们激励人们英勇奋战。正是这种感觉让心脏能继续跳动，将群山移动，塑造了这个世界。透过这两个幻象，萨尔知道，他和那位深陷于悲痛之中的女士都爱得真实而深湛。他们爱一个人，因为她或他就是那个人，而不是因为他们能做些什么，也不是因为他们的头衔或掌握的力量。

阿格娜爱萨尔，同样只因为他就是他，正像他爱着她一样。

阿莱克丝塔萨也是在这样爱着。需要有人让她想起这一点。萨尔深切地知道，要去点醒她的人正是自己。

生命之灵也向他敞开了自己。它在萨尔体内流过，给他带来温暖、安慰和力量。能量在几近冻僵的肢体中奔涌。萨尔开始扒开积雪，向上爬去。他依照自己呼吸的节奏做出动作，在吸气的时候休息，呼气的时候移开雪团。他平静、清醒，精神前所未有地集中。他的心中充满全新的启示，他需要与别人分享。

这并不容易，但生命之灵给了他力量——强壮而又温柔的力量。终于，他将自己拽出了雪洞，坐到地面上，吃力地喘息着。然后，他慢慢站起身，开始考虑下一步的行动。

他的长袍已经湿透了。他需要温暖，需要一堆篝火。他还必须马上脱掉浸湿的衣服，否则他就会被这身衣服杀死。他向天空抬起头，希望能看到正在寻找他的蓝龙。但天空中除了云朵和偶尔飞过的鸟雀之外，什么都没有。他不知道自己失去意识已经有多长时间。战斗显然是结束了——无论结果如何。

先要找到容身之处，然后是生火。萨尔寻找着合适的地点。不远处的岩壁上似乎是有一处洞穴，或者至少是一个凹陷。在灰色的岩壁上，那里只能看到一片深色的影子。

转瞬之间，他救了自己一命——这并非是因为他的知觉，而是缘于他集中的精神，他明净的心。

萨尔猛转过身，毁灭之锤已经扬起。在最后一刹那挡住了跟踪已久的影子发动的攻击。

布莱克摩尔！

布莱克摩尔披挂着萨尔现在已经完全认出来的甲片，挥舞着光芒闪烁，几乎比他还要大的巨剑，以仿佛完全超越人类的力量向萨尔猛攻而来。

但他终究只是一个人类。

这名黑暗刺客第一次从阴影中蹿出来，以完全出乎意料的攻击砍掉了戴沙林的头。那时萨尔曾经大吃了一惊。当布莱克摩尔跟踪他穿越时光之路，要对婴儿萨尔下毒手时，这个兽人因此而心慌意乱。当萨尔发现这个神秘的刺客的真实身份时，他感到异常沮丧。

布莱克摩尔变得比以前更加强大，这让萨尔开始怀疑自己过去所做的一切是否真的有意义。萨尔无从逃避的道路，他的一切成就，都被蒙上了一层阴影。

但现在，萨尔咬紧牙关，拒绝让恐惧削弱自己。他的身体已经被生命之灵治愈，只是依旧会在很大程度上受到严寒的影响。他知道，自己现在的动作过于缓慢，甚至连自卫的能力都不够。他必须得到帮助。

生命之灵，帮帮我，让我能够战胜这个本不应该存在的敌人，让我能够将你的启示带给那些必须知道它的人！

暖意流过他的血管，温柔却强悍，将精力和灵活送到他的肢体上。萨尔依稀感觉到，就连他的衣服也变得干燥了。能量同时让他的意识感到舒适和警惕，向他的肌肉中灌注力量。萨尔没有怀疑，只是心怀感激地接受。他发动了攻击，甚至不需要思考。日积月累的作战经验指引着他的双手，毁灭之锤一次又一次地向穿着偷来的铠甲的布莱克摩尔轰击着。这个人类惊骇地向后跃去，缩身摆出防御姿势，将巨剑举在身前。

“我终于明白我为什么想要训练你了。”布莱克摩尔冷笑着说道。现在，萨尔也认出了他被头盔捂得发闷的声音。“作为一个绿皮……你很优秀。”

“你训练我的决定曾经导致你的死亡，埃德拉斯·布莱克摩尔。你现在会因此而再死一次。你不能愚弄命运。”

布莱克摩尔笑了，沉闷的笑声中显示出真实的愉悦感。“你从一个几乎不可能让你生还的高度上掉下来，兽人。你受了伤，只是勉强活了下来。我相信，命运将安排你死在这片北方的冻土上，而不是让我被你杀死。不过你的精神依然值得钦佩。慢慢将它摧垮一定会给我带来不少乐趣。只是，恐怕我还有别的事情需要处理。没时间在这里耽搁了。血肉撕裂者已经有一段时间不曾品尝生命的味道，我很快就会满足它。”

他着重强调这个名字，仿佛是要将恐惧钉进萨尔的心里。这个兽人却反而笑了。布莱克摩尔皱起眉头。“你在死前会想到什么有趣的事吗？”

“有趣的是你。”萨尔说，“你给你的剑起的名字让我觉得好笑。”

“让你觉得好笑？你不应该有这种想法。在我的手中，它的确撕裂了许多人，让他们变成尸体！”

“哦，当然。”萨尔说道，“但这名字实在是太直白，太过野蛮和粗鲁了。就像那个真实的你，就像是那个你极力想要遮掩的你。”

布莱克摩尔的眉头皱得更紧了，他高声吼道：“我是国王。兽人，记住这一点。”

“你只是个窃国蟊贼。而且你别想把我变成尸体！”

怒不可遏的布莱克摩尔再一次冲过来。刚刚幸免一死，身上带伤的萨尔再一次挡开了他的攻击，并且发动了反击。

上一次布莱克摩尔死亡的时候曾经说过，萨尔是他——布莱克摩尔一手塑造而成的。这句话让兽人从心底里感到恶心。每次想到这个人也是自己人生的一部分，萨尔就会由衷地感到寝食难安。德雷克塔尔曾经和他讨论过这个问题，为他解开了一部分心结。但现在，当锤剑撞击在一起，迸溅出一簇簇火花的时候，萨尔意识到，他从来都没有能摆脱掉布莱克摩尔抓住他灵魂的那双肮脏的双手。

站在萨尔面前的这个人，用强有力的臂膀挥舞巨剑，显示出定要置他于死地的决心。他是萨尔的暗影一面。在这片阴影下，萨尔曾经感到过彻底的软弱无力。他用人生中大部分时间决定自己不会再有这种无助感。现在，透过清明的心境和对自己的两面进行的观察，萨尔意识到，布莱克摩尔表现出了他一直以来在自己的内心中与之奋战不休的一切黑暗的部分。

“我曾经害怕过你。”萨尔低声说道。他用一只强有力的绿色大手攥紧毁灭之锤，举起另一只手，伸出五指。他张开口，正义的怒吼震荡着冰寒的空气。一股旋风随着他的召唤而出现，舞动着卷起地上的冻雪，变成一股冰晶龙卷风。龙卷风迅捷而精确地落在布莱克摩尔头顶，将他提起来送上高空。随着萨尔一挥手，布莱克摩尔重重地摔在了地上，一条胳膊弯曲在胸前。萨尔快步跑到了他面前。

他盯着这个无力站起的身躯，眯起了眼睛。他一边说话，一边缓慢地将毁灭之锤高举过头顶，做好了施行死刑的准备。

“你是我所痛恨的一切……你是个软弱的人，因为侥幸而窃据高位。你让我对自己感到痛恨，对自己……”

布莱克摩尔猛地跪立起来，举起血肉撕裂者向萨尔暴露的躯干刺来。萨尔向后跳开，但剑尖还是击中了他。剑刃刺进他的肚子约有两寸深。他吸了一口冷气，倒在雪地里。

“想说些什么就说出来好了。”布莱克摩尔说道，“但你终究还是要去见你的先祖们了。”

布莱克摩尔的声音也比刚才稍稍虚弱了一些。他挥剑的力量也不如先前。萨尔对他造成的损伤一定比他所想象的更严重。

萨尔怒吼一声，挥起毁灭之锤，击中了敌人的双腿。布莱克摩尔本以为他会挣扎着站起来，所以并没有准备好攻击依旧躺在地上的萨尔。毁灭之锤击中了他，让他发出一声长嚎。他腿部的护甲挡住了大部分攻击的力量，但凶狠的打击依旧让他倒在了地上。

这个家伙的心里自始至终都没有半点高尚的东西。就像塔蕾莎在那条腐败变异的时光之路中依旧在心中保留了真正的她，布莱克摩尔也没有任何实际的变化。他也许不再酗酒，或者不会再错误地依赖别人的力量。但他依旧是埃德拉斯·布莱克摩尔——一个精神猥琐的人，一个习惯于欺凌弱小，最擅长背叛和操控他人的人。

而萨尔也还是他自己。

布莱克摩尔也许在萨尔年轻的时候威吓、控制过他，也许以仿佛比以往更加强大的形象重新出现在萨尔面前，让萨尔感到惶恐不安。尽管萨尔只穿着长袍，他却有了新的铠甲；尽管他依然挥舞着熟悉的毁灭之锤，他却有了新的武器。他能感觉到对阿格娜的爱在自己的灵魂中燃烧。这种燃烧不会分散他的精神，而是一种稳定的光与热，恒久而且真实——比在雪地上疯狂挣扎的这个人类让他心中生出的憎恨更加真实。他还妄图用两条伤腿站起来，用正在迅速衰弱，很快就将毫无用处的手臂拖着一把剑。阿格娜的爱就是萨尔的盔甲和武器，保护他、遮挡他，帮助他以更好的自己去战斗——无论是精神，还是身体。

以自己以前从不知道的一种方式，萨尔明白了，布莱克摩尔取胜的那些时刻，他让萨尔心惊胆战的那些时刻，从根基上摧垮萨尔决心的那些时刻，让萨尔错误地以为自己渺小软弱的那些时刻——都已经一去不返了。

也许在那些时刻中，萨尔是没有力量的。但萨尔此时所在的是这一时刻。在此刻，萨尔无所畏惧。

在此刻，布莱克摩尔不会取胜。

该结束这一切，将布莱克摩尔送还给他的命运了，他将再一次死在萨尔手中。萨尔必须将所有的怀疑、不安和畏惧都送到它们应去的地方：真实的，永远的过去。

萨尔的伤口还在不断地流血，本属于他自己的红黑色的液体浸透了他的长袍。但疼痛感能帮助他集中起精神。萨尔开始以武器大师的风范挥起战锤——这才是真正的他。这时，布莱克摩尔摇摇晃晃地站了起来。战锤将血肉撕裂者砸到一旁。布莱克摩尔软弱的手臂已经挥不动那把巨大的武器了。萨尔一只手离开锤柄，向天空举起。一阵巨大的爆裂声随之响起。

一根巨型冰柱从它垂挂的山岩上掉落下来，如同一只技艺高超的手掷出的匕首，直刺布莱克摩尔。虽然它只是冻结的水，它不可能刺穿钢甲。但它像一只重拳，干净利索地把那个人砸倒在地。一声痛苦而尖锐的号叫从布莱克摩尔的口中逸出。他跪倒在雪中，手中没有了武器，几乎被冰柱砸得失去知觉，哀求一般地向萨尔抬起双手。

“求求……”这个声音沙哑而且虚弱，但在寂静的雪原上，萨尔能够清楚地听到，“求求你，饶了我吧……”

萨尔并非没有同情心。但他很清楚，自己更需要做的是恢复平衡，实现正义——无论是对生出这个埃德拉斯·布莱克摩尔的扭曲的时光之路，还是萨尔自己的，这个人类不应该存在的时光之路。

萨尔将战锤高举过顶。他看见的不是这个人类哀求的样子，而是他身上闪光的甲片——它们曾经在奥格瑞姆·毁灭之锤的身上闪烁着同样的光芒。而他——萨尔——也曾穿戴过它，直到不久之前才将它放下。

蛇在长大时会将旧皮蜕下，心灵也会成长得更加纯净和强壮，但要将过去的自己抛下，却似乎要用一辈子的时间。而现在，萨尔已经准备好抛下这个人类加在他身上的一切痕迹。

他摇着头，内心感觉到了平静。无论喜悦还是复仇，都已不在他的心中。这样的事情里没有任何值得喜悦的地方，但他感觉到了自由，感觉到了解脱。

“不，”萨尔说，“你不应该在这里，布莱克摩尔。你不应该存在于任何地方。这一锤，我是为了纠正错误而挥。”

毁灭之锤落下，砸开了金属头盔和头盔中的头颅。布莱克摩尔倒在锤下，登时毙命。

萨尔杀死了他的阴影。

第十七章

布莱克摩尔直到死，都没有再说出一个字。他身体下面的雪很快就变成了红色的泥泞。萨尔深吸一口气，缓缓呼出，然后蹒跚地走到和那具尸体有一段距离的地方，重重地坐了下去。从高处跌落和随后的战斗造成的伤痛开始涌了上来。萨尔知道，此刻他受了非常重的伤，但他却同时察觉到自己的脸上露出了一丝微笑。他闭上眼睛，请求得到治疗。很快，回应的暖流涌过他的身体。他实在是累坏了，身上所有地方都痛得要命，但最重的伤口已经开始愈合，他会活下来。

当然，他不会再去想关于放弃的事。过了一会儿，他打起精神，忍着疼痛站起身。他仍然需要一个庇护所，需要升起一堆篝火，找到一些食物。他不会死在这里，他还要回到阿格娜的身边去。而且，还有另一个人正需要他的帮助。

他在雪地上迟缓地走了一段时间。这时一个影子落在了雪上。萨尔抬起头，眨动着结了冰的眼睑，看到一个巨大的身躯盘旋在他的头顶。因为阳光直射入眼中，他无法看清那个身躯的颜色。他的身体几乎麻木了，连再迈出一步都感到困难。但他还是举起了毁灭之锤——他不打算让一头卑劣的暮光龙挡住他去找阿格娜的路。

“别激动，兽人朋友。”穿入萨尔耳朵里的声音带着一点打趣的意味，“让我背你到有炉火和食物的地方去吧。我承认，我此行的目的本来是要带你回去接受一场英雄的葬礼。不过，现在守护者肯定要感谢我了。”

是蓝龙！萨尔全身都松弛了下来。他立刻感觉到双腿没办法再撑住身子。在失去知觉以前，他最后知道的事情就是两只强有力的爪子轻轻地握住了他。

一个小时以后，萨尔发现自己回到了已经颇为熟悉的魔枢蓝龙集会大厅。他坐在椅子里，身上裹着温暖的毯子，手举着一杯冒着热气的饮料。饮料的味道又甜又香，他每喝下一口，力气仿佛就恢复了一点。

他面前的火盆中跳动着明亮的火焰。萨尔将手伸到火上。今天，他不止一次接近死亡——而且并不止是肉体的死亡。但他拒绝了死神，终于回到这里，依然拥有着生命，并为此感到欣喜，心中充满了对温暖的火焰和友好的蓝龙的感激。蓝龙们在已经失去了希望的时候，仍然没有放弃对他的寻找。

“萨尔。”

兽人站起身，向他的朋友卡雷苟斯问好。变化成半精灵的蓝龙脸上露出了欣慰的笑容。他伸出两只手，抓住萨尔的胳膊。

“你在我们这里已经变成最受欢迎的人物了。”卡雷苟斯说，“你能够活着回来，对我们来说，不啻为这个阴霾日子中的一道阳光。告诉我，你掉到哪里去了？当你掉下去的时候，我的心仿佛被割开了一道口子，但我无论如何也找不到你。”

萨尔露出一丝微笑，目光却显得格外严肃。“积雪接住了我，但也把我埋住，让你看不到我。看样子，先祖还没有准备好让我加入他们的行列。”

“是纳里苟斯找到了你。他告诉我，离你不远的地方还有一具尸体。”卡雷苟斯说道。

“是布莱克摩尔。”萨尔说。他本以为自己在提起这个名字的时候，又会变得怒不可遏，但他惊讶地发现，自己的心中并没有愤怒或者憎恨。布莱克摩尔已经被他彻底打败了。萨尔不仅在这个布莱克摩尔早已不应存在的时光之路中消灭了他，更从心中消除了他的影响。他对萨尔的一切控制都已经随着他的死亡而烟消云散了。

卡雷苟斯点点头。“纳里苟斯向我描述那具尸体的样子时，我就怀疑是他。很高兴你赢得了胜利。而且，请恕我直言，你的胜利让我感到万分惊讶。无论是高空跌坠、极度严寒，还是杀手的袭击，都没能杀死你。嗯，看样子你们兽人要比我想象的更加强悍。”

“我并不是一个人在战斗。”萨尔低声说，“但我知道，现在有一个人是孤独的。”

卡雷苟斯好奇地看着萨尔。萨尔开始向他解释道：“我依照伊瑟拉的命令，离开大漩涡，也离开了一个人。我要再见到她，无论这个世界变成什么样子，我也要回到她身边。”

现在，蓝龙点了点头。“我明白。希望你心愿得偿。”

“我会的，对此我很确定。”他看了卡雷苟斯一眼，“但我觉得……你并不是很确定。”

卡雷苟斯皱起眉头，转过身，开始来回踱步。“你当时掉了下去，萨尔。你没有看到随后发生的事情。”说到这里，他陷入了沉默，萨尔只是耐心地等待着。

“那个怪物，那个克洛玛图斯——我听到暮光教父是这样叫他的……你明白他是什么吗？”卡雷苟斯问。

“你说他是多彩龙。戴沙林和我说过这样的怪物。他说，他们全都已经死了。”

卡雷苟斯点了点头，亮蓝色的长发随着他的动作来回摆动。“我们也是这样以为的。萨尔，多彩龙不是自然的产物，他们是被制造出来的，我以前从没有听说过这样一头多彩龙。但他很显然是奈法利安最成功的实验品，是他最强大的武器。我从没有见过生有五颗头的这种怪兽。”

“五颗头。”萨尔喃喃地说道，“每一颗头对应五色巨龙中的一种。”这真是一种可怕的想象，无论萨尔怎样努力，都无法压制自己内心中的恐惧。

“五颗头，”卡雷苟斯重复着，萨尔从他的声音中听到了和自己相同的恐惧，“正是如此。萨尔，多彩龙从来都无法存活太久。但也许奈法利安已经洞悉了这个问题中蕴藏的秘密：五颗头，五个大脑。也许正是这一点让克洛玛图斯如此强大，即使……即使他看上去很虚弱。”

萨尔终于隐藏不住自己的困惑了。“虚弱？”

卡雷苟斯转向他，眼睛眨也不眨地看着他。“虚弱。”蓝龙守护者重复了一遍，“他的动作很不协调，常常出错。有时候，他的翅膀甚至无法支撑住身体，但我的军团还是无法与他和暮光龙对抗。萨尔，他打败了我。现在我已经有了守护者的力量，也许这样说会显得我很傲慢，但除了其他守护者之外，应该没有任何一头龙能够战胜我。而在那场战斗中，我不得不下令撤退，否则克洛玛图斯就会杀死我和全部蓝龙军团。我们已经用尽一切力量和他对抗，而且他还处在虚弱的状态中。”

萨尔了解卡雷苟斯。这位新守护者总是会看到事物积极的一面，从不会轻易陷入到愤怒或绝望之类的负面情绪中。但萨尔还是从他现在的神情和声音中发现到了沮丧与忧虑。

萨尔明白这是为什么。“因为我们不知道的原因，他还没有获得完全的力量。如果他的身体恢复正常……”

卡雷苟斯的蓝眼睛中深藏着无限的忧虑，他低声说道：“看样子，任何力量都不可能阻止他。”

“是的。”萨尔表示同意，他也陷入了沉思，“如果把不同的力量集中起来呢？”

“当我们最需要团结的时候，却陷入了彻底的分裂。”卡雷苟斯说，“克洛玛图斯率领的暮光龙军团……如果我和我的军团在没有援军的情况下第二次发动进攻，他一定会打败我们，并将我们彻底消灭。”

“伊瑟拉和诺兹多姆会来支援你。”萨尔对此很有信心，“他们和他们的军团都会来的。”

“这还不够。”卡雷苟斯有些无力地说道，“我们需要红龙。不……不只是红龙军团，我们需要生命缚誓者。我的军团士气已经陷入了低谷，萨尔。我承认，就连我也是如此。看到那个怪物，你就会明白什么是无法战胜的绝望……”他摇了摇头，继续说道：“我们需要生命缚誓者给我们带来希望，但现在她自己也把希望彻底放弃了。我已经开始真正相信，我们赢不了这场战争。”

“我会再和她谈谈。”萨尔说。

“上一次，她根本没有听进去一个字。”卡雷苟斯说道，冷静而现实的苦涩感扼杀了他素来乐观的声音，“这一次，也不会有什么改变。我们失败了，萨尔，而且……我不知道还能做些什么。我是守护者，我拥有了……新的视野，理解这个世界的全新的能力。这很难解释。我和以前有了很多不同，不过在很多地方，我又和原来是一样的。面对克洛玛图斯，我感到自己依然只是卡雷苟斯，我不知道该怎么做。”

萨尔走到自己的朋友身边，将一只绿色的大手按在他的肩膀上。“是你内心中的谦逊诚恳让你的族人们归心于你。你拥有了魔法守护者的全部力量，但这并不会改变你的内心。我知道你的勇气，卡雷苟斯。我也知道，这是一场看似不可能取得胜利的战争，但……就在我深埋在雪中，飘浮在生与死之间的时候……”他犹豫了一下，“……我看到了一个幻象。我从心底知道，那是真实的，并不是一个濒死兽人最后的一点希望。”

卡雷苟斯点点头，他完全信任萨尔。“你看到了什么？”

萨尔却在摇头。“我不能告诉你，现在还不行。这件事我必须最先告诉阿莱克丝塔萨，所以我认为，也许我能帮助她找回自己。

有了生命缚誓者和她的红龙军团，嗯，我相信克洛玛图斯应该会感到一点不安了。”

他们对视而笑。

* * *

暮光之锤教徒们一直在忙碌着。

克洛玛图斯已经得到了生命。尽管他的躯体依旧在持续腐烂下去，看上去是那样令人作呕。他作战非常凶猛，虽然刚刚获得生命，身体还非常虚弱，却已经赢得了辉煌的胜利。现在，他正趴伏在神殿外面的雪地上，贪得无厌地大吃大嚼。暮光教徒们不断将新鲜的血肉送到他面前，让他的每一张嘴里都塞满了食物。

暮光教父站在他旁边。突如其来的胜利让他有些轻飘飘的感觉。死亡之翼肯定不会为今天发生的事情找他的麻烦了。布莱克摩尔干掉了令人失望的阿瑞苟斯，利用那头蓝龙罕有的血液实现了他活着的时候没能完成的任务。而且，已经有一头暮光龙向他报告，萨尔从卡雷苟斯的背上跌落了下去。布莱克摩尔现在正去他跌落的地方查看情况，以免那个兽人还没有死透。暮光龙击退了蓝龙，而最重要的是，克洛玛图斯得到了生命，而且在刚一苏醒，尚无法完全控制身体的时候就打败了由新生的守护者卡雷苟斯率领的蓝龙军团精英，将他们像一群苍蝇一样赶走了。

过去的一个小时里，克洛玛图斯几乎没有说话。他一直在大嚼着刚刚猎杀并运送过来的雪落麋鹿。现在，他终于停了下来，抬起了巨大的黑色头颅。

“还要更多。”他含混地说道。

“要多少都可以，克洛玛图斯。”暮光教父向他保证，“我们会一直给你送鲜肉过来，除非你愿意亲自捕捉猎物。”

“很快我就能自己去猎食了。”黑色龙首用深厚的声音说道。那声音更像是被暮光教父感觉到，而不是听到的。“活的东西才香。”

“你说得没有错。”暮光教父表示同意。克洛玛图斯又低下黑头，继续进食；同时抬起了红头，侧面对着暮光教父，转动着一颗巨大的眼睛，觑着这个人类。

“那些龙不会自动把喉咙翻过来，让我咬碎他们的喉咙。他们还会杀过来的。”

暮光教父没有听出红色龙首声音中警告的意味。“如果他们再杀过来，那就只能说明他们有多么愚蠢。而且我相信，现在他们一定已经连做这种傻事的力气都没有了。伊瑟拉仍然不见踪影，她的军团群龙无首。诺兹多姆也许已经被找到，但他还没有要率领青铜龙前来支援的意思。阿莱克丝塔萨像个人类女孩一样只知道哭泣。没有了她，她的军团就连最基本的任务也无法完成。你已经让蓝龙知道了你的强大。他们的守护者是个软弱的家伙，不可能再有效地控制他们。而他们眼中的那个英雄萨尔或者是已经死在了雪原上，或者很快就会被布莱克摩尔的剑砍掉脑袋。我认为，你尽可以先痛快地休息一下，我的朋友。”

红色龙首用仿佛在燃烧的紫色眼睛瞪着暮光教父，眼神中尽是恶意。“我不是你的朋友，暮光教父。”他的声音很轻，但其中的某种东西让与他对话的人类心脏骤停了一下，“我也不是你的孩子或者你的仆人。我们全都在侍奉伟大的死亡之翼。是我的父亲让我必须效忠于他。这是我们唯一的共同点。”

暮光教父没有显露出害怕的神情，但他怀疑这头龙能够嗅到他的气味。他又停顿了一会儿，确保自己的声音不会颤抖。

“当然。克洛玛图斯。我们全都对他保持着绝对的忠诚。”一双巨大的龙眼眯了起来，但克洛玛图斯没有再追究这一点。“你不是一头龙，你不懂得他们，但我懂。他们也许刚刚四散奔逃，但他们会再来的。他们会一直杀过来，直到全部死在这里。”

“当然。”蓝色龙首低声笑着说道，“他们可能等到下次战斗之后，就不会再来了。不管怎样，如果你放松警惕，那愚蠢的就是你。我的力量还没有完全恢复。不过，等到他们再次发动攻击的时候，我至少不会比现在更弱。”他又停了一下，低下蓝头，张开大口吞下了一整只成年母鹿。“玛里苟斯的女儿还活着，是不是？”

暮光教父不明白他为什么突然要问这件事。“是的，她还活着。不过我们已经使用了玛里苟斯后裔的血，激活了湍流之针。”

黑色龙首用嘲讽的眼神看了那个人类一眼。“现在重要的是她的血统，而不是她的血。”

“是吗？”暮光教父说道，然后，他似乎是突然明白了什么，“哦，那么，我现在是否要带她来见你？”

“我的父亲在很久以前就开始了试验。”青铜龙首说道，“而我是他唯一成功存活的孩子。也许，我们一族需要一种更加稳定，更加……传统的手段来产下多彩幼龙，这样才能保证他们足够强壮，能够生存下去。我是父亲，而让玛里苟斯最后的一个孩子来充当母亲是否合适？是的……我们的孩子将更加强大。但我必须首先休息一下，过几个小时再带她过来。不必担心她摘下项链以后会怎样，我会事先做好准备。即使变回巨龙形态，她也无法与我相比。”

暮光教父转头看着自己的一名助手。“三个小时以后，带那个蓝龙囚徒来见克洛玛图斯。我现在要去见我的主人，向他报告我们的胜利。”

“您的命令就是我的生命。”那名助手话一说完，就立刻跑去执行命令了。克洛玛图斯的绿头又吞下一只麋鹿，一边咬碎麋鹿的骨头，一边看着那名暮光教徒跑远。然后，他重重地叹了口气，喷出一股浓烈的生肉臭气，俯卧在雪地上，闭上了十只眼睛。但在沉沉睡去之前，那颗黑头对暮光教父说出了最后一句话。

“我的命令，就是你的生命。”

暮光教父跪倒在水晶球前，那里面充满了黑暗和危险。

“死亡之翼吾主。”他谦恭地说道。

水晶球裂开了，释放出午夜一样黑的浓烟，迅速凝聚成一个双眼仿佛在喷出烈火的巨大黑龙。“你最好能说些好消息给我听。”黑龙守护者用雷霆般的声音说道。

“我有好消息。”暮光教父立刻说道，“是最好的消息。克洛玛图斯活过来了！”

一阵低沉、喜悦的笑声充满了整个空间，算是对暮光教父的报告作出的回应。暮光教父感觉到身子下面的地面也在微微晃动。“这的确是个好消息。很高兴你成功了！再告诉我更多好消息。”

暮光教父犹豫了一下。很不幸，这一次他还是有坏消息要报告。不过，就算是这个坏消息里面也有好的地方。“阿瑞苟斯辜负了我们，但他终究还是有用的。他代替了那个雌性蓝龙。他的血被用来激活了聚焦之虹。利用聚焦之虹，我们能够控制整个魔枢的奥术能量！我们创造出一根湍流之针，将所有这些辉煌的能量直接注入到了克洛玛图斯的体内。”

随之而来的寂静比死亡之翼的怒火更加恐怖。很长时间里，暮光教父听不到半点声音。他觉得这种情形似乎已经持续了几个世纪。

“那就是说，阿瑞苟斯没有被选为守护者。他没能把蓝龙献给我。”死亡之翼的声音很平静，实在是太平静了。但暮光教父知道，这个疯狂的守护者从没有真正平静过。

“没有，我的主人，我至今都不明白他们是如何产生出守护者的。看样子，似乎他们也不是真的明白。不过，守护者的力量的确被另一头蓝龙占有了。”

“卡雷苟斯。”死亡之翼缓缓地说出这个名字，仿佛满腔憎恨都被注入其中。

“是的，主人。阿瑞苟斯意识到自己失去了守护者之位以后，就立刻召唤暮光龙军团发动进攻。然后，他单独逃进了永恒之眼，在那里被布莱克摩尔杀死。他的血被注入了聚焦之虹。而蓝龙军团在卡雷苟斯的率领下立刻对我们发动了反攻。但是，我的主人，克洛玛图斯虽然刚刚苏醒，还很虚弱，却已经将他们打得溃不成军！一旦他能够控制自己的全部力量，就没有任何东西能与他抗衡了。所以，请您放心，就算卡雷苟斯成为蓝龙新的守护者，也无碍大局。我们终将赢得胜利！”

他等待着主人的反应，感觉到汗水在自己的腋窝下凝聚。他等了很长一段时间。

“我本来已经开始思考，是否要亲自来做好这些事。”死亡之翼的声音中流露出警告的意味。

暮光教父用了很大力气才掩饰住自己放松的心情。“不必，伟大的主人。您已经看到，我足可以为您分忧解难。”

“这……确实让我感到安心。在我的计划中，现在已经进行到了一个关键阶段。如果我不得不来这里处理你的问题，那么我一定会非常愤怒。依照你的报告来看，你的确值得褒奖。那么萨尔呢，他死了吗？”

“他在战斗中从卡雷苟斯的背上掉了下去。”暮光教父说，“他很可能已经摔死了。就算他还有一口气，布莱克摩尔也已经去寻找他了。”

“那么，你认为他已经死了？”

“是的。”

“我不这样认为。”死亡之翼说，“我要看到尸体。只要没找到尸体，就继续给我找下去。否则，我只能认为他还活着。”

“如您所愿，我这就去办。”

“克洛玛图斯在完全恢复力量之前，还需要好好照看。不能让他受到任何损伤。”

“绝对不会。实际上，克洛玛图斯已经瞥到了未来的变化。他要求得到克莉苟萨。等到克莉苟萨为他生下龙卵的时候，我相信，多彩龙短命的问题就可以得到解决了。”

“克洛玛图斯是睿智的。这样很好，很好。她应该得到成为未来之母的荣誉。”死亡之翼诡异的金属下颚微微张开，露出一个接近于笑容的表情，“这让我感到高兴。虽然经受了挫折，但你做得依然很好，教父。继续好好干吧，你会得到奖励的。”

凝聚成死亡之翼的黑烟再一次消散成盘旋的浓雾，落在地面上，收缩成一颗黑色圆球，恢复成了原先的样子。暮光教父颓然倒在一旁，擦抹着湿漉漉的眉毛。

* * *

他们有一间相当完整的实验室。克莉苟萨早就对此心知肚明。她知道那里每一只冒泡的烧杯，每一个小火炉，每一只瓶子，每一根针，还有每一个被装在贴着标签的洁净扩口瓶中的“标本”。她知道那个地方的气味和声音，她也知道那些药剂师们使用的工具。

在那里，她知道了何为痛苦，何为羞辱，以及无可忍受的悲痛。但她一直都知道，哪怕她偶尔也会在心中希望得到死亡的救赎，其实她并不真的想要去死。她也知道，他们不会杀死她……除非他们已不再需要她。

而等他们在那里把她利用完之后，他们也就不会再需要她了。

她的心跳得很快。他们在紧紧地盯着她。过去，她曾经用牙齿和指甲与他们拼争，在他们开始折磨她以前为自己争取到一点小小的满足感。毫无疑问，他们现在也以为她会更加猛烈地反抗他们。但她只是面容憔悴地站在那里，她的力量早已耗干了，现在他们甚至可以轻易就让她流出眼泪来。

“这个蓝龙已经不再反抗了？”一个人说道。他似乎半是在刺激克莉苟萨，半是感到惊讶。

“反抗又有什么用？”克莉苟萨有气无力地说道，“我的反抗没有得到过任何结果。而我也不再希望能被救出去了。”她抬起充满泪水的眼睛，看着那个说话的人。“但这一次，我不会被拖走、被忘记，直到你们再次需要我的时候，对不对？”

另外一个名叫祖乌祖的女性巨魔摇了摇头，发出尖利的笑声。“我猜，没有人告诉过你这一次你要去哪里。”

冰冷的恐惧触须缠住了克莉苟萨的肠子。“我……以为你们要带我去实验室。”

两名暮光教徒对视一眼，露出残忍的微笑。“不，你这个聪明的小龙女。”祖乌祖说道，“你要去见克洛玛图斯。”

“什……什么？”克莉苟萨惊骇地喊道。他们不可能是想让她……不可能是那个有五颗脑袋，全身都在腐烂的怪物……

“他认为你们两个能够生出稳定的多彩龙后代。”说话的人是约萨，一个身材高大健壮，有着金红色头发的人类，“我警告你，不要期待一场浪漫的烛光晚餐。”

两个暮光教徒放声大笑。祖乌祖发出嘎嘎的刺耳笑声；约萨的笑声则更像得意的牛吼。

克莉苟萨很想杀死他们。她想要将他们撕成碎片，想要逃走，想要飞出这座牢狱。哪怕被暮光龙杀死，接受死亡的刑罚，承受任何其他命运，都会比她即将面对的结局要好。

与此同时，她也意识到自己将获得一个以前从不曾出现过的机会。她压抑下充塞在喉咙中的窒息感觉，强迫自己不要因为愤怒和恐惧而颤抖，并皱起眉头，做出思考的样子。

“如果我们真的生出了后代，那我就有很大的价值了。”

“当然，”祖乌祖说道，“因为你的血统，你可能是唯一能够让克洛玛图斯得偿所愿的人选。”

想到其他龙族女性也有可能被献给克洛玛图斯，以满足他的欲望，克莉苟萨又开始想要发抖。她努力让自己镇定下来，点点头。“那么我就会成为王后。”

“也许暂时会是这样，”约萨说道，他已经走到了克莉苟萨和祖乌祖的前面一点，“但万物的终结即将到来。即使是你也不可能幸免。”

祖乌祖的手里拽着银链。但克莉苟萨注意到，在她说出这番话的时候，这个巨魔攥住锁链的手放松了。她还注意到了巨魔的武器：插在她腰间刀鞘中的两把匕首。他们正在接近一道环形楼梯。这是通向地面的路径。克洛玛图斯正在那里等着她。约萨已经开始从楼梯上向下走了，他们的队列很快就会变成一条直线。

就是现在。

克莉苟萨用右手将银链猛地从巨魔放松的手中拽出来，左臂勒住了祖乌祖的脖子。祖乌祖的手指立刻抓住她的手臂，要将这个阻止她呼吸的东西掰开。巨魔的指甲在克莉苟萨的手臂上划出了一道道血槽。克莉苟萨完全不理会这点疼痛，而是迅速加大了手臂上的力气，直到巨魔翻起眼珠，身子瘫软下去。然后，克莉苟萨将身子伏在地上，同时迅速地拔出了祖乌祖的匕首。

她没有发出半点声音。约萨什么都没有察觉，还在继续着只剩下他一个人的对话。“我希望我能够活着看到那一天的到来。”他几乎是由衷地说道，“要知道，那将是一切的终结。但我们的命运要我们必须按照暮光教父的命令去死。也许他更想让我们……”

他的话语在一阵困惑的咯咯声中结束了。克莉苟萨将祖乌祖的匕首插进了他的喉咙，同时用另一只手捂住他的嘴，让那种可怕的声音没有能传播出去。随后，克莉苟萨就将他放到了地上，让他继续和祖乌祖做伴去了。

现在，克莉苟萨的手上已经沾满了鲜血。她的心脏飞快地跳动着，呼吸也越发急促。她在约萨的长袍上尽量揩干净手掌和匕首上的血，一双耳朵警惕地搜索着周围一切声音。不过，她什么都没有听到。

她用自己的一只手握住锁链。现在她还是被这根锁链束缚的软弱人类，但至少已经没有敌人握住锁链的另一端了。

她没有地方能够藏起这两具尸体。龙眠神殿是一个开阔空旷的空间，其中极少有角落和隔断。用不了多久，当暮光教徒们发现她迟迟没有出现的时候，他们就会来寻找她，并在这段楼梯上看到血淋淋的尸体。

但如果运气好的话，克莉苟萨那时应该已经逃出去了。

她跑下阶梯，动作迅捷而且安静，穿着靴子的双脚只发出了最细微的一点声音。幸运的是，现在太阳已经落下，她至少还有阴影可以躲藏。

但即使夜幕已经降临，暮光教父并没有允许他的奴仆们去休息。雪地上插着许多火把，橙红色的火焰赶走了蓝紫色的阴影。克莉苟萨到达神殿底层，将身子贴在一道拱门旁的墙壁上，仔细观察周围的情况。

如果她能还原成巨龙形态，振翅飞走就好了！但敌人早已对这种可能有所防备。克莉苟萨用手指摸索着脖子上的银链。她需要某种坐骑。暮光教徒会使用各种各样的牲畜，不过其中大多数是驮运货物的大型牲畜。躲在阴影中的克莉苟萨能看到，不远处就有一些这样的巨兽在打着瞌睡。这些外形如同梦魇一般的恐怖怪兽似乎刚刚从货车上被解下来。

不过这里也有一些供人骑乘的牲畜。它们属于一些高等级的暮光教徒，让这些人不必像普通教徒那样，被迫徒步走过诺森德艰险的旅程，来到龙眠神殿。有几匹这样的坐骑就被系在和火把光亮还有些距离的地方。克莉苟萨看到那里有几头座狼、毛皮厚实的马、夜刃豹，甚至还有几头麋鹿和几头双足飞龙。这些坐骑中肯定有一些只会允许他们的主人骑上它们。

但应该有一些坐骑能够接受陌生的骑手。

但她还面临着一个问题：如果要到达一头双足飞龙身边，她必须走过那正在熟睡的克洛玛图斯。

克莉苟萨犹豫着。那个恐怖的怪物……如果他醒来了……

如果现在不过去，你终究只能在他面前俯首帖耳。而如果你真的能走过去……

这是唯一的办法。如果她走不过去，她毕竟还有匕首，可以用它杀死自己，也总好过向这样一头可憎的怪兽屈服。

克莉苟萨将晃动的锁链收进自己的亚麻衬衫里，同时抓紧了匕首，缓步向前走去。但要和面前这头巨兽对抗，这实在是一件太过可怜的武器。

空气不断被克洛玛图斯巨大的、非自然的肺吸进又呼出，形成了一股股阵风。还处在人类形态中的克莉苟萨就像是老虎面前的一只老鼠，但她还是觉得自己踏在雪地上的脚步声和快速的心跳声会把巨怪吵醒。熟睡的克洛玛图斯并不是将身体蜷曲起来，而是将五颗头颅在面前伸展开。每一次呼吸，他的身体都会轻微地上下移动。

克莉苟萨很想要拔足狂奔，但她努力地控制住了自己，只是安静平稳地迈着步子。她一直走过了这个色彩斑驳的巨型躯体。克洛玛图斯的身上散发出浓烈的体液味道和臭气，仿佛血肉腐烂的气味已经在他的身体上浸染了太长时间，就算是生命火花也没办法把这种恶臭赶走。突然之间，恨意充满了克莉苟萨的胸膛。激烈的情绪给她的身体带来热量，让她再一次下定了决心。

这一场逃亡的成败所关系的将不再只是她的生命。她已经被暮光教父囚禁了太久，知道了许多情报。其中一些情报是她瞒着暮光教父偷偷掌握到的。如果她能返回蓝龙军团，见到卡雷苟斯，她就能告诉他们一些重要的事情，这肯定会有助于他们发动进攻。

不管怎样，蓝龙军团一定会再次进攻龙眠神殿的。克莉苟萨了解自己的族群。这一次，她想要和他们在一起，而不是一个人软弱无助地被脖子上的一根锁链困住。

克洛玛图斯动了一下。

克莉苟萨停住脚步，全身僵硬，甚至连呼吸都停止了。难道多彩龙感觉到了自己因为憎恨而突然激动的情绪？还是嗅到了她的气味？或者，她是不是在无意间踩到了积雪下面的一根树枝？

克洛玛图斯蠕动着身子，抬起巨大的青铜头颅，找了一个更舒服的位置，重重地叹了口气，提起尾巴，又将头垂了下去。然后，他便没有了动静，只剩下沉重的呼吸，表明他再一次陷入了昏睡。

克莉苟萨闭上眼睛，让自己的心神宁静下来。然后，她小心地走过这头熟睡的多彩龙，向拴束坐骑的地方移动过去。她的视线也从克洛玛图斯丑陋巨大的身躯上移向了将会驮着她飞向自由的双足飞龙。

座狼和夜刃豹对于主人往往都很忠诚，不是随便能够偷取的。麋鹿对这里的极地环境非常熟悉，可以作为雪地行进的理想工具，但这里的麋鹿并没有受过骑乘训练，同样不能使用。而且，这些食草动物闻到克莉苟萨身上的血腥味，肯定会受到惊吓。双足飞龙是部落常用的飞行坐骑。克莉苟萨发现，它们是一种天性平静得出奇的猛兽。而且龙眠神殿前的双足飞龙非常少，所以它们往往会被训练成可以接受任何骑手的通用坐骑。

当然，骑手首先也要懂得如何驾驭双足飞龙。克莉苟萨再一次赶走心中的恐惧，告诉自己她很幸运，现在神殿前有两头双足飞龙。

她挑选了其中一头，走过去，不住地轻声对那头猛兽说着话。双足飞龙将头转向她，目光中显示出探询的意思，同时像蝙蝠一样的皮翼也伸展开来。它没有上鞍，克莉苟萨也没有时间去找鞍子。警报随时都有可能响起，她需要在那以前尽量逃得远一些。

克莉苟萨曾经见过短命种族骑乘双足飞龙，但她自己从没有骑过这种猛兽。她小心地抬起一条腿，跨上这头雄性双足飞龙的脊背。双足飞龙咕哝了一声，转过头看着她。很明显，它已经感觉到骑在自己背上的是一个新手。

克莉苟萨不停地抚摸着双足飞龙的鬃毛，希望这样是安抚双足飞龙的正确方式。然后，她抓起缰绳，让双足飞龙的头向天空仰起。这果然是一头温顺而且训练良好的坐骑。转眼间，它已经跃起到空中。克莉苟萨惊呼一声，急忙紧紧地趴在双足飞龙背上，用力抓住它的毛皮。不过双足飞龙很快就恢复了平衡，开始在空中盘旋，等待下一步命令。克莉苟萨拽起缰绳，让双足飞龙向西方转过头去。那里是考达拉和魔枢所在的方向。现在她只能在心中祈祷，卡雷苟斯和蓝龙军团还在那里。

她贴近双足飞龙的耳朵，召唤出在银链的束缚下她还能使用的一点点魔法力量。双足飞龙平静了下来。

“我们全都知道如何飞翔。”克莉苟萨悄声说道，“教我如何成为一名驭风者，我的朋友。”

这也许是她的想象，但她觉得，双足飞龙赞同地向她低吼了一声。

第十八章

萨尔完全没有想到自己还能回到这里，尤其是只过了短短几天时间。但在纳里苟斯的背上，萨尔感觉到自己和上次去见生命缚誓者时相比，已经变成了一个完全不同的人。

阿格娜在他心中，如同一团温暖的火焰平静地燃烧着，给予他支持和抚慰。他曾经见证了蓝龙重新发现他们心灵的道路，甚至在这一过程中充当了关键的角色。蓝龙因此而得到了最适合他们的守护者：同时具备强大的力量、怜悯之心和过人的智慧，真正会为蓝龙族群考虑。

“我上一次看到她的时候，她就在那里。”萨尔指点着方向。蓝龙风驰电掣般地向那座石峰飞去。靠近石峰的时候，萨尔心痛地看到，阿莱克丝塔萨还在那里，就像萨尔离开时一样坐在峰顶，双腿并在胸前，全身都散发出痛苦的气息。萨尔怀疑她在这几天中根本就没有动过一下。

“在这里把我放下吧，不要再靠近了。”萨尔说，“我想，她现在可能不愿见到任何人。不过如果只是见到我，情况还会好一些。”

“听你的。”纳里苟斯以优雅的动作落在地上，伏低身子，让萨尔能更方便地跳下去。萨尔跳到地上，转过身看着蓝龙，说道：“感谢你把我带到这里。但……也许你不应该在这里等我。”

纳里苟斯歪过头。“如果你没能成功地说服她……”

“如果我没能成功说服她。”萨尔平静而诚挚地说道，“那么我就算回去也没什么意义了。”

纳里苟斯理解地点点头。“那么，祝你好运，也祝我们全都能有好运。”他用硕大的龙头亲昵地轻轻顶了萨尔一下，然后就挺身展翼，跃向天空。萨尔看着他消失在远方，才转身向生命缚誓者走去。

就像上次一样，阿莱克丝塔萨很早就听到了他的脚步声。她的声音暴躁沙哑，几乎不像人声。

“竟然还敢来找我。在我见过的兽人里，你或者是最勇敢的，或者是最愚蠢的。”

萨尔微微一笑。“有不少人都这样说过，尊敬的女王。”

“那些人，”阿莱克丝塔萨抬起头，闪电般的犀利目光几乎要把萨尔刺穿，“不是我。”

萨尔是一名久经沙场的勇将，但他依然感觉到自己在红龙女王的声音中开始发抖。他知道，阿莱克丝塔萨是对的。如果她决定将萨尔抹杀，萨尔连逃命的机会都没有。

“你是觉得折磨还不够多吗？”她问道。萨尔不知道阿莱克丝塔萨的意思是萨尔会给她带来折磨，还是正相反。也许，两者都有。

“我希望能够结束你现在的状况，或者，至少能够减轻你的痛苦，女王。”萨尔平静地说道。

阿莱克丝塔萨的怒火又燃烧了一段时间。然后，她向一旁转过头，再一次变成了一个绝望的孩子，而不是最强大的守护者。

“只有死亡能结束我的痛苦。或者，就连死亡也不可能。”阿莱克丝塔萨说道。她的声音中只剩下了绝望。

“我的知识非常有限，所以我无法判断是应该赞同还是反对你。”萨尔说，“但我必须做出自己的判断。”

阿莱克丝塔萨深深地叹了口气。萨尔仔细地端详着红龙女王。她要比他们上次分别的时候更显清瘦，一对细俏的颧骨现在已经从面颊上完全突了出来。在她的眼窝周围，出现了浓重的阴影。看上去，仿佛一阵强风就能将她吹走。

萨尔明白她的心境。

他坐在了阿莱克丝塔萨身边的石头上。阿莱克丝塔萨并没有挪动身子。“我们上次交谈的时候，”萨尔继续说道，“我曾经请你和我一起去魔枢，去和蓝龙沟通，去帮助他们。”

这不重要。即使这些事之间都有关系也不重要。这些事持续了有多久也不重要。我们是否能阻止它，也同样是不重要的。

孩子们都死了。考雷斯特拉兹死了。我的全部都死了，最后剩下的一点，很快也会死去。希望没有了，什么都没有了。一切都不重要了。

“我没有忘。我也没有忘记我是怎样回答的。”

“我也没有忘。”萨尔说，“但其他人并不知道，也不会相信这些都不重要。他们还在顽固地坚持着。比如蓝龙。他们已经选出了新的守护者：卡雷苟斯。他们还有了新的敌人：一条名为克洛玛图斯的多彩龙。”

当萨尔提起克洛玛图斯的时候，红龙女王的脸上闪过了一丝最轻微的惊讶，只是她的目光依旧晦暗麻木。

“每一场胜利，都伴随着一场失败。”她喃喃地说道。

“我在那场战斗中从空中跌了下去，”萨尔自顾自地说道，“从卡雷苟斯的背上。那时他飞得很高。我跌进了雪里，差一点把自己交给了死亡和绝望。但那时出现了一样东西，是它让我想要挪动僵硬的手脚，让我爬出了积雪，活了下来。随后，就有一个很久很久以前的敌人向我发动了偷袭。”

阿莱克丝塔萨依旧没有动作。她似乎完全忽略了萨尔。但至少，她没有愤怒地站起身，要将萨尔杀掉。就像上一次那样。这意味着她也许正在听萨尔说话。

先祖们，请指引我，告诉我这样做是对的。我只是在听从我的心灵，我只能这样做。

他伸出一只手。阿莱克丝塔萨微微转过头，用麻木的眼神看着他的手。他又将手向红龙女王伸了伸，示意她应该握住这只手。阿莱克丝塔萨只是缓缓地转回头，凝望着地平线。

萨尔温柔地握住了她的手。她的手指柔软无力，没有抗拒，也没有接纳。萨尔小心地将那只柔嫩的小手握进了自己粗大的绿色手掌中。

“我看到过一个幻象。”他努力保持着声音的轻柔，仿佛是在害怕惊扰一只胆怯的林中小鹿，“实际上，是两个幻象。这……

实在是一种宝贵的礼物。两个幻象都可以看做是一种祝福。尤其是，我可以将它们与另一个人分享……这更是一种我不曾想到的荣幸。”

萨尔饱含着真诚与谦逊说出了这一番话。他很清楚，尽管自己的力量已经有所增长，自己与元素的联系变得更加深厚，但他必须谦卑地接受所有这些祝福。“其中一个幻象是关于我的。而另一个……是我必须要告诉你的。”

他闭上了眼睛。

* * *

卵正在孵化。

幼雏出生的地方非常宁静，是一个在巨大帐篷下面临时搭建的实验室。帐篷外，风暴正在咆哮，而幼雏还在努力地凿击着坚固的蛋壳。

有许多人正在看着幼雏的出生。其中一个看上去是人类，他披着斗篷，用兜帽遮住了面孔。其他人身上的长袍表明他们都是暮光教徒。所有人都带着愉悦的神情看着这只即将出世的幼雏。

戴着兜帽的人类手中握着一根细长的锁链，锁链的另一端拴住了他身边一名女子的喉咙。那是一名相貌姣好的女性，有着一头蓝黑色的长发。和在场的其他人不同，她的脸上显露出无比痛苦的表情，一只手捂住下腹部，另一只手紧紧攥成了拳头。

* * *

“克莉苟萨！”

这个名字被阿莱克丝塔萨用低微却尖锐的声音喊了出来。她的声音无比急迫，不过只有萨尔能够听到。这个幻象和它第一次出现的时候完全一样。阿莱克丝塔萨喊出的名字却让萨尔感到一阵痛楚。就是说……这就是阿瑞苟斯姐姐的遭遇。巨龙们一直没有能找到那位女士。她的确是失踪了，但并没有死去，现在还没有。她的面容已经告诉了萨尔需要知道的一切。

* * *

那个小东西不停地又推又砸。一片蛋壳落了下来。他张开了嘴，仿佛在进行呼吸。

他的样子非常可怕。

他的全身泛着蓝色、黑色和紫色，还有着青铜金色、红色和绿色的奇异斑点。他的一根前肢上没有爪子。头上只有一只眼睛，眼珠上各种颜色交杂在一起，呈现出一种病态的样子。现在他正用这只眼睛看着见证他出壳的人们。

克莉苟萨只发出一声凄惨的抽泣，便转过了头。

“不，不，亲爱的，不要移开你的视线。看看我们让你那单调的蓝色孩子变成了什么。”那个人类幸灾乐祸地说道。他伸出戴着手套的手，捧起那只多彩龙幼雏。幼龙无力地趴伏在他的手心上，细小的胸部起伏不定。他的一只翅膀还粘在体侧。

披斗篷的人类退开两步，将幼龙放在地上。“现在，小东西，让我们看看你是否能为我们长得更大一些。”

一名暮光教徒迈步上前，神色谄媚地弓下腰。人类伸出双手，一只手擎着一件散发出浅紫色的能量光芒，看上去似乎有些残缺的神器，另一只手的手指抖动，应该是在施法。他念诵出一段咒语，一股白色的奥术能量从那件神器中激射而出，缠绕住那条幼龙，如同一根魔法绳索。金色的生命能量从那条小龙的体内被抽吸出来。小龙发出痛苦的尖叫。

“不！”克莉苟萨尖叫着，向前扑去。那名人类用力一拽锁链，克莉苟萨便跪倒下去，发出痛苦的吸气声。

幼龙长大了。他张开嘴，发出一声微弱的尖叫，同时整个身体都开始抽搐。萨尔几乎能够听到他生长时骨节摩擦，皮肤拉伸的声音。那个人类的魔法抽取着他的生命能量，让他迅速老化。没过多久，幼龙的尖叫声变得越来越低沉沙哑，最终变成了凄厉的吼声。他的一只翅膀疯狂地拍打着，另一只翅膀仍然粘在体侧，只是在不停地抖动。

然后，多彩幼龙瘫倒了下去。

那个人类叹了口气，若有所思地说道：“他几乎就要长到小龙的尺寸了。”然后，他向前走了一步，用脚趾碰了碰幼龙的尸体，“不管怎样，情况更好了，加胡戈，的确是更好了。她体内的守护者之血让她的孩子比绝大多数幼崽都更强壮，更能够经受修正。不过，情况还不算完美。把他抬走，仔细解剖，尽量多取得一些情报。下次要做得更好。”

“如您所愿，暮光教父。”加胡戈说道。另外四名暮光教徒走上前，开始将死亡的多彩龙拖走。

“你对我的孩子们做了什么？”

克莉苟萨的声音在她的胸腔中显得格外低沉，但它很快就变成了疯狂的怒吼。她知道自己即将承受新一轮的剧痛，但她依然向那个被称作暮光教父的人猛扑过去。

* * *

“哦，天哪。”阿莱克丝塔萨悄声说道。萨尔知道，红龙女王也看到了折磨和试验在克莉苟萨身上留下的印记。而且，萨尔从阿莱克丝塔萨的声音中察觉到她似乎也承受过和克莉苟萨同样的痛苦。但这痛苦的声音让萨尔看到了希望。无论怎样的伤痛与恐惧，也比麻木和空虚要好。

* * *

“我正在让他们变得更完美。”暮光教父一边说，一边再一次拽紧了锁链。

克莉苟萨痛苦地哆嗦着，久久无法呼吸。“我很高兴，我并没有多少孩子可以牺牲在你秽恶的手段中。”她恨恨地说道，“我的伴侣已经死了。我不会再给你我的孩子了。”

“啊，但你依然是玛里苟斯的女儿。”暮光教父说道，“谁又能知道，命运——或者是我——会不会再给你找到一个配偶呢，嗯？”

* * *

幻象开始晃动。萨尔的眼睛依旧紧闭着。幻象还在他的脑海中演进。他能够感觉到阿莱克丝塔萨的手——她的手指紧紧攥住了他，但她给他的感觉非常遥远，就像是不知何处传来的声音。他知道他们随后会看到什么，他知道这或者会彻底摧毁阿莱克丝塔萨，或者会激发她的力量，让她能够拯救自己。

无论怎样，他都会和她在一起。

* * *

这是一处庇护所。萨尔立刻就知道了这里是什么地方，虽然他从没有亲眼见到过红玉圣殿。结束不久的战斗对它造成的伤害还没有能得到完全修复，但这里美丽的森林、阳光明媚的草原、窸窣作响的大树和从树下淌过的小溪正在慢慢治愈它的每一道伤口。这是红龙女王真正的家园，红龙一族的心灵归属。它本就拥有着这种神奇的能力。

一头巨大的雄性红龙趴伏在一棵大树的树荫下。在全身放松的时候，他显得相当笨拙，仿佛他很少会纵容自己如此安逸闲适。同时，他还透过半闭起的眼睛，看视着一簇簇龙卵。

* * *

她的喘息声显得激烈而吃力，其中充满了深深的思恋和痛苦。

“考雷斯特拉兹。”生命缚誓者悄声说道，“哦，我的爱……萨尔，我必须看到这个吗？”

她一定已经心烦意乱到了极点，对于这个兽人，她没有再发出命令或斥责，却仿佛是在心碎地哀求。萨尔不知道是因为绝望还是希望——生命缚誓者阿莱克丝塔萨似乎将自己完全放进了他的手心。

“是的，女王。”萨尔让自己浑厚的声音尽可能显得温柔一些，“还请坚持一下，一切都将呈现在你的眼前。”

* * *

突然间，考雷斯特拉兹警惕地撑起四足，仰起头，嗅着空气，抖动耳朵捕捉周围一切最微小的声音。仅仅是一次心跳的时间之内，他已经飞起在空中，以迅捷而优雅的姿态在圣殿上空巡行，双眼不住搜索地面。

他瞪大的眼睛眯了起来。随着一声为了保护而战的怒吼，他收起翅膀，向下扑去。转瞬之间，萨尔和阿莱克丝塔萨都看到了考雷斯特拉兹所见到的东西——来自不同种族的许多入侵者。他们唯一一致的地方，只有代表暮光之锤教派的深栗色和黑色长袍。

考雷斯特拉兹没有喷吐烈火或者使用魔法。这些闯进圣殿的敌人已经分散在珍贵的龙卵之间。他只能伸出巨大的利爪，以最快的速度将这些暮光教徒抓起，捏碎，就像萨尔捏死一只虫子。而那些暮光教徒却没有发出一声畏惧的呼号。萨尔看着这一切，既愤怒，又恶心——这些邪教徒在死亡的时候竟然还都面带微笑。

邪教徒的威胁似乎结束了，考雷斯特拉兹降落到一簇龙卵旁边，低垂下闪动着点点磷光的头颅，轻柔地用鼻子拱了拱那些蛋。

一颗龙卵裂开了，一团丑恶的赭红色烟雾从蛋中飘散出来。考雷斯特拉兹睁大了眼睛，盯着一头扭曲的多彩幼龙，一步步向后退去。

* * *

“不！”阿莱克丝塔萨尖叫着。萨尔感觉到了她的心境。看到克莉苟萨受难，已经足以让生命缚誓者感觉到心痛欲裂。而知道同样恐怖的命运也落在了她的孩子的头上……

* * *

考雷斯特拉兹惊恐万分地伸出爪子，试探着碰了碰那只小怪物。随着一阵阵细微的碎裂声，越来越多龙卵在破开。从里面爬出来的都是不断尖叫着，畸形变异的多彩幼龙。

这时，考雷斯特拉兹低头看了自己一眼，立刻惊呼了一声。他的前爪从尖稍处开始变黑了。黑化的速度很慢，但一开始便不再有任何停止的迹象，很快就从他的爪子传染到了前臂上。

一阵低沉的笑声响起，虚弱却又充满了胜利的得意。考雷斯特拉兹向笑声传来的方向望去。

“现在，所有龙崽子都变成了那个疯子，那个强大的死亡之翼的龙崽子。”一名暮光教徒喃喃地说道。他是一个巨魔，皮肤呈现出深蓝色。考雷斯特拉兹捏碎了他的肋骨，鲜血正从他嘴里流出来，沿着獠牙滴落在地上，但他还活着。“你们全都……会属于他……”

考雷斯特拉兹盯着自己被感染的前肢。他将爪子紧攥成拳，按在自己的胸口。他闭上眼睛，低垂下头。

“不，”考雷斯特拉兹低声说道，“我不会允许这样的事情发生。我将毁灭我自己和……我的孩子们。他们绝不会被你们任意扭曲。”

暮光教徒又笑了。他的笑声很虚弱，并开始咳嗽，吐出带着气泡的血和将空气染成粉色的血沫。他用嘶哑的声音说道：“那我们还是赢了。”

考雷斯特拉兹盯着他，突然又想起了他的话。“你说‘所有的龙崽子’是什么意思？”暮光教徒不再说话，只是向克拉苏斯冷笑着，吃力地喘着气。“到底有多少龙卵被感染了？告诉我！”

“全部！”巨魔发出得胜的号叫。他的眼睛里闪动着狂热的光，脸上满是得意的笑容。“所有的龙卵！所有的庇护所！你现在知道已经太晚了！它们现在全都开始孵化了。你根本无力阻止。”

考雷斯特拉兹一动不动地站在原地。他眯起眼睛，侧过头，思考着。

“不，”他平静地说，“我可以阻止。”

* * *

“所有的蛋。”阿莱克丝塔萨悄声说道，“所有的……我们的……”

“这是一个可怕的选择。”萨尔低声说道，“他知道，很可能不会有人明白当时到底发生了什么。龙族会将他视为叛徒，甚至就连你也将不再信任他。”

萨尔听到阿莱克丝塔萨的抽泣与呜咽，不由得更加用力地握住了她的手。

“他拯救了我们……他从没有背叛过。他拯救了我们……！”

他们在沉默中站起来，紧闭着双眼。考雷斯特拉兹聚集起自己的全部能量与魔法力，将它们在自己体内折叠，挤压。他稳稳地深吸了一口气，悄然说出一个词：“我的爱。”

然后，一切归于黑暗。

* * *

萨尔睁开眼，阿莱克丝塔萨也睁开了眼，茫然地盯着前方。她的脸上没有了半点血色。她的手紧紧攥着萨尔的手，让萨尔感觉到一阵疼痛。

“他……他用他生命的能量连接起了传送门。”阿莱克丝塔萨悄声说道，“他摧毁了庇护所中所有的龙卵，结束了传染的蔓延。我不明白，那时，我始终都不明白，为什么那里还会留下那么多葱翠的颜色……现在，我懂了。我明白了。他是用生命造就了死亡……为了保护其他的生命。”

“生命之灵要告诉你我无法让你看到的事情。”萨尔平静地说道，“所以，我必须来见你。考雷斯特拉兹不是叛徒。他是一位英雄。他死得壮烈，死得心甘情愿。他不仅仅救了红龙，还救了所有龙族。在他最后离去的时候，心中想的是你。”

“他是我们之中最优秀的。”阿莱克丝塔萨悄声说道，“他从没有辜负过我，没有辜负过任何人。我……是我辜负了他，是我迷失了，犯了错误。但他没有。我的考雷斯特拉兹做出了正确的选择。”她仰起头，盯着萨尔，“我很高兴能够知道他有多么勇敢。我为他感到骄傲。但现在……既然知道了事实，我又该怎样才能承受没有他的人生？告诉我，短命的生灵，你是否能理解我失去了什么？”

萨尔想到了阿格娜。“我的生命也许如萤火般短暂易逝，但我能够理解。我懂得爱。我知道，如果我像你一样失去了我的挚爱，我也会有和你一样的感觉。”

“那么，如果失去了这份爱，你要怎样继续走下去？继续走下去还有什么意义？”

萨尔看着阿莱克丝塔萨，大脑中突然一片空白。所有那些想法、那些主意、那些安慰的陈词滥调都已经涌到他的嘴边，却又显得那样空洞虚伪，全无意义。当这样的爱失去以后，一个孤独的未亡人还有什么理由能够继续走下去？

然后，他想到了。

他依然用右手紧握着生命缚誓者的手，将左手伸进口袋里，拿出一只小小的，看似平淡无奇的东西。

这是古树送给他的橡果。戴沙林的话又在他的耳边响起：“仔细照顾好它。这颗橡果里收藏着它的母树所拥有的全部知识，正如同它的母树继承了来自于先辈的知识……一代接一代，直到一切开始的时候。你要将它种植在一个最适宜它生长的地方。”

克拉苏斯知道，这颗橡果不是给他的礼物。但他真的很想要得到它。萨尔有些怀疑，也许那位肯瑞托大法师已经预料到这样东西对他的爱人将有怎样的意义。萨尔衷心希望会是这样。

兽人翻过阿莱克丝塔萨的手，将橡果放在她的掌心，又轻轻合拢她的手指。

“我告诉过你菲拉斯的梦游者栖地的事情。”萨尔轻声说道，“还有那里遭遇危险的古树。但我没有告诉你，他们……给我的感觉。岁月与智慧的力量从他们身上散发出来。在他们面前，我只能感觉到自己的渺小，感觉到我的心中充满敬畏与惊奇。”

“我……知道古树。”阿莱克丝塔萨说道。她的声音很小。她纤细的手指紧紧攥着这颗橡果，然后又将手张开。

橡果在她的手中发生了变化。这变化是如此轻微，让萨尔觉得它似乎只是在精灵掌心的凹凸处晃动了一下。然后，一道小小的裂纹出现在它光亮的褐色底部。裂纹向上延伸，一片细小的绿色嫩芽从裂纹中钻了出来。它大约只有一寸长，叶片从芽尖上向两侧分开。

阿莱克丝塔萨发出一声近似于啜泣的惊呼。她用另一只手捂住了心口。她单薄的胸膛突然剧烈地起伏了一次，两次，三次。伤心欲绝的呜咽声在她的喉头响起。她努力按压住自己的心脏，仿佛感到那里很痛。片刻之间，萨尔很担心所有这些激烈的情感会让她无法承受，会将她杀死。

然后，他明白了。生命缚誓者已经封闭了她的心，让它与痛苦隔绝开来，让它不再感觉到失去挚爱的折磨，让它不再因为悲悯而碎裂。

而现在，就像这颗橡果的外壳，就像春天河面的冰封，她的心再一次裂开了。

“我就是我。”她盯着手中发芽的橡果，悄声说道，“无论喜悦抑或痛苦，我就是我。”

又是一阵啜泣让她的全身颤抖。她恸哭起来，泪水涌出她的眼眶。她在哀悼自己失去的爱人，她在泼洒曾经被封锁在心中的热泪，她在治愈自己枯槁的心。萨尔用一只胳膊搂住她的肩膀，她扑倒在兽人宽阔的胸膛上。伟大的生命缚誓者曾经被兽人折磨和奴役，不得不违背本心侍奉他们。现在，她蜷缩在这个兽人的怀中，尽情地哭泣着。

她的泪水仿佛没有尽头。这就是生命缚誓者的泪水。萨尔觉得，这泪水并不只是为了克拉苏斯而流。生命缚誓者在为所有逝去的生灵哭泣：在为那些无辜者，为那些罪行，为玛里苟斯和死亡之翼，还有被他们伤害的一切生灵而哭泣；她在哀悼那些被腐化的孩子们，他们从不曾有机会得到一个真正的生命；她怜悯死者和生者，在与所有那些承受苦难，尝到过腮边苦涩盐水的生物一同哀伤。

现在，她的泪水再不会受到任何压抑。她的哭泣就如同呼吸一样自然而单纯。泪水从她的面颊滚落，滴在她手中的橡果上面，滴在他们脚下的泥土中。

雨滴如同泪水一般轻柔落下。一阵小雨慢慢滋润了这片干结的土地。

萨尔难以置信地向周围望去。在他的眼前，大地正以超越他想象万倍的速度发生着变化。他看到了植物出现，各种色彩的花朵争相开放。幼芽长高成青翠、茂密、柔软的草丛。他甚至能听到万物生长的声音。那是一种生机勃勃、充满喜悦的跃动和细微爆裂。

萨尔回忆起德鲁伊曾经费尽心力想要将生命带回到这个地方。他们的努力能够取得效果，却总是无法持久。但萨尔的内心深知，现在他见到的这些崭新而繁盛的生命不会随时间消退，因为它们被生命缚誓者的泪水浇灌过。这泪水代表着阿莱克丝塔萨再一次觉醒的怜悯与爱。

阿莱克丝塔萨在萨尔的怀中动了一下，轻轻从他胸前挪开。萨尔抬起抱住她肩膀的手臂。她颤抖着，深吸了一口气，微有些不稳定地迈开步子，随后便跪倒在地上。萨尔没有去扶她。他感觉到阿莱克丝塔萨不想让他这样做。她伸出手，轻轻挖开重新焕发生机的土壤，将橡果深深地按了下去，又仔细用土将它盖好。然后，她站起身，转身面对着萨尔。

“我……得到了磨炼。”她平静地说道。她的声音中依然充满伤痛，但又多了一种以前从未有过的安宁。“你让我想到了许多事。在我的痛苦中，我曾把它们尽数忘记。那是……他永远不会希望我忘记的事情。”她露出了微笑。那是哀伤和苦难的微笑，却也是真挚和甜美的。她的眼睛因为哭泣而变得通红，但它们更是一双清澈有神的眼睛。萨尔知道，阿莱克丝塔萨的伤口愈合了。

萨尔的判断没有错。阿莱克丝塔萨后退一步，向天空高举双臂。她美丽的面庞上燃烧起了正义的怒火。她已经失去了这么多，她的哀痛绝不会就这样简单地结束。但萨尔知道，她终将度过这个难关。

而且，现在不是可以哀伤的时刻。生命缚誓者在用她的痛苦刺激自己，让自己行动起来，而不是继续落泪。萨尔几乎有一点要可怜那些即将尝到红龙女王怒火的生物了。

但他们罪有应得。

这一幕场景萨尔已经见到过一次：红龙女王跃上半空，从婀娜多姿的美艳精灵变化成为最强大的守护者——甚至也许是全世界最强大的生物。但这一次，萨尔知道自己完全不必害怕眼前这壮丽辉煌的巨龙。

阿莱克丝塔萨低头看着萨尔，眼神和蔼而友善。她伏低身子，让兽人能够爬上她宽阔的脊背。

“我们要去与我的兄弟姐妹汇合，你是否想和我一起去？”她低声说道。

“非常高兴能够效劳。”萨尔回答道。虽然心中没有恐惧，但这头尽显生命奇迹的红色巨龙还是让他的心中满是谦恭与敬意。他小心地爬上了阿莱克丝塔萨的脊背，在红龙的颈根处坐稳。“蓝龙战败之后，我相信他们已经尽数撤往魔枢了。”

“也许。”阿莱克丝塔萨回应道，“我们或者会在那里找到他们，或者卡雷苟斯会和其他龙族军团汇合，在龙眠神殿附近列阵。”

“那样的话，暮光龙会看到他们。”萨尔陷入了思考。

“是的。”阿莱克丝塔萨一边回应，一边开始展翅翱翔，“他们会看到的。那又怎样？”

“那样就收不到奇袭的效果了。”萨尔回答。

“我们不需要奇袭。”阿莱克丝塔萨说道，她的声音强壮而且平稳。听着她的话音，萨尔发现自己绷紧的神经也松弛了下来。这时，红龙女王继续说道："决定我们成败的因素比军事策略或者战术优势要重要得多。"

红龙女王的翅膀有节奏地鼓起强劲的气流。同时，她向后探过头，看着萨尔。"现在该是艾泽拉斯的龙族们放下一切争执，团结一致的时候了。否则，恐怕我们全都难逃灭亡。"

第十九章

阿莱克丝塔萨是对的。当她和萨尔飞到距离龙眠神殿只有几里远的时候，他们看到蓝色和绿色的巨龙有的飞翔在空中，有的屹立在陆地上。当然，他们也看到了阿莱克丝塔萨。几头龙立刻以向他们飞来。萨尔只觉得眼前一花，他们已经到了面前。

“生命缚誓者！”纳里苟斯欢快地喊道，“这是一个黑暗的时刻，我们的心已被阴影笼罩。但你给我们和这个时刻都带来了光明。萨尔！感谢你为我们做的一切。”

“纳里苟斯朋友。”阿莱克丝塔萨的声音中充满暖意，“我看到了我的妹妹伊瑟拉和新的守护者卡雷苟斯，还有他们的军团。我的红龙军团在知道我已到达这里以后，定会尽快赶来。”

“那么，我会立刻去找他们，生命缚誓者。”一头绿龙说道。萨尔很想知道，绿龙怎么会掌握红龙军团的位置。也许伊瑟拉能够告诉他。对于巨龙，他还有很多事情有待了解。

“那么，我们现在还没有诺兹多姆的消息吗？”阿莱克丝塔萨问道。

纳里苟斯和其他巨龙都跟随在她身后，在上方和下方护卫着她，陪同她向龙眠联军的阵地飞去。

“还没有。”纳里苟斯飞快地瞥了一眼萨尔，“我们一直都没有他的消息。你呢？”

“他也没有和我联系过。”萨尔答道，“我只能认为，他还在进行调查和探寻。”

“知识就是力量。”一头巨大的绿龙表示同意，“但如果他在得到有价值的线索时，我们已经被克洛玛图斯杀光了，那么知识也将没有用武之地了。”

“不要这样说，洛索斯。”阿莱克丝塔萨严厉地说道，“时间之王没能赶来不是这位兽人的错。我们……全都在做我们必须要做的事情。”说出最后这句话的时候，她的声音甜美而又哀伤。萨尔知道，她想到了考雷斯特拉兹。她的爱人做了他必须要做的事情，也为此而付出了可怕的代价。

洛索斯向萨尔投去致歉的目光。“我很抱歉，我的朋友。但你已经见到了我们的战况。当我们再次投入战斗的时候，我非常希望诺兹多姆和他的青铜龙能够和我们在一起。”

“不必道歉，我知道你没有恶意。而且我也同意你的看法。”萨尔诚恳地说道。

他们就要到达目的地了。“请先行一步，召集起所有巨龙。”阿莱克丝塔萨向洛索斯说道，“我有……一些事情必须让大家知道。”

“关于克洛玛图斯的消息吗？”洛索斯满怀希望地问。

阿莱克丝塔萨摇摇头。“不，但我希望这能给予大家勇气，以及新的希望。这些正是我们现在需要的武器。”

片刻之后，他们降落了。杂乱却无比悦耳的巨龙欢呼声充满了冰寒的空气。萨尔微笑着从阿莱克丝塔萨的背上滑下来，落在没过小腿的积雪上。

“萨尔！”

萨尔转过身，看到卡雷苟斯喜出望外地站在他身后。这位伟大的守护者伸出爪子，非常轻柔地将萨尔握住。萨尔没有一丝担忧，只有重新见到朋友的喜悦。

“我绝不能再低估你了。”卡雷苟斯将兽人捧到面前，“你所说的事情全都做到了。你为我们带回了生命缚誓者，而且还让她彻底走出了消沉。”他回过头，又看了阿莱克丝塔萨一眼。生命缚誓者正在用鼻子轻轻抚触着向她围拢过去的绿龙和蓝龙。“我不知道你使用了什么样的魔法，但我对此深表感激。”

“只是心中的魔法而已。”萨尔说道，“她会告诉你我所知道的，并和她分享的一切。我们全都应该知道这些事。”

伊瑟拉仰起头，看到了说话的萨尔，便向他们跑来。她垂下了柔美的脖颈，以此向萨尔表达敬意。

“你是我的梦境的一部分，是最美好的那一部分。”她对萨尔说道，“为了援助我们，你做了这么多。我为戴沙林的牺牲感到哀伤，但我很高兴你能逃过一劫。”

“如果我那时能够救下他就好了。”

伊瑟拉点点头。“暮光审判正等着我们。”她抬起头，向周围望了一圈，彩虹色的眼睛里闪耀着喜悦的光亮，“我看到了绿龙和蓝龙聚集在一起。这样很好，杜隆坦之子，这样很好。但，啊，我们的红龙兄弟和姐妹也来加入我们了！”

萨尔顺着她的视线转过头去，没过多久，就看到了那些红色巨兽的身影，听到了他们拍动翅膀的声音。数十头红龙陆续降落在集结地。萨尔惊奇地注视着这一幕壮观的景象，然后又转过头。三位巨龙守护者和他们的军团已经到齐。萨尔回想起蓝龙军团对抗暮光龙的战斗，开始感觉到希望在心中升起。现在，巨龙部队的数量已经是那时的三倍，而且还有生命缚誓者统率他们……

阿莱克丝塔萨飞上半空，红龙们簇拥到她身边，上下翻飞，虔诚地用鼻子轻触她，然后才满怀敬意地向后退去。她的脸上洋溢着萨尔从不曾见过的喜悦——在经历过这么多苦难与悲伤之后，她终于又和她的军团在一起了。在为了庆祝重聚而进行的一番优美动人的空中飞舞之后，阿莱克丝塔萨轻轻降落在一座拔地而起的山峰上，让所有巨龙都能够看到她。巨龙们恢复了安静，急切地等待着红龙女王开口说话。阿莱克丝塔萨却只是默默地看着他们，头颈缓缓转动，目光扫过每一头巨龙。

“我的兄弟和姐妹们。”她说道，“我们正站在一场恐怖战争的边缘。我们的敌人拥有无法想象的可怕力量。但有一些事情，我必须在制订计划以前让你们知道。我希望，这些事能够让你们有更多的理由投身于这场战争。这是一场为了保卫你们自己、你们的族群，以及你们尚未孵化的幼雏而进行的战争。”

巨龙们静静地倾听着她所说的每一个字，但还是有一些巨龙在不安地耸动身体，仿佛他们忽然回忆起阿莱克丝塔萨的配偶曾经在一瞬之间毁掉了那么多龙卵。

卡雷苟斯轻柔地将萨尔放到自己的肩膀旁边。这名兽人按照已经熟悉的方式纵身一跃，稳稳地落在了蓝龙守护者的身上。卡雷苟斯腾身飞到了阿莱克丝塔萨的身边。当生命缚誓者向巨龙们讲述起萨尔与她分享的幻象时，卡雷苟斯以这种方式给予了她无言的支持。伊瑟拉落在了阿莱克丝塔萨的左边，同样支持着她的姐姐。

一些巨龙，也许是最了解考雷斯特拉兹的那些龙，他们似乎都对阿莱克丝塔萨深信不疑。他们被鳞甲覆盖的面孔和闪烁着柔和光芒的眼睛中都显示出了深深的同情。而另一些巨龙，尽管没有公开表示异议，却明显流露出怀疑的神色。萨尔相信他们只是因为生命缚誓者的回归而太过高兴，不想在这个时候质疑她的故事。

看到卡雷苟斯也对阿莱克丝塔萨坚信不疑，萨尔很高兴，但并不感到惊讶。不管怎样，他很喜欢这头蓝龙。当阿莱克丝塔萨讲述克莉苟萨的遭遇时，许多蓝龙发出了愤怒而低沉的吼声。但卡雷苟斯只是将目光转向一旁，脸上满是痛苦。阿莱克丝塔萨讲述完之后，是卡雷苟斯打破了沉默。

“现在，我们的疑问已经得到澄清。我们知道了一头多彩龙的出现。但真正令我感到恐惧的是得知克莉苟萨遭到了……如此恐怖的折磨。她还活着，这让我感激万分。当庇护所被摧毁的时候，我们对实际情况一无所知。在我们看来，考雷斯特拉兹做出这种事实在是毫无理由。但现在，我们知道了，我们理解了。”

“无论这是否属实，”一头年纪更大的蓝龙说道。萨尔认出他是特拉里苟斯，一名阿瑞苟斯的坚定支持者，“我们所有的只不过是这个所谓的幻象。它的真实性根本无法得到证明。”

“她是阿莱克丝塔萨。”纳里苟斯说道，“她是一位守护者……

是生命缚誓者！”

“所以她能顺理成章地宣布他看到了幻象。不，等等，是那个兽人及时出现，告诉了她一个能为她的配偶洗脱罪责的幻象。”那头年长的蓝龙继续说道，“如果我看到一个幻象，表明阿莱克丝塔萨编造了这一切，你又该怎么说？或者阿莱克丝塔萨已经疯了？也许失踪的克莉苟萨只是……”

“我可以证明生命缚誓者所说的一切。”一个嘹亮清脆的声音响起。另一头蓝龙飞落下来，他的背上驮着一位人类女孩。

萨尔立刻就认出了这个女孩。他已经在自己的幻象中不止一次见到了克莉苟萨。

“克莉！”卡雷苟斯喊道。萨尔从他的肩膀上滑了下去。卡雷苟斯变成半精灵，向刚从龙背上下来，身形依然不稳的克莉苟萨跑过去，伸开双臂紧紧地抱住了她。克莉苟萨向他和簇拥过来的巨龙们露出虚弱的微笑。她的身体看上去疲惫而且极度憔悴，但她显然非常高兴又回到了同胞之中。

“你还好吗？”卡雷苟斯关心地问道，“他们……把你伤得怎样？”

“我已经自由了，我不会有事的。”克莉苟萨靠在卡雷苟斯身上说道，“就像我说的……萨尔在幻象中所见到的关于我的事都是真的。我相信他关于考雷斯特拉兹的幻象也是真的。”她抬起头，看着向她露出慈爱微笑的红龙女王。“女王，我为您故去的爱人感到哀痛。”

“谢谢你，克莉苟萨。”阿莱克丝塔萨说道。她的声音浸透了哀伤，但已经不再有分毫绝望，“我也为你感到哀痛。”

忧虑的神色再一次袭上卡雷苟斯的眉头。“你知道阿瑞苟斯如何了吗？”他低声问克莉苟萨。

克莉苟萨点点头。“是的，他受到了暮光教父的利用，被一个名叫布莱克摩尔的人类刺客杀死了。我知道，这个布莱克摩尔的首要目标是你，萨尔。”她转向在场唯一的兽人，“看到他还没有成功，我真是松了一口气。暮光教父和死亡之翼都很害怕你。我很高兴你能在我们的阵营中。”

“来吧，坐下休息一下。”卡雷苟斯说道，“吃些东西，告诉我们你知道的一切。”

“这根锁链……”克莉苟萨拿起脖子上看似平淡无奇的细长银链，卡雷苟斯立刻明白了那是什么，“我想尽办法要弄断它……”

“我知道。”卡雷苟斯温和地说道，“达尔坎也曾经将这样一副枷锁套在我的脖子上。我很清楚你的恐惧和挫败感，亲爱的姐妹。一个我很在意的人解救了我……现在，让我来解救你。”

他轻轻将那根锁链拈在拇指和食指之间，以几乎无法察觉的力量拽了一下。锁链在蓝龙守护者的手指间悄然断裂，仿佛它只是一根普通的项链。克莉苟萨喜极而泣。其他巨龙都微笑着向后退去，给克莉苟萨流出空间，变回自己真正的形态。萨尔微笑着看到克莉苟萨升入空中，虚弱却又兴奋地飞翔着，再一次获得了自由。

克莉苟萨得到了很好的照顾。萨尔对她进行了治疗；卡雷苟斯则为她变化出肉和饮料；阿莱克丝塔萨和伊瑟拉以精灵形态站在她身旁，不住地抚慰着她。萨尔惊讶地看到了伊瑟拉真正喜爱的变化形态。她曾经以暗夜精灵的样子出现在萨尔面前。现在，她依旧保持着深紫色的皮肤和卡多雷的长耳朵，但她的绿色长发中多了一对华丽的长角，表明了她的真实身份。此外，还有几头巨龙，或者变成人形身体，或者保持着巨龙形态，聚集在他们周围，倾听克莉苟萨讲述她的可怕经历。

“我会把我知道的都告诉你们。希望这能对你们有所帮助。”她对巨龙们说道，“只是这些情报……说实话，并不让我能有更多希望。”

“你逃出来了，这本就是几乎不可能的事情。”卡雷苟斯说道，“我在这件事中已经看到了巨大的希望。”

克莉苟萨竭力露出微笑，但她的内心中显然充满了忧虑。“感谢你这样说，但……嗯，你会明白我的意思的。”

“从最开始说起吧。”阿莱克丝塔萨说道，“你怎么会被俘虏的？”

“在失去了我的伴侣嘉瑞苟斯之后……阿瑞苟斯欺骗我去了敌人的大本营，将我交给了那个被称作暮光教父的人类——据我所知，他的确是一名人类。暮光教父和阿瑞苟斯与暮光龙军团沆瀣一气。他们的主人是死亡之翼。”

三名守护者交换了一个眼神，“在他们的第一次攻击中，”阿莱克丝塔萨说道，“那个嘲弄我们的人类正是自称为暮光教父。”

“继续，亲爱的。”伊瑟拉温柔地说道。

“他们囚禁了还是巨龙形态的我，直到我的龙卵平安降生。然后，他们给我套上了那条锁链。”克莉苟萨回想起那时的情景，不由得哆嗦了一下。

“你在人类形态会更容易控制。”卡雷苟斯说，“我知道。”

她点点头。“那时，他们开始试验，对我进行试验，对我的孩子进行试验……”她的声音停滞了片刻。阿莱克丝塔萨安慰地拍了拍她的肩膀。克莉苟萨虚弱地向她笑了笑，继续说道：“生命缚誓者，这就是考雷斯特拉兹所遭遇的阴谋。他们通过对我的孩子进行试验，提高了产生健康多彩龙的几率。似乎因为我是玛里苟斯的子嗣，我的孩子也会更强壮。考雷斯特拉兹消灭了他们煞费苦心制造出的军队，让他们承受了沉重的打击。给他们的另一个打击是阿瑞苟斯没有能够成为守护者——他曾经承诺会将蓝龙军团交到暮光教父的手中。”

“我们永远也无法知道，当阿瑞苟斯达成这个交易的时候，神智是否还健全。”卡雷苟斯平静却充满怒意地说道，“现在，就让我们希望那时他已经不再清醒了吧。”

克莉苟萨点点头，似乎是努力在让自己镇定下来。“他肯定已经投靠了暮光教派。对于他，我所知道的仅限于此。”

“他对你做的事……”

“已经过去了，结束了。”克莉苟萨立刻说道。萨尔意识到，虽然她承受了诸多苦难，但现在是她在安慰卡雷苟斯。她的勇气实在是难以言喻。

“所以，他们的计划遭受了两次打击，但他们还有克洛玛图斯。”克莉苟萨的语气变得无力起来，但她显然是在努力保持着平静。

“我不知道他们在哪里找到了他。那些暮光教徒将他一直运到了诺森德。他们知道，他们需要极为巨大的奥术能量才能激活他的生命。为此，他们需要用玛里苟斯子嗣的血创造一根湍流之针。”

“那么……请原谅我这么说。”萨尔说，“但……为什么他们不用你的血，更早地实现这一目标？”

“我相信他们是想等到阿瑞苟斯先带来蓝龙。”克莉苟萨回答道，“这样他们更能制造出震撼性的效果：克洛玛图斯率领一支规模庞大的巨龙军队出现在他的敌人面前。我想，暮光教父一开始并不打算杀死阿瑞苟斯。但当我的弟弟失败之后，暮光教父就给他派上了别的用场。他也安排好了我的新用途。我在他们……在他们要强迫我和那个怪物交媾之前逃了出来。”

萨尔大吃了一惊。两头女性守护者都已面无血色。萨尔知道，如果暮光教父现在出现，卡雷苟斯很可能会痛快淋漓地将他撕成碎片。萨尔一定会帮他实现这个心愿。

“这可能会有效的。”克莉苟萨继续说道，“我本来会成为一个新怪物军团的母亲。克洛玛图斯是奈法利安最后的实验品。就我所知，奈法利安现在也被复活了。不过和克洛玛图斯不同，他并没有得到生命的火花。”

“那么说，奈法利安就是一个狂暴的亡灵了。”就在克莉苟萨开始讲述的时候，其他巨龙也渐渐聚拢过来。其中一头巨大的红龙站在了阿莱克丝塔萨和克莉苟萨身后，仿佛要保护她们。这两位女性的身心都遭受了重创，但她们都很刚强。现在说话的正是那头红龙：“他也到这里来了吗？”

克莉苟萨摇摇头。“没有，我相信死亡之翼对他有另外的安排。用克洛玛图斯来对付我们就足够了。卡雷苟斯……他上一次和你作战的时候，还没有做好准备，那时他刚刚活过来。即便如此……”克莉苟萨的声音低了下去。

“即便如此，他仍然打败了我的整个军团。”卡雷苟斯替她把话说完。

“你们不再孤单了，卡雷苟斯。”阿莱克丝塔萨安慰他道，“三个巨龙军团已经团结在一起。他也许能战胜一个军团，但三个呢？我们进行过许多战斗，我不相信仅仅一头龙就能与我们对抗，无论他有多么强大！”

红龙女王的话却似乎让克莉苟萨感到很不安，她握住阿莱克丝塔萨的手。“生命缚誓者，他……他是为了对付你们才被制造出来的。”她同时也在看着卡雷苟斯和伊瑟拉，“他拥有的能力可以杀死你们所有守护者。他绝不只是一头力量格外强大的多彩龙。他被制造出来有一个特殊的目的：摧毁守护者！”

萨尔下意识地张开嘴想要反驳，但他又把嘴闭上了。他见过克洛玛图斯，见到过这个怪物的能力。如果他的身体进入巅峰状态，能够使用每一种巨龙的能力……

“她说得没有错。”伊瑟拉看上去同样非常困扰，“我的幻象不会有错。”

阿莱克丝塔萨向伊瑟拉伸出另一只手，恳切地说：“说吧，妹妹。”

“我本来希望……我是错的……”伊瑟拉闭起眼睛，发出一种充满梦幻感觉，吟咏一样的声音。这不算是一个法术，但绿龙守护者描绘出了一个栩栩如生的幻境。萨尔几乎能够在自己的脑海中看到她所说的一切：除了暮光龙之外万物的死亡。没有植物，没有鸟兽，没有文明。除了他们，没有任何生物在呼吸。每一个守护者都僵死在龙眠神殿之下。

就连他们之中最黑暗、最残忍的那一个，那个授命制造出克洛玛图斯的守护者也没能幸免。

死亡之翼。

萨尔哆嗦了一下，感觉到冷汗淌遍了全身。惶恐的感觉仿佛要攥紧他的喉咙。他周围的巨龙们都因为恐惧、愤怒和见证了严酷的现实而高声议论。但有一个声音清晰地传进了每一只耳朵。

“这不是我们的末日！”

这个声音属于生命缚誓者。她挺直了身子，只是依然保持着精灵的形态，依然伸手牵着她的妹妹和饱经折磨的克莉苟萨。她的脸上放射出决心和激情的光芒。“我们已经阻挠了死亡之翼庞大的计划。阿瑞苟斯失败了，克莉苟萨逃出囚笼。蓝龙在多彩龙缺乏准备的时候就向他发动了进攻。不，未来还没有被刻在石碑上。是的，伊瑟拉的幻象从来都有着重要的意义，但梦境的意义来自于对它的阐解。妹妹，这是不是一个警告？让我们知道，如果不奋力一战，世界将会怎样？”

伊瑟拉扬起她生角的头颅。“是的。只有诺兹多姆知道有什么事真的会发生。我只能告诉大家我看见了什么。”

“那么，就让我们现在下定决心。”阿莱克丝塔萨说，“然后我们就要倾尽全力去战斗。每一个蓝龙、每一个绿龙、每一个红龙，你们在此战斗，不是为了你们自己的生存，而是为了全部生命，一切的一切。我们会消灭掉那个所谓的守护者杀手。我们会让暮光教父和死亡之翼看到，我们不是懦夫。无论我们失去了什么，或者必将失去什么，我们绝不会失去我们的世界。克洛玛图斯终将灭亡！”

萨尔感觉到自己内心中的希望是如此真实，如此热烈。他能够体会到它的滋味。他情不自禁地让兽人最嘹亮的吼声加入到震撼天地的战吼中。

第二十章

尽管还没有从过去的创伤中完全恢复过来，克莉苟萨仍然积极地加入到了制订进攻计划的工作当中。萨尔注意到，就算是那些曾经支持阿瑞苟斯的蓝龙也完全相信了她的讲述。从卡雷苟斯在双月的光辉下成为守护者的喜悦开始，到克莉苟萨将自己的所见所闻公之于众，蓝龙族群终于完全归心于新一代的守护者。

三位守护者、萨尔、克莉苟萨和各军团中的几名代表，除了萨尔之外全都变换成人形，开始专心制订计划。他们全都熟知龙眠神殿的布局结构。克莉苟萨还能够确切地告诉他们那里现在的状况。她向众人指明了克洛玛图斯休息和恢复体力的地方，同时严肃地警告他们，这头多彩龙的“力量每时每刻都在增加”；还有暮光教父一般所在；所有驮兽和坐骑被安置在另一个地区。她还提供了暮光教徒和暮光龙大概的数量。

“他们有什么弱点能够供我们利用吗？”红龙托拉斯塔萨问道。

“暮光教父只是一个人类。”克莉苟萨答道，“他的年纪相当大，脸上已经有了很多岁月的痕迹，胡子也是灰色的。而且他极为傲慢。我知道他在暮光教派中有很大的权势，那些教徒只效忠于他，但并不知道他效忠的是谁。”

“他是一个首领？”萨尔问道，“也许同样是一名军事指挥官？”

“我相信他有很强的军事指挥能力。”克莉苟萨说，“不过我承认，我对于人类知道得很少。我只知道一件事：他很害怕死亡之翼。”

“任何有理智的人都会害怕他。”伊瑟拉喃喃地说着，哀伤地低下了头。

“这也许会让他过于自负。”托拉斯塔萨陷入了思考，“他也许会犯下愚蠢的错误。”

“既然有克洛玛图斯这样的盟友，无论怎样自负，我们对他也许都无可奈何。”萨尔说，“你们没有亲眼见过他对抗蓝龙的战斗。现在我们的兵力更强，还有不同的攻击手段，但我们不应该低估他。”

“而且，那些邪教徒都会心甘情愿地为他赴死。”克莉苟萨说，“他们会战斗到死。”

“暮光教父能够依靠的只有克洛玛图斯和那些暮光龙吗？或者他还有别的武器？”阿莱克丝塔萨问道。

“无论陆战或是空战，他们并没有真正的毁灭性武器。”克莉苟萨说，“但仅仅是他们的暮光龙军团，就足够我们对付的了。还有克洛玛图斯的五颗头——每一颗头里都包含着与其对应的巨龙族群的全部技能。”

所有人都在这段简单却强有力的陈述中陷入了沉默。

“我们对敌人已经有了相当程度的了解。”阿莱克丝塔萨最后说道，“克莉苟萨，克洛玛图斯是在暮光教父的控制之下么？”

蓝龙女士摇摇头。“不，他只听自己的。对于死亡之翼而言，他非常宝贵，他是死亡之翼的骄傲，也是那头黑龙计划中的关键一环。”

“那么，他就是我们三个守护者的主要目标。”阿莱克丝塔萨说道，“无论他们拿出什么东西来和我们作战，我们只需要把力量集中在他身上。巨龙军团负责掩护我们，应对敌人其他的攻击。如果死亡之翼这么重视他，那么他的死就不再只是一次战术上的胜利。我们可以在此战之后暂时撤退，重新集结力量，从容应对暮光教父和他的教徒。但克洛玛图斯现在必须就死。”

萨尔和所有与会的巨龙都点头表示赞同。

克洛玛图斯必须被杀死。否则，寻求万物毁灭的暮光教徒们很快就会看到他们的愿景成真了。

* * *

暮光教父命人将祖乌祖和约萨的尸体拖走，并命令全部暮光教徒接受鞭刑。当然，教徒们以绝对服从的态度完美地执行了他的命令。而他也在连续不断的哀号中得到了一丝安慰。

这些蠢货怎么可能让这样的事情发生？克莉苟萨只有一个普通的人形身体，力量也不会超过一个人类。她根本不可能打倒任何一个暮光教徒，更不要说同时干掉了两个。那个看管双足飞龙的蠢货又是谁？直到现在都没有人敢承担这次严重失职的责任。

“我们失去了繁育未来的机会。”克洛玛图斯在从暮光教父那里得到这个坏消息之后，咆哮道，“而且，如果她还活着，她就会把关于我们的情报带给敌人。这有可能会对我们造成妨碍。”

暮光教父已经想到了这件事，但他只是带着习惯性的信心说道：“她能告诉他们什么事？他们知道我们在这里，并且也知道你的存在。也许这会是一件好事。她知道，你在迎战蓝龙的时候身体还很虚弱，但你却彻底打垮了他们。我相信，如果她还活着，那么她带给他们的情报只会进一步打击他们的士气。当我们赢得这场战争的时候，如果她还活着，你依旧能生育一整个多彩龙军团出来。”

克洛玛图斯看了一眼这个渺小的人类。“这倒是有可能。但我们让他们赢得的一切战略优势都是不应该的。我相信，死亡之翼听到这件事一定会非常不高兴。”

听到这句话，暮光教父一言不发。

他们在黄昏时分到来了。

已经变暗的天空在他们的遮蔽下变成了黑色。数百头巨兽拍动翅膀的声音震动着空气。那些愚蠢的巨龙正在迅速逼近。

暮光教父很兴奋。克洛玛图斯的警告显然是有些言过其实了。借助夕阳的余晖，他能看到三种不同颜色的巨龙冲向神殿。看样子，青铜龙依然畏缩不前，他们的首领也不见踪影。这样就更好了。

他的暮光龙军团也迅速飞上天空，翅膀扑击空气的声音完全不亚于敌人。在他们身后，是懒洋洋地飞行着的克洛玛图斯。

暮光教父无法压抑住自己的笑容。就让他们来吧。他们早晚要迎接自己的毁灭。克洛玛图斯将要碾碎他们，暮光教父今晚就能向主人献上不少于三颗守护者的头颅。

* * *

这一次，萨尔没有骑在卡雷苟斯的背上。托拉斯塔萨——阿莱克丝塔萨在军事行动上的左右手——同意背负萨尔参加战斗。守护者们需要集中精神对克洛玛图斯发动攻击，他们不能为了担忧萨尔或者其他任何人的安危而分心。

萨尔完全明白守护者们的苦心。他会尽全力做出最大的贡献，同时不让任何守护者浪费时间来担心他。

当龙眠联军再一次冲向神殿的时候，萨尔依旧位于战阵的最前沿。他们遭遇了第一波暮光龙的反击。这些兼具美丽和恐怖的家伙径直扑向了三位守护者。但巨龙们立刻给予了他们沉重的打击，让他们不得不将注意力从守护者身上移开。绿龙喷吐毒雾，而他们更可怕的能力则是引导敌人的精神进入噩梦——萨尔得出这样的结论，是因为他看到两头暮光龙突然尖叫着落荒而逃，仿佛有某种看不见的恐怖正在追逐他们。

红龙和蓝龙的配合战术极为有效。蓝龙使用寒冰魔法冻结或迟滞敌人，红龙则用烈火攻击处在物质状态的暮光龙。天空中，龙眠联军的数量是暮光龙军团的四到五倍。而暮光龙们自以为能够伤害，或者至少可以牵制守护者的攻击，在他们面前无异于蚊蝇的滋扰。

而巨龙们在看见克洛玛图斯之前，就已经听到了他的声音。

“卡雷苟斯，你又回来自讨苦吃了！”黑色龙首发出深厚的吼声，震动着巨龙们的骨骼，甚至血液。萨尔打了个哆嗦，然后紧紧咬住牙关。“死亡之翼早就想要灭绝你的族类。”蓝色龙首开口道，“你竟敢再一次来找我的麻烦，看来你一定是认为你们一族都不该再活下去。我看见你把你的小朋友们都带来了。”红色龙首用嘲讽的语调说道：“生命缚誓者，不再哭鼻子了？”绿龙首则说道：“你终于醒了，小伊瑟拉？”

这些言辞中充满了恶毒和轻蔑，但它们没有起到半点恫吓的效果。曾经的沉睡者现在完全觉醒了，她像卡雷苟斯和阿莱克丝塔萨一样迅捷有力地挥动着翅膀。生命缚誓者的身上再也感受不到丝毫绝望。萨尔知道，爱人的牺牲让红龙女王有了赢得这场战争的力量。萨尔很想大声告诉克洛玛图斯——他是多么愚蠢，竟然想用这种下流的方式嘲弄他们。但萨尔不是龙，他的喊声根本透不过强劲的气流。

守护者们只是专心准备迎接战斗。多彩龙的侮辱如同滑过他们鳞甲的雨点，没有半点效用。对于这次战斗，他们早已进行过操演，所以他们很快就如行云流水一般摆好了攻击阵形。

萨尔觉得自己看到的是一场无比优美的舞蹈：卡雷苟斯、伊瑟拉和阿莱克丝塔萨从三个方向包围了克洛玛图斯。阿莱克丝塔萨从他头顶飞过，向多彩龙喷吐橙红色的烈焰。卡雷苟斯从下方攻击，同时发动了寒气喷吐和多种法术。伊瑟拉在广阔的空间中疾速游走。她灵活多变的特性让克洛玛图斯完全不可能掌握到她在下一个瞬间会从哪里出现。

三位守护者在开战之前进行战术操演时，就曾经让萨尔惊讶得瞠目结舌。他们那时让红龙、蓝龙和绿龙们扮演克洛玛图斯，以本族所擅长的手段向他们发动攻击，并逐一构想出应对之法。

看样子，守护者们将赢得胜利。

根据伊瑟拉的描述，每一位守护者都会被克洛玛图斯以自己最擅长的魔法杀死。所以他们决定，每一位守护者都要针对克洛玛图斯不同于自身颜色的头发动攻击。伊瑟拉针对青铜龙头。她的进攻手段不仅限于极具腐蚀性的绿色毒雾，更能在突然间制造出一头巨型青铜龙的幻影。伊瑟拉最大的特点就是难以预料，总是能比那颗青铜龙头的思考速度超前一两步。卡雷苟斯瞄准的是红龙头。他的极寒吐息和冰霜魔法全都集中在那一点上。

阿莱克丝塔萨的对手则是五颗头中最聪明的一个：蓝色龙头。全身燃烧着复仇怒火的红龙女王拥有着萨尔所见过的最动人心魄的美艳与最令人胆寒的危险。一开始，蓝色龙头就处在下风。红龙女王喷吐出无穷无尽的烈火，随后突然闪开，甩掉了几只衔尾而来的暮光龙，如同甩掉一群恼人的苍蝇。她在这个世界上所珍视的一切都被那个暮光教父和死亡之翼夺走了。而他们这样做的目的正是为了制造像克洛玛图斯这样的怪物。她已经下定决心，绝不会让这个五头怪物继续活下去，继续制造杀戮和毁灭。

克洛玛图斯显然被守护者们高效的协同作战惊呆了。

但他的惊讶并没有持续多久。

突然间，他开始以两倍于刚才的速度和力量发动反攻。仿佛之前的战斗只是一场游戏。他有五颗头，而面前的敌人只有三个。蓝色和红色龙头继续与阿莱克丝塔萨和卡雷苟斯作战，黑色和绿色龙头却突然转动长长的脖颈，与青铜龙头一起向伊瑟拉发起了进攻。

伊瑟拉显然没有对敌人突然改变的战术做好应对准备。她的一条前腿被阴影一般的火焰吞没了。绿色龙头紧紧盯住觉醒者的眼睛。萨尔猜测，它也许是要将绿龙守护者送进她自己的一场梦魇之中。但萨尔听伊瑟拉说过，她曾见证过这个怪物根本无法想象的恐怖世界。果然，伊瑟拉将受伤的前肢缩在身前，振翅飞出绿色龙头目光笼罩的范围，一边摇着头，闭住眼睛，努力驱散绿色龙头施加在她身上的绿龙魔法。

青铜龙头张开口，喷出一股细沙，将伊瑟拉包裹在其中。黑色龙头则张口狠狠咬住了伊瑟拉的一只翅膀，然后甩头用力猛撕。伊瑟拉惊呼一声，将翅膀从黑龙头的嘴里拽脱，但还是有一大块翅膀被留在了黑龙头的口中。伊瑟拉迅速治愈了身上的两处重伤。但就在这个至为关键的时刻，另外两颗头停止了与阿莱克丝塔萨和卡雷苟斯的缠斗，全部五颗龙头一起扑向绿色守护者。现在伊瑟拉只能为自己的生命而战了。

萨尔紧紧抓住托拉斯塔萨，随着她一同左右冲突，上下翻腾。只要有可能，他就会挥起毁灭之锤。但暮光龙已经对他的攻击有所准备。当托拉斯塔萨背着兽人靠近他们的时候，暮光龙们都会立刻化为虚体，只用他们污秽的紫色魔法作战。萨尔意识到，现在他只能使用萨满的技艺来攻击敌人，于是，他向元素敞开了自己。

他将自己的意识延伸出去。*我是为了拯救你们而战，为了所有的元素而战。受伤的大地，请帮助我，让我能够保护你！*

一开始，元素们很不稳定。但萨尔将自己全部急切的心情展现在自己的吁求之中。终于，元素响应了萨尔的心愿。一个风元素变化成龙卷风，将巨石提起，抛向萨尔的敌人。强风顺应萨尔的呼唤，裹挟住暮光龙伸展的翅膀，让他们狠狠撞击在一起。遮天蔽日的大雪席卷而来，将他们吞没，却又突然变成沸水，喷入他们的眼睛。

萨尔和托拉斯塔萨连续杀死了几头暮光龙。突然之间，这头巨大的红龙收紧翅膀，加速向下扑去。稍有些吃惊之后，萨尔很快就明白了这头红龙想要做什么。她的目标是地面上的一群暮光之锤教徒。她张开大口，喷出火焰。那些教徒的长袍很快就被引燃了，他们在痛苦中尖叫着。萨尔不禁阴沉地想到，当死亡化作一头愤怒的红色巨龙出现在这些教徒面前的时候，似乎并不是所有暮光教徒都那么愿意牺牲自己。

托拉斯塔萨盘旋着向空中升起，几乎是以一种慵懒的样子绕到了神殿的另一边，再次飞低，向尖声喊叫的暮光教徒们喷出烈焰。然后，他像一只轻巧的麻雀一样，迎着疾风优雅地升起，重新加入了空中的战团。

萨尔向克洛玛图斯所在的方向瞥了一眼。他的心沉了下去。他能看到，全部三位守护者都受伤了——烧伤、冻伤、肢体残损，还有其他伤口。克洛玛图斯的身上却看不到什么损伤。就在萨尔望过去的时候，那头巨怪正扬起他的两颗头颅，放声大笑。

“生命真是甜美，能让我有这样的乐趣！”他吼道，“来吧！让我们再玩一场！”

伊瑟拉摇摇晃晃地转向萨尔这边，又盘旋回去。在她面向萨尔的时候，萨尔看到了她光芒闪烁的眼睛中流露出了恐惧与绝望。

克莉苟萨的话回到了萨尔的脑海中：他……他是为了对付你们才被制造出来的。他拥有的能力可以杀死你们所有守护者。他绝不只是一头力量格外强大的多彩龙。他被制造出来有一个特殊的目的：摧毁守护者！

他们像雨点一般跌落——红色的、蓝色的和绿色的雨点。龙眠神殿现在更像是龙眠屠场。

这不可能！三位守护者和他们的军团都已经濒临崩溃。当然，暮光教徒和暮光龙也都遭受了重创，但克洛玛图斯似乎战斗得越久，力量就越强。

青铜龙在哪里？诺兹多姆说过他会来的。他们现在迫切地需要青铜龙，需要另一位守护者。也许这样才能让他们赢得胜利。萨尔疯狂地望向周围，不切实际地希望着……

暮色深沉的天空中出现了一些黑点。那也是暮光龙吗？然后，萨尔分辨出他们的鳞甲要比那些紫黑色的怪物明亮得多，要比任何其他龙族都更加明亮。

“来了！”萨尔喊道，“青铜龙！他们来了！”

红龙、蓝龙和绿龙们也都看到了，一阵喜悦的欢呼从他们的喉咙中迸发出来。青铜龙终于加入了战斗，他们一定能扭转战局。四位守护者——就算是克洛玛图斯也不可能赢过他们！

青铜龙立刻分散开，加入到对暮光龙的攻击之中。诺兹多姆则径直飞向了其余守护者。三位守护者也都脱离战斗，前来与时间之王会合。这真是一幅美丽的景象：四位守护者齐聚于天空之中，并肩奋战。

这时，诺兹多姆喊出了一句完全出乎萨尔预料的话：

"撤退！跟着我撤退！"

萨尔的心一下子沉了下去。他知道，其他守护者也有同样的想法。所有眼睛都投向了生命缚誓者。她在空中盘旋良久。而这时，克洛玛图斯为她做出了决定。多彩龙追在守护者身后。毫无疑问，守护者的突然离去让他感到有些困惑。一开始，他只是等待着他们重新发动攻击。看到他们没有再战的意思，他便追了过来，势必要置守护者于死地。

"撤退！"阿莱克丝塔萨颓然喊道，"撤退，撤退！"伊瑟拉和卡雷苟斯也同时发出吼声，命令自己的军团急速撤走。

能够脱身出来的巨龙们立刻服从了命令，但还有许多巨龙忙于与暮光龙缠斗。其中一些陆续脱出了战团，也有一些终究没能退出来。他们以最快的速度，平稳地向东方飞去。萨尔骑坐在托拉斯塔萨强壮的脊背上，紧紧抓住巨龙的鳞甲，以免自己被强风吹得无影无踪。

他回过头，再次向战场望去。克洛玛图斯还追在龙眠联军后面。他张开红头的大口，喷出一片烈焰，然后终于停止了追击，回头向神殿飞去。追兵中还有为数不多的几头暮光龙，不过他们很快也折了回去。

为什么？他们赢了，为什么他们不继续追杀了？

又经过一段全速飞行，确认那个噩梦般的怪物没有再追来，守护者们终于放慢了速度，落在一座雪峰之上。巨龙军团纷纷落在他们周围。

阿莱克丝塔萨转过头，盯着诺兹多姆。悲痛和愤怒从她的每一片红色鳞甲上喷薄出来。"为什么？为什么你不和我们一同战斗，诺兹多姆？我们本可以……”

“不，”时间之王毫不留情地说，“我们如果继续攻击，只有死路一条。”

“这怎么可能？”托拉斯塔萨也是怒气冲冲地说道。萨尔能够感觉到在他体内升腾的怒火。“你已经带来了一个完整的军团，而且还有你——四位守护者！有什么怪物能够与你们相抗衡？”

就连素来冷静的卡雷苟斯也显露出沮丧和不安的样子。温和的伊瑟拉则变得非常焦虑。萨尔同样感到困惑，但他信任诺兹多姆，巨龙们也一定是信任他的，否则他们就不会跟随他脱离战斗。

“我在时光之路中游荡，搜集到了很多情报。”诺兹多姆说，“我请这位兽人告诉你们，我还在寻找答案。现在，我至少已经有一些答案了。如果不能把我们的力量真正融合为一体，我们就不可能战胜克洛玛图斯。”

巨龙们交换着眼神。“我们已经在以最密切的方式协同作战了，这是以前从未有过的。”卡雷苟斯说，“全部四个军团都齐集于此！你也看到了我们的战法：我们团结一心，无论是谁都不会考虑自身的安慰或荣耀得失！”

“也许这就是幻象想要告诉我的。”伊瑟拉柔美的声音传来，“我们如果只是并肩作战，是无法打败他的。我们需要……成为一体。”

“正是如此！”诺兹多姆说道。巨龙们的目光又都回到了他们的身上。萨尔知道他们在想什么，诺兹多姆和伊瑟拉是不是也都疯了？

诺兹多姆不耐烦地摇摇头。“我们是守护者。我们并非只是拥有不同技艺和更强力量的普通巨龙。当泰坦将大能赐予我们的时候，我们就发生了变化。我们不可能依靠简单的协同攻击就战胜这个怪物。我们必须有共同的思维，成为一个战斗的整体，真正地联合起来，分享每一个守护者的一切。”

“我想，我明白了。”阿莱克丝塔萨微微皱起眉，“我们要彼此联结，融合我们的技能、我们的知识，这就是你的意思吗？”

“是的，就是这样，生命缚誓者！你还记得泰坦在离开的时候是怎样说的吗？”

“你们每一个都得到一份赠礼，你们全都被给予责任。”阿莱克丝塔萨睁大了眼睛，“我们……我们是一个整体的不同部分。我们绝不应该分开。”

“那样的话，我们会……失去自己吗？”卡雷苟斯低声问道。萨尔知道卡雷苟斯是多么重视自己的独立性。与其他守护者不同，他更习惯于只是做他自己。守护者对他而言依旧是一种全新的身份和生存方式，彻底抛弃自己对他而言肯定不是一个好主意。不过，萨尔了解这位朋友。他知道，如果为了阻止克洛玛图斯，卡雷苟斯必须让作为个体的自己“死去”，他绝不会为这样的牺牲有半点犹豫。

“不，”诺兹多姆回答道，“如果我们采用正确的手段，就不会。我们是一个整体的不同部分，但对我们自己而言，则是完整的。这实在是一个令人费解的谜题。”

阿莱克丝塔萨突然痛苦地闭上了眼睛。“那么……我们的确是注定要灭亡了。”她的声音凄凉得令人心碎。

“为什么？”托拉斯塔萨说道，“生命缚誓者，你承受过那么多痛苦，度过了那么多难关，为什么要在这个时候放弃？”

这时，卡雷苟斯似乎也明白了。“我们只有四个。”他说，“我们永远也不可能再次成为一个整体。奈萨里奥变成了死亡之翼。大地守护者已经不复存在了。”

整座雪峰上陷入了令人难以忍受的寂静，谁也不知道该说什么。这是一个灾难性的事实，但它依旧是事实。他们甚至不能产生出一位新的守护者，因为死亡之翼还活着。

而克洛玛图斯正是死亡之翼的工具。

萨尔内心感到无比颓丧，这个事实让他完全无言以对。现在，他们能做的只有舍弃性命，与克洛玛图斯殊死一搏，或者就此死在战场上。而这个世界，世界上除了暮光龙以外的每一个生灵，都将随他们一同灭亡。暮光之锤将成为胜利者。死亡之翼，无论他有多么疯狂和邪恶，都会赢得整个世界，然后被龙眠神殿的尖塔刺穿。萨尔再也无法回到阿格娜身边，再也不能与大地之环一同……

他眨眨眼。这会是一种可能吗？他是否能……？

在这一段意料之外的旅程中，他与元素的联系增强了许多。他和生命之灵重新建立的联结似乎让他与所有元素的联系都变得更强了。对于当下之时的了解让他感觉到……自己和世界的安稳与牢固。当他与大地联结的时候，在他的记忆里，已经没有任何力量能够将他拔起。

“生命缚誓者，”他的声音因为希望而颤抖，“我……也许有一个办法。”

第二十一章

守护者们用疲惫却又有所期待的目光望向萨尔。萨尔逐一看着他们的眼睛。“这样也许有效，但我想——我相信它值得一试。这听起来……嗯，我只要求你们能听听我的办法。”

“当然，我的朋友，我们正在听。”卡雷苟斯说，“我全心希望你能有一个办法。”

“我……也许有的。现在我们有四位守护者：生命缚誓者、觉醒的沉睡者、魔法之主、时间之王。你们只少了一个……而缺少的这一个恰好是大地守护者。我是一个萨满。我一直在和元素进行沟通。如果是你们四位中有一人缺席，我定然是无能为力。我对于你们掌控的领域完全不曾涉足过。

“但你们依旧掌握着魔法、时间、生命和创生之梦，你们缺少的是大地。而在这个领域……我知道如何与大地的精神沟通。”

他希望他们不会因为他的放肆而发怒。他，一个普通的萨满，竟然要求占据一位巨龙守护者的位置。

伊瑟拉的脸上立刻焕发出了光彩。诺兹多姆若有所思地看着他。阿莱克丝塔萨则用不确定的眼神看着卡雷苟斯。

“我早就知道，你会是非常重要的一环。”伊瑟拉快乐地说，“我只是不知道你有多么重要。”

“请不要认为我这样说是在冒犯你，我的朋友。”卡雷苟斯说，“但……你甚至不是一头龙，更不要说守护者了。”

“我知道。”萨尔答道，“但我多年以来一直在与元素沟通，而且我在不久之前的旅程中学到了很多。”他看着诺兹多姆，继续说道：“你知道，我说得没有错。”

时间之王缓缓地点着头。“你已经拥有了从前的你完全不知道的洞察力。你完全可以借此安抚万物之灵，让它们免于骚动。如此一试，应该不会有害处。”

“但你要如何帮助我们，萨尔？”阿莱克丝塔萨问道，“你不能和我们一同战斗。”

“我再说一遍，生命缚誓者，这无关乎任何个体的战斗行动。”诺兹多姆说道，“最重要的是我们本质的融合。萨尔当然不能和我们一同发动攻击。但他有可能像另一位守护者那样，为我们提供他的灵。说实话，除此之外，我再看不到希望，没有了。单独的守护者必将败落，世界将因此而终结，从龙族开始，直至整个艾泽拉斯。我……已经见到了这个末日。”

伊瑟拉也描述过同样的情景。诺兹多姆的声音沉重而且阴郁。萨尔感觉到一阵战栗一直沿着他的脊骨传了下去。

虽然很奇怪，但萨尔并没有后悔自己的冲动。以一种难于描述的方式，萨尔从内心中明白自己是对的。那个曾经心烦意乱，无法集中精神，无法与大地之环一同安抚焦躁元素的萨尔仿佛已经是很久以前的往事了。不知为何，他知道现在的他可以让自己稳定地停留在安宁与稳固的状态，让自己的精神能够从容地去做应做的每一件事。他与生命之灵的联系让他和所有元素的交流都更加容易——甚至是更加愉悦。大地孕育生命，滋养种子和根茎，并将这份滋养提供给以植物为食的每一只动物。大地之灵和生命之灵都在欢迎他，它们信任他，让他有信心在与巨龙守护者联结的同时容纳、引导和控制大地之灵。大地是辽阔的，它的灵也同样恢宏壮美。萨尔知道，只要自己谦卑地接受它，就能够成功地与它融为一体。

“至少，让我们试一试。”他说道。

“蓝龙一族曾经体验过我们认为不可能发生的奇迹。”卡雷苟斯说，“我们选择了一位新的守护者。因为萨尔，因为克洛玛图斯，因为我们的族群，我相信这样是有可能的。我建议，我们应该进行尝试。”

“是的。”伊瑟拉立刻表示赞同，“萨尔的角色依然重要。在我的脑海中，拼图依然还没有最终完成。”

阿莱克丝塔萨以友善的目光看着萨尔。“当我以为，我的心已经破碎到无法修复的时候，是你帮助我打开了它。如果你认为你能做到，那么我非常愿意试一试。而且，请……让我们快一些！”

“这是一个古老而庄严的仪式。”萨尔说道，他从托拉斯塔萨的背上跳下来，“我会尽量加快速度。你们四位是否可以变化成人形？”

守护者们很快依言而行。萨尔看着面前的高等精灵、半精灵和暗夜精灵。他已经见到过其中三位守护者的变化形态，唯有诺兹多姆例外。这位守护者变化的样貌和其余三位颇有不同。其他守护者都选择了美丽的面容和健美的身材，显示出或优雅或曼妙的身姿。有的守护者保留了龙角，有的则没有。但时间之王则不同。现在从身材看，他是一名身材颀长、筋骨强健的精灵，细沙缓缓地从他身上落下。他穿着朴素的白色亚麻衣服，保留了金角和硕大闪亮，如同宝石一般的龙眼。但他却变化出一副猫头鹰的面孔——让人感到智慧而且平静。

“我曾经与其他萨满进行过类似的仪式。”萨尔一边说，一边不再去多想诺兹多姆与众不同的外貌，开始将精神集中在眼前的仪式上，“不过我从没有与像你们这样强大的参与者联结过。”

“我们信任你。”生命缚誓者微笑着说道。萨尔发现自己正因为这份信任而深深地感动。他想到了阿格娜，不由得暗自微笑。现在阿格娜肯定不会指责他在这样特别的时刻缺乏谦恭之心了。

“我会开始联结，让元素感知到我们。”萨尔说道，“这就像我们要向彼此敞开自己。你们的心灵和精神，所有让你们成为你——让你们成为守护者的一切。在这个时刻，我们不能隐藏秘密，不能自我保守。能得到你们的信任是我的荣幸，但你们也必须信任你们自己，信任这里的每一个人。我们彼此双手相握，以此加强我们的联结。准备好了吗？”

守护者们相互对视着，点了点头，按照萨尔说的去做。萨尔透过鼻口深深地吸进空气，让自己进入安宁与平静。他开始面向东方，与空气元素建立联系。

“受祝福的东方。”萨尔说道，他的声音强壮而且稳定，“新的开始，太阳升起的地方。空气的家园。启示与跃舞之灵，你管制着意识和思绪。我尊敬并……”

“他们来了！”

痛苦的喊声充满了空气。萨尔猛地睁开眼睛，他集中的精神开始动摇。他清楚地听到了上百双皮翼熟悉的拍击声。暮光龙再次冲杀了过来。这一次，他们势必要彻底赢得这场战争。守护者的力量已经严重削弱，一旦体力充沛的克洛玛图斯加入战团，力量分散的守护巨龙们根本不可能再阻挡他。

萨尔品尝到了绝望的苦涩。他曾经坚信自己的办法能够成功，也因此在心中充满了希望。眼看这希望就要变成现实了，而现在，他已经没有足够的时间能完成仪式。

有一样东西闪进他的脑海。

还有时间——他忽然想起来了。

他的脑海中立时充满了一幅画面：太阳升起，放射出强大的，能够激发生命力的光芒。新鲜的理念，生动的交谈，突破、成就和开端，所有这一切都是这么令人喜悦。

让萨尔感到惊讶的是，他看到守护者们正相互对视，点头并微笑着。萨尔知道，透过他，他们也能够看到这奇妙的景象。

只在眨眼间，这一切又都发生了改变。

现在，他脑海中的画面变成了跳动的篝火、荆棘谷的丛林、杜隆塔尔被烈日炙烤的大地。这是火焰，它的家是南方，它给予全部生命激情，让他们能够实现自己的目标和梦想。

萨尔依稀能够听到巨龙战斗的声音。愤怒的吼声和痛苦的呼号包围了他。他能够嗅到血肉燃烧的气味，但他只是努力地紧闭双眼。只要再过一会儿，他们就能够加入战斗。

再过一会儿……

西方的影像急速而来，那是水之灵的领域。海洋、心中的泪水、深湛的情感。

随后就是北方，大地的领域。萨尔看到了高山、洞穴和覆盖大地的、静谧安宁的冬日面纱。

画面在他们分享的幻象中舞动。他们已经不是坐在世界之脊的严寒雪峰上。萨尔看见了每一名守护者，却又不是他们伸手相握的人形样貌，甚至也不是他们的巨龙形象。

萨尔看到的不仅是他们的外形，更是他们的本质，他们的美丽几乎让萨尔无法直视。

温柔的伊瑟拉是一团闪光的绿色雾霭，不断升腾、脉动，是创生的原始形象。*你已经与苏醒的创生之梦结合。自然便是你的领域，万物在入睡之时，都曾瞥到过翡翠梦境。而你能对万物尽览无遗，伊瑟拉。他们也能看到你，只是他们也许并不知道。你就像生命缚誓者，能够触及全部生命，为它们唱起创生与交融之歌。*

守护者们发出轻声惊呼。萨尔理解他们的惊讶。他听到的这段话来自于古旧之前泰坦对伊瑟拉的谆谆教诲。那是伊瑟拉刚刚得到力量的时候。悠远的声音从萨尔的脑海中消失了，但敬畏与惊奇的感情依然存留。

高贵的卡雷苟斯如同一块晶莹的冰，美丽超越任何宝石，闪烁着奥术魔法的精华。魔法能量、法术和符文，甚至还有太阳之井，魔法理念，感知，以及关联。

我相信，你将发现你所得到的赠礼并非只是一份意义深远的责任，同样也是一种轻灵的欢愉！魔法必须予以调节，管理和控制。但它也必须得到欣赏和珍视，而不能以僵死的方式囤积储存。你必须能够调和这种矛盾。你要担负好这份责任……也要尽情享受这种欢愉。

惨烈的战斗还在不远处继续着。萨尔感到一阵阵心痛，但他屏蔽掉周围的声音，压抑下发出战吼，冲上战场的渴望。他还需要再多一些时间……

时间……

时之沙如丝如缕，向上，向下，向所有地方流动。它们是过去、未来和当下这个珍贵的时刻。

你受命维持时间的纯粹，这是一个伟大的任务。要知道，真正的时光之路是唯一的，但许多紊乱的分支会从真实的道路中游离出来，进而将真实扭曲。你必须保护那条真实的路。没有了时间的真实以及它所展开的未来，这个世界的损失将远远超过你的想象。真实的经线和纬线将逐步瓦解。这是一个沉重的任务，是这个世界全部任务的基础。没有了时间，一切都将无法行进。

然后是阿莱克丝塔萨……

萨尔爱她。他怎么可能不爱？无论是谁，怎么可能不爱这炽烈却又柔美的，纯粹的心之能量？她是寒夜中的一盆火，种子和卵中包藏的生命，一切美丽、明亮，可以茁壮成长的东西。怪不得所有颜色的巨龙都是那样敬爱她；怪不得当考雷斯特拉兹为了保护龙族和世界而做出那样惨烈的牺牲时，最后想到的依然是她。

这是我的赠礼：对所有生物的怜悯。保护和养育它们的热情。以及绝无仅有的治疗之力，孕育之能。即使无可以爱之灵，你仍然会去爱它们，毕竟它们要比其他灵魂更需要你的仁慈。

还有他自己……

他感觉到牢固、稳定，深广无边的睿智。萨尔非常清楚，这不是他自己习练而来的知识，而是大地的智慧。古树们在这里扎根立足，骨骼在这里化作岩石。他从没有感觉到自己如此广大、渊博，这个世界已经完全被纳入他的意识。

我对你的祝福与他们得到的祝福相比，将更显谦逊。当他们管理时间、生命、梦和魔法的时候，我将大地给予你。土壤、原野，直至无尽的深渊。但你要知道，大地是一切之基，是我们得以立足之地。是你来的源头，也是你去的终点。将有真实的力量从这里出来。在这深不见底的地方……这世界的内部，本源之心。

这段祝福本来不是为萨尔而生的。但现在，它将由萨尔承受。

五位守护者的能量重新融为一体。这是世界形成之后再没有发生过的事情。

现在，整个世界看到了它的光。

存在于精神领域中的守护者和萨尔骤然爆发。这不是爆炸，也没有愤怒，而是如同任何形体都再无法容纳的喜悦。守护者的本质像焰火一样尽情飞舞。

所有色彩碰撞，交织在一起，金色、绿色、蓝色、红色和黑色交结缠绕，编织出无比瑰丽的精致。

就像一台织机上的丝线。

……要拆散一片编织，你只需要拽掉一根松开的线。

不，萨尔突然想到了麦迪文在时光之路中对他说过的话。他猛然回到自己之中。不能只是编织。丝线可以拆解，断裂。他们绝不能是交织在一起的，他们必须融合……

萨尔显现出自己的颜色，一种纯粹、平和的黑色，与其他如羽毛般舞动的守护者融合在一起。他们立刻就明白了，也纷纷散开自己的边界。色彩开始交融，转变成一种统一的色调……

“他来了！”

警示的声音粉碎了这一时刻。萨尔努力想要在这个神圣的地方暂留片刻，平静地与守护者们分开，但势不容缓。不等他睁开眼睛，四位守护者全都已经跃入空中，变回成他们的真形，振翅疾飞。看着如离弦之箭一般射向高空的巨龙，萨尔一时间觉得自己就要被丢下了。这时，一只巨大的爪子将他抓了起来。萨尔仰起头，看到鼓起双翼的缇珂。很快，这名兽人就被缇珂放在了肩头。

那头腐烂的多彩龙正全速向他的敌人们飞过来。“你们真的以为我们不会来杀你们吗？”一个不属于多彩龙的声音响起。借助月光，萨尔看到克洛玛图斯的背上坐着一个很小的影子。

那一定是暮光教父。

没有被托拉斯塔萨的火海烧成灰烬的暮光教徒们也都爬到了龙背上。萨尔能够看到，他们的手中挥动的武器在月光的照射下闪烁着幽暗的光芒。还有一些教徒无疑能够使用法术。他们在远距离上是更加危险的敌人。他明白，敌人要在这一战中与龙眠联军一决生死。为确保此役的胜利，暮光教父显然已经准备好做出任何程度的牺牲。

萨尔利用最后一点宝贵的时间，让自己牢牢地把握住现在。他现在无从得知刚才他进行的仪式是否实现了他们的目的。他希望能有更多时间让守护者们能够完全融为一体，并让这种新的存在形式稳定下来，然后再将全部注意力转向克洛玛图斯和暮光教徒。但他知道，以现在的形势，这种想法注定只能落空。他已经在有限的时间里做了他能做的一切。想到这一点，他的心中反而出乎意料地恢复了平静。

根据萨尔的观察，尽管守护者们并不了解萨尔带领他们进行的仪式，但他们的恢复速度显然加快了。萨尔希望这是因为他们所做的尝试是正确的，是他们早就应该做的。他们迅速向克洛玛图斯冲去。多彩龙已经停止前进，正在空中盘旋，扇动着他骨架怪异的翅膀。五颗头的血盆大口全部张开。烈火、寒冰、绿色剧毒、沙尘和可怕的黑云同时向守护者们涌来。四位守护者被五种强悍法术击中，全都被震得向后飞去。

“不！”萨尔喊道。但不等喊声离开他的嘴唇，守护者们已经全部恢复过来。他们停止了在空中的翻滚，重新集结起来，以灵动优雅的身姿恢复了攻势。

萨尔又过了片刻才意识到，现在他能够更加清楚地看到他们了，同时他还发现，每一位守护者虽然身体的色彩并没有改变，却又被一种金白色的光晕包裹住全身。在他的眼中，那种光晕似乎不断爆裂着，脉动着。他们的神态看上去很……平静、专注，但绝不急迫。他们有着共同的目标和心愿。他们在以同一种步伐向那个目标前进，而不是分道而行。

克洛玛图斯似乎也注意到了这种变化。他突然直飞入高空，盘旋了一圈。他的身体紧绷，神情变得异常机警。“看起来，”黑色龙首吼叫着，“你们以为只要联合力量，就能把我打败。我能够感觉到你们体内新出现的联结。但我告诉你们，你们的这种手段最终还是会失败。能做到这一步的确很难得，但你们不可能是完整的！难道你们忘记了？你们已经失去了你们之中的一员。死亡之翼是我的主子，是他命令我将你们毁灭！”

这个声音比以往更加响亮、恐怖、震耳欲聋。萨尔迫切地想要在这场可能是艾泽拉斯最后一役的战斗中帮助他的朋友们。但他现在最大的感受是，他的视线完全无法离开这场恢宏壮丽的激战。突然间，他意识到这是因为他也是守护者联结的一部分，所以他现在无法只做自己，因为他的一部分仍然和巨龙守护者们在一起。

融合的仪式并不需要死亡之翼。尽管克洛玛图斯挑衅的喊喝中尽是得意。但萨尔知道，现在他们同样不需要死亡之翼。守护者们已经有了大地的力量。他们有萨尔，在这一个短暂的片刻，生命之灵让他有足够的力量掌控无比强大而广博的大地之力——这一份曾由泰坦亲自授予的礼物。

就像他将身上的盔甲换为长袍，是为了进行另一种战斗——一场为了安抚和治愈大地进行的战斗。萨尔明白，他也将自己作为个人的作战能力改变为一种更加宏大的力量。他不是，也永远不可能是守护者，但他可以将他们的力量结合在一起，帮助他们实现目标。

缇珂并没有询问萨尔为什么他没有任何作战的动作。她也在进行着自己的战斗。她施放出一个法术，将数头暮光龙冻结在原地。萨尔知道，对于这些不幸的家伙，时间已经停止了。缇珂在不停地腾跃、扑击，用她有力的爪子撕开敌人的皮肉，用强壮的尾巴抽断敌人的骨骼。萨尔看到了这一切，但他的注意力一直都集中在守护者的身上，他在帮助他们维系刚刚建立起来的联结。

萨尔突然用力摇了摇头，他发现自己很难集中起精神。为什么？就在片刻之前，他的神智还清澈如水，能够轻易将全部心神集中于一点。而现在，他的思维却混乱迟缓，不停地从他的手心溜走。恐惧一下子攫住了他的心脏。他是一只锚碇，要帮助……帮助什么？

萨尔愤怒地用左手在右臂上抓出一道道血痕。疼痛帮助他重新集中起精神，但他的思维依旧不断地扭曲摇摆。他抬起头，看到跨骑在克洛玛图斯背上的那个人影正向他伸出双手。现在那个人全身都被蓝紫色的影子笼罩。那些影子还在不断地波动起伏。萨尔咆哮一声，将指甲深深刺进手臂里面，努力夺回对意识的控制权。

克洛玛图斯摇动着丑陋的五色头颅。令人作呕的紫光从他的十只眼睛里放射出来，压迫着守护者身周的光晕。守护者们则如同杂技演员一样，在那头更加巨大壮硕的怪兽身周交相飞舞。紫色的强光仿佛将怪兽畸形的身体变成了一个幽灵。当他仰起头，张开大口的时候，萨尔觉得自己仿佛再一次遇到了像燃烧军团一样黑暗、邪恶和违背自然规律的敌人。

如果说刚才巨怪的五颗头还在各自为战，那么现在，它们正以某种怪诞的方式联合成为一体。它们一同后仰，深深吸气，又一同张开口，发动攻击。它们的吐息也不再色彩斑驳，而是全部为紫黑色烈焰，凶狠地攻向那些闪耀金白色光芒的巨龙们。不止一位守护者发出痛苦的吼叫。萨尔看到卡雷苟斯和伊瑟拉在空中的身影摇摇欲坠。刹那间，他们身上的色彩黯淡下去。金白色的光芒趋于消失，但很快又重新明亮起来。

守护者们再度向巨怪扑去。他们的动作协同一致，轻盈迅猛。从他们嘴里爆发出白色的烈火——这不是略带一点浅紫色的奥术魔法，也不像萨尔见到过的任何法术。在火焰的形态中，萨尔看到了自己平生仅见的最纯净的白色。四道烈焰射向了同一个目标：克洛玛图斯的胸口。正当那五颗龙头第二次同时仰起，深深吸气准备攻击的时候，白色烈焰在多彩龙的胸膛上发生了猛烈的爆炸。

萨尔必须用手遮住自己的眼睛，以免被炽烈的强光刺瞎。四道灿烂的白光继续从守护者口中射向那头巨怪，让他全身都开始剧烈颤抖。克洛玛图斯痛苦地尖叫着，失去了对身体的控制。过了不短的一段时间，才笨拙地扇动翅膀，重新稳住身形。他的头颈无法再以优美的协同动作发动攻击，而是狂乱地抽动着。他再一次喷出紫黑色的火焰，却根本无法击中他的目标。虽然他挣扎着想要继续战斗下去，却只是暴露出了已经被烧得焦黑的胸口。守护者们再次以完美的节奏吸气、喷吐。不是火焰的奇异白火再一次击中了多彩龙的心脏。

克洛玛图斯弓起脊背，全身抽搐不止。五颗头胡乱拧转，发出一阵阵尖叫与诅咒。

“你们不能阻止我！”蓝色龙首吼出这样一句之后，便向后仰倒，闭上了眼睛。

“我知道你们全部的秘密。”红龙头叫嚣着，但它的眼睛里也终于没有了生命的光亮。

而最令人胆寒的号叫来自于黑色的龙头。“仅仅是要摧毁我，你们就已经动用了全部力量。那么，就想一想死亡之翼会有多么强大吧！他会撕碎这个世界，将你们碾成粉末！而我则会和……”

他的身体最后痉挛了一阵，从黑色头颅中传出一阵沙哑的嘀嘀声。克洛玛图斯掉落了下去。

暮光教父拼命抓住克洛玛图斯，随着五头巨龙一直向地面栽去。他的意识已经因为恐惧而变得麻木，只能凭借着最后一点心力施放出一个护盾。不久之前，当守护者们喷吐出的第一波白色异火重创了克洛玛图斯之后，暮光教父的脑子里就塞满了各种问题。守护者们到底干了些什么？他们在哪里找到了这种新的力量？他们吐出的到底是什么？怎么可能会发生这种事？克洛玛图斯是无敌于天下的！

然后，所有问题都消失了，剩下的只有抓着一头死龙扑向犬牙交错的山岩冰雪的恐怖。

暮光教父闭上了眼睛。巨大的死尸重重地撞击在岩块上。暮光教父号叫着跌进了一堆雪里。他打着哆嗦，心慌意乱地从雪中爬出来，一边还在庆幸自己总算逃得了一条活命，一边却又开始害怕这场失败会给自己带来怎样的后果。他用手抚摸着克洛玛图斯，竭力想要找到一点生命的痕迹。

什么都没有。不过……这头龙并没有死，也不是亡灵。他没有呼吸，没有动作，没有心跳，但这也不是一副空空如也的躯壳。他正处在某种中间状态。他已经没有了生命的火花，但暮光教父知道，这具躯体能够以其他方式复活。这很重要。如果克洛玛图斯真的完全被毁灭，暮光教父知道，自己还不如即刻战死在沙场。和死亡之翼的惩罚相比，死亡也是甜美而宁静的。但即使是现在，他可能仍旧难以逃脱惩罚。

他的袍子已经被雪水浸透，紧紧贴在了他的身上。他知道，自己很可能会被冻僵，卑微地死在这里。他走过积雪和岩石，离开瘫倒的克洛玛图斯，来到了一片凸出于山壁以外的岩架下面。他用来和死亡之翼交谈的小水晶球依然是完整的。只是一次简单的高空跌落不可能损伤这件宝物。他用麻木的手指从腰间的口袋中将这颗水晶球取出来，盯着它看了一会儿。他有些想要就此消失掉，但他能做得到吗？现在他孤身一人，不知身在何处。目力所及之处，只能看到红龙、绿龙、青铜龙和蓝龙，更不要说刚刚获得了新力量，强大到让他无法相信的守护者们了。

不。为了培养暮光教父，死亡之翼花费了许多时间和精力。他不可能一时兴起就毁掉费了这么大力气才造就的爪牙。克洛玛图斯已不再是活的，但他也没有死。也许这样就够了。

蜷缩在这个可怜的避难所里，暮光教父将水晶球放在雪地上，跪在它的前面，全身都在剧烈地颤抖。原本清澈透明的水晶球充满了墨水一般的黑色，只能看到一只发光的橙黄色眼睛。片刻之后，水晶球裂开了，浓重的黑烟逸散出来，充满了岩架下面有限的空间。巨大而恐怖的黑色龙头仿佛被包裹在浓烟里，但死亡之翼所造成的恐惧是完全不会受到局限的。

“他们没有完蛋。”暮光教父结结巴巴地说道，“他们干了……一些事。他们击败了您的最强战力。现在他已经没有了生命，但也没有死。”

一段漫长而恐怖的时间过去之后，暮光教父听到的是：“那就是说，是一场惨败了。”

冰冷的言辞比怒吼更加可怕。暮光教父瑟缩了一下。“不，克洛玛图斯是不会被杀死的！他被打败了，但失败只是暂时的。”

他听到头顶上方传来翅膀拍动的声音，不由得向上望去，立刻睁大了眼睛，又向自己可怜的避难所中缩了缩。“主人，我会继续为您在这个世界上尽忠职守，但我现在可能很快就无法实现这个心愿了。他们正在寻找我，而且……而且看样子，暮光龙已经逃走了……”暮光教父竭力想要避免让自己的声音中出现惶恐的情绪，但还是失败了。

“你已经让我失望很多次了。”死亡之翼发出隆隆的话音，“我们曾经确信胜利就在掌握之中，但守护者还活着，克洛玛图斯却被……干掉了，暮光之锤教派更是损失惨重。为什么我不应该把你扔给我的敌人？”

“我……我知道许多仍然非常有用的事！”暮光教父呼号着，紧紧抓住那颗水晶球，仿佛抓着的是主人的手，“还有许多人是信任我的——这您是知道的。让我回去找他们，让我率领他们为您效忠。暮光之锤教派的势力遍及整个世界。即使巨龙军团在这里将它摧毁，也不能彻底消灭它！想一想，如果要让第二个人胜任我的位置，您又要牺牲多少时间。”

“人类无非只都是可怜而贪婪的，很好控制。”死亡之翼咆哮着，“不过你说得有道理。我们已经失去了太多时间。我不需要再一次的挫折了。好了，过来，到黑烟中来。”他说完这句话，就让凝聚成自己形象的丝绸一般的黑暗消散开了。阴影如同触须一般伸出去，围绕在暮光教父的身周。暮光教父这一次真的开始发抖了。“这个传送门会带你回家。在那里，你可以继续出卖那些尊敬你、信任你的人。当我下一次给予你任务的时候，你再为我效劳吧。”

暮光教父脱下斗篷，走进幽影一般的烟雾。现在他的身上是一件更加常见的传统牧师长袍。

“谢谢您，我的主人。” 大主教本尼迪塔斯悄声说道，“谢谢您！”

第二十二章

他们站在龙眠神殿的最顶层。黎明的曙光照亮了这四位守护者和一名兽人。他们全都已经疲惫不堪，却因为胜利而满怀欣喜。从克洛玛图斯坠落到现在的数个小时中，他们一直在为残酷而又不可缺少的战争善后工作而忙碌着：统计和识别死者，给伤员进行治疗，以及搜寻漏网之鱼。

龙眠联军的每一次进攻中都有许多巨龙牺牲——牺牲的巨龙实在是太多了。等到太阳从地平线上露出头来的时候，搜集和安葬遗体的工作就要着手进行了。不过，暂时就现在来说，能够做的事情都已经做了。

他们在暮光之锤教徒的尸体中没能找到暮光教父。萨尔指出，战场上有许多被烧焦的尸体，其中不少是男性人类。克莉苟萨却不住地摇头，让她的一头蓝黑色长发也随之摆动。“不，我能认出他。无论他变成什么样子，我都能认出他。”

卡雷苟斯一直用担忧的眼神看着她。只有时间才能判断克莉苟萨是否能够治愈连续几个月的折磨给她造成的创伤。但她已经回到了族人中间，而且受到了生命缚誓者的深切关心。萨尔认为，她一定会好起来的。

他们找到的暮光龙已经全都是尸体了。还活着的暮光龙没有了统帅，早已在恐惧中逃散得一干二净。而克洛玛图斯……

巨龙们都在担心会有其他黑暗魔法能够复活克洛玛图斯，便尝试彻底毁灭他的尸体。

他们失败了。某种强大的魔法正保护着这具尸体。也许这是一种将黑魔法和工业技术进行嫁接后产生的力量——正是这种力量激活了这头多彩龙。而现在，无论巨龙们使用什么样的手段，都无法将克洛玛图斯彻底毁灭。

“那么，我们就必须看守这具尸体，直到找出办法将它彻底摧毁。”阿莱克丝塔萨做出了决定。“各军团都要派遣代表，对他进行监视。他并没有死……如果能确保他处在这种状态，得不到被激活的力量，他就不会再造成任何伤害了。”

“在魔枢战争中，玛里苟斯曾经创建过奥术监狱。”卡雷苟斯说道，“我们知道这种监狱有多么坚不可摧。而且我们能够制造出足够大、足够坚固的奥术监狱来囚禁他。”

现在，四头巨龙和一个兽人全都在向东方眺望。“我们很快就要回到各自的路上。”诺兹多姆平静地说，“但我们绝不会真正分开，绝不会再像以前那样了。”他抬起头，看着同伴们。“萨尔……我曾经告诉过你一些我从时光之路中了解到的事情。”萨尔点点头，开始和其他守护者们再一次倾听时间之王讲述那段可怕的未来。

“萨尔能找到我，是因为我想要找到一个问题的答案。你们全都知道，我能够看到我死亡的时刻和方式，只是我终究无法改变我所知道必将会发生的事实。我在一条时光之路中看到，我成了永恒龙军团的统帅。”

守护者们全都死死地盯着诺兹多姆，眼神中充满了恐惧。很长一段时间里，甚至没有人能说出一句话来。最后，阿莱克丝塔萨以极轻的声音说：“你说过，是你在一条时光之路中看到的。那是真正的时光之路吗？我的老友？”

“我不知道。”他说道，“我一直在努力寻找的正是这个问题的答案。我要找到方法，避免那样的变化发生。那将让我成为世界的敌人，让我伤害我所珍视的一切。正是在那时的搜寻中，我知道了我请萨尔告诉你们的事情：我们到现在为止穷于应对的一切灾难——玛里苟斯和死亡之翼的疯狂，翡翠梦境变为噩梦，暮光之锤教派……所有这些事都是有关联的。这些我都已经和萨尔说过了。而我之所以在这场战役中迟到，就是因为我正在追踪另外一条线索。我发现了这个浩大而恐怖的阴谋后面的主使者。”

时间之王的眼睛烁烁放光，在黎明阳光的映照下，跃动着正义的怒火。“即使是现在，我仍然几乎无法将这个发现说出口。这幕后的黑手……”他强有力的声音变成了低弱的耳语，“……是上古众神！”

另外三位强大的巨龙守护者瞪着他，圆睁的六只眼睛里满是震惊和忧虑。萨尔看着他们的表情，感到自己的心跳也在因为这个恐怖的消息而加速。对于这些古老而且邪恶的生灵，他略有了解。有两个上古之神就潜藏在奥杜尔和安其拉。“我听说过这些生灵。”

萨尔说道，“对于他们，你们一定知道得更多。”

片刻之间，没有人说话，仿佛说出上古之神，他们就会出现。然后，还是阿莱克丝塔萨说道：“你一定听过那些古老的故事。”她的声音仿佛也不再像刚才那样充满了活力，“关于邪恶在一个人的意识中悄声低语，引诱他去做黑暗、恐怖的事情。那些细小的声音就像是一个人自己的心思。”

萨尔的确知道这样的事。“牛头人说，邪恶第一次将印记留在他们身上，就是在他们开始倾听黑暗耳语的时候。”

伊瑟拉点点头，显露出悲伤的神色。“这种低语甚至穿透了翡翠梦境。”

“甚至，”卡雷苟斯说，“进入了死亡之翼的意识。当他还是大地守护者奈萨里奥的时候，就是上古众神把他逼疯的，萨尔。他们逼疯了全部黑龙。”

“他们非常古老，甚至比我们还要古老。”诺兹多姆说，“他们甚至在泰坦到来之前就已经出现在这里了。如果不是我们的创造者介入，他们早已将这个世界毁掉了。那时，爆发了一场这个世界上从不曾记录过的战争。最终他们被囚禁起来，深藏在黑暗的大地之下，被迫陷入受魔法影响的沉眠之中。”

“只有他们的呓语还能够潜入我们的心扉。”阿莱克丝塔萨说，“至少……这种情况一直持续到了现在。”她忧心忡忡地看着诺兹多姆。“你说，正是这些上古之神造成了这一切悲剧？我们知道，他们导致了奈萨里奥的堕落，还有时光之路上的至少一道裂隙。但一切都是他们造成的么？这么漫长的岁月中的一切灾难？”

“他们又有什么样的目的？”卡雷苟斯问。

“他们需要目的么？”伊瑟拉问，“谁能知道上古众神有些什么样的想法，什么样的梦？他们是邪恶的，就算是在他们熟睡的时候，他们的邪恶依然会渗透进这个世界。”

“能够确定的是，所有那些黑暗的灾难时刻都是他们导致的。他们这样做只是因为他们的心中充满憎恨，还是他们有意而为之？这一点我们也许永远也不会知道了。现在我们需要知道的就是，这些事情发生了，而且它们之间有着恐怖的逻辑关系。”

诺兹多姆专注地看着他们。“想一想这些事对我们造成了多少创伤。它们导致了我们的分裂，让我们不再相互信任。想一想我们是多么轻易就相信考雷斯特拉兹背叛了我们。而实际上，他是一位牺牲了自己的英雄。亲爱的，就连你不也曾经怀疑过他吗？”他温和地对阿莱克丝塔萨说道。红龙女王低下了她火红色的头颅。

“我相信，就算是我成为永恒龙军团的首领，即使这件事必将发生，它也有着自身的来龙去脉。而今天……我们大概已经掌握了一条线索。我们毕竟已经很老了，多少会有一些智慧。”他轻轻笑了两声，“我们至少明白，我们必须同心协力，团结成一体，才能对抗即将到来的一切灾难。”他转向伊瑟拉，同样用极为温和的口吻问道：“除此之外，我们还有别的选择吗？”

伊瑟拉摇摇头。“没有。幸好我们在昨天找到了这种联结在一起的力量，而且我们以后必须一次又一次地找到这种力量，否则我们将无法抵抗暮光审判，还有我见到的幻象。”

“我以为昨天就已经是暮光审判了。”萨尔困惑地说。

伊瑟拉再次摇摇头。“那当然不是。”听她的口气，这仿佛是一个非常简单的事实，萨尔不应该为此而感到困惑。唯一让萨尔感到安慰的是，其他守护者们看上去都像他一样困惑。伊瑟拉是强大而仁慈的，但她的思维的确总是有些与众不同。

“你给予了我们很大的帮助，就像我在幻象中看到过的那样。”绿龙守护者继续说道，“我并不知道你如何能够做到……但你成功了。我的拼图已经不再只是零碎的彩色石块，它已经被拼合在一起，呈现出了图案。我得到的幻象和梦境也不再是不解之谜。它们预示了一个非我族类的生灵将我们结合在一起。因为我们融为了一体……当真正的暮光审判到来的时候……我们将不会失败。”

“我曾来到此地，心怀着各龙族团结一致的期望。”阿莱克丝塔萨说道，“经过了这么多痛苦、失去和奋斗……我的期望以我从不曾想到的方式实现了。萨尔，杜隆坦和德拉卡的孩子，我的红龙将永远欢迎你。请收下这个，作为我的誓言的象征。”她小心地用前爪在心口处抓了一下，一小片龙鳞掉落在地面上，闪烁着红玉般的光彩。萨尔将它拾起，满怀敬意地把它放进背包中的口袋里。正是这个口袋，曾经收藏过古树的橡果，并且现在依然收藏着一个年轻的人类女孩送给他的项链。

“我的青铜龙也是，时光之路的朋友。”诺兹多姆同样赠予了萨尔一枚珍贵的，金闪闪的鳞片。

“翡翠梦境不是你的领域，萨满，但请你知道，我会不时为你送去治疗之梦。也请收下我的鳞片。我衷心感谢你接受了我的任务。”

卡雷苟斯低垂下硕大的头颅，将他心口的鳞片递到萨尔面前。在黎明时分第一缕绽放出暖意的阳光中，萨尔相信，他看到一滴泪水在蓝龙守护者的大眼睛里闪烁。

“毫无疑问，也毫不夸张，是你拯救了蓝龙一族。无论你向我要求什么，我都会答应。”

萨尔感动得说不出一句话。又过了一会儿，他才努力让自己恢复了镇定。

“感谢你们赠送给我的礼物。实际上，我想要得到的只是你们的友谊。还有……”他微微一笑，“……请帮我回到我的爱人身边。”

* * *

萨尔有些自嘲地想到，现在他已经非常习惯在龙背上旅行了——尤其是这头龙的脊背。经过几个星期的共同旅行和并肩作战，他和缇珂已经成了朋友。萨尔知道，他一定会想念这头青铜龙的。萨尔曾经好奇地问缇珂，为什么愿意送他回去。毕竟从诺森德前往大漩涡的路对于普通巨龙来说实在是有些太远了。缇珂听到他这样问，立刻就笑了。

“还记得吗？我们拥有减慢或加快时间的能力。”她对萨尔说，“我将加快我们的时间……这样，我们就能飞得更快，更远。”这头所谓的普通巨龙所拥有的能力再一次令萨尔感到惊愕和敬畏。果然就像缇珂所说的那样，萨尔并不觉得他们飞了多久，大漩涡已经出现在下方的海面上。当这头青铜龙看到下方愤怒沸腾的大海时，萨尔感觉到她深深地吸了一口气。

“这里就是死亡之翼进入我们的世界的地方。”缇珂喃喃地说道，“怪不得大地还在受着如此严酷的折磨。”

“你说话的样子，就像是我的一位牛头人朋友在为我们的大地母亲感到哀痛。”

巨大的青铜龙弯过脖子，看着萨尔。“又有谁能说他们是错的呢？”

萨尔笑了。“我不会的，永远也不会。”

在距离大地之环庇护所还有一段路的地方，缇珂找到了一片看上去相当牢固的地面。因为知道这里的土地异常愤怒，所以她在降落的时候格外小心轻柔。萨尔从青铜龙的背上滑下来，久久地注视着这头青铜龙。

“你赢得了巨龙族群的感激。”缇珂轻声说道，“现在你得到了我们的鳞片。如果需要我们帮助，就使用它们。我们会立刻赶来。我只希望受伤的艾泽拉斯能够像我们一样，因为你的关注和行动而获益。”

“你让我感到惭愧，我的朋友。我只是做了一些力所能及的事。”

青铜龙的脸上闪过一丝打趣的神情。“敢于这样做的人会有多少？我相信，一定少得让你吃惊。你已经回家了，萨尔。我也必须回去了。暮光审判终有一天会到来。到那个时候，我必须做好准备，同我的君主诺兹多姆并肩奋战。再一次感谢你……帮助我们找到了自我和彼此。”

她低垂下头，直到距离地面只有几尺的地方。萨尔知道，她是在向自己敬礼。他向缇珂点点头，同时感觉到了自己面颊的热度。然后，他看着缇珂昂首振翅，飞向天空。在灿烂的阳光下，萨尔稍稍眯起眼睛，看着金色的巨龙在天空中变得像是一只飞鸟，一只小虫，直至完全消失。

只剩下了萨尔自己一人。他闭上眼睛，向风中送出一段低语，召唤来一头双足飞龙。萨尔拍了拍那头猛兽，爬上它的脊背，向营地飞去。

卫兵们立刻就看到了萨尔。当他到达大地之环营地的时候，许多萨满已经聚拢了过来。

“欢迎回家。”穆恩·大地之怒大步走过来，抓住兽人的肩膀，用浑厚的声音说道，“你实在是走了太久了。不过，你终于回来了。”

萨尔向牛头人露出微笑，平静地说道：“有时候，学习是需要时间的。我相信，你会发现我已经处理好了我的……恶魔。而且我带回了一些知识和情报。它们将有利于我们的任务，还有我们的世界。”

“听到你这么说，我更高兴了。”穆恩答道，“让我高兴的不只是你带回给我们的好处，更是你给我的感觉，我的朋友。你……”他垂下生有长角的大头，寻找着合适的言辞，“……变得更安稳，更平静了。”

萨尔点点头。“的确如此。”

“你回来了！”努波顿走过来，亲切地按了按萨尔的肩膀。这位破碎者热情地微笑着，算不上英俊的脸上闪耀着喜悦的光彩。

“欢迎回来。”努波顿说道，“我听到了你和穆恩说的话。非常高兴能听到你这样说。你饿吗？这段旅程一定非常辛苦。先不要多说了，火上正烤着肉呢。”

“谢谢你们。”萨尔说道，“很高兴看到你们。但我还有一个人不曾见到。请原谅，我必须先找到她。”

他向自己的同伴们鞠了一躬。

阿格娜不在这里，否则她一定会跑过来的。不过，萨尔觉得自己知道她在何处。

这里有一片小高地，看上去并不像大漩涡的大部分地方那样伤痕累累。芬芳的药草覆盖了这片土地。它们经历了辛苦的拼搏，但终究生存了下来。萨尔知道，阿格娜经常会在这个地方采集草药，或者只是简单地坐一坐，进行冥思。

她正在这里，平静地坐在这片高地上，双腿盘起，双眼闭合。

很长一段时间里，萨尔只是静静地看着她。他一直在梦想着这个时刻的到来：回到这位令他惊异，不断给予他鼓舞的女性身边。因为她，萨尔的心和灵魂中充满了爱意。明亮而坚强的爱随时都会从他的心中迸发出来。正是这张面孔——褐色的皮肤、强壮的骨骼、唇边的獠牙——让萨尔没有在冰雪中放弃自己。他无时无刻不在思念她身体上每一根健美有力的肌肉曲线。他想要握住她的手，直到生命的尽头。她的笑是全宇宙最动听的音乐。她的笑靥是他的太阳、月亮和星星。

“阿格娜。”萨尔刚说出她的名字，就无法再说下去了。当然，他这样并不是因为害羞。

阿格娜睁开眼睛，脸上立刻绽放出甜美的笑容。“回来了。”她平静地说道，但这几个字中浸透了喜悦，“欢迎回家。”

萨尔两步走了过去，没有等阿格娜再说出一句话，他已经将她紧紧拥在怀中。

阿格娜的笑声听起来喜悦而又惊讶。她依偎在萨尔的肩膀上，双臂也将萨尔抱紧。和她拥抱的感觉真是舒服极了。萨尔能够感觉到自己的心脏在胸腔中跳动，兴奋和喜悦让它越跳越快。

他们久久地拥抱在一起。萨尔完全没有想过要放开她。而她也只愿意这样停留在他怀中，任由时间就此流过。

但萨尔终于还是和她稍微分开，用绿色的大手捧起了她的面庞。

“你是对的。”萨尔突然说道。

阿格娜挑起一道眉弓，示意他继续说下去。

“我一直躲在酋长的面具后面，一个部落的‘萨尔’。我以为这就是我的责任。这让我不再深入自己的内心，不再去关注我不喜欢的事物。但如果我不再那样做，我就不可能改变它们，不可能让我变得更好。”

萨尔又后退一些，握住了阿格娜的褐色手掌。他们十指交扣，专注地凝视对方，仿佛第一次看到他们绿色和褐色肌肤上的每一道伤痕，感觉到对方手心上粗糙的纹理。然后，萨尔举起阿格娜的手，用它碰触了一下自己的前额，然后将它放下，认真地望进阿格娜的双眼。

“以前，我根本不懂得该如何欣赏与感激，无论是伟大的东西还是细小的东西，比如被我握住的这只强壮的手。”

阿格娜的眼睛格外明亮。那里面是有泪水在闪烁吗？但她依然露出灿烂的笑容。她一定是像他一样，回忆起了他们的那一次争吵。

“现在，我知道该如何欣赏它们了，阿格娜。每一颗雨滴、每一道阳光、充满我的肺部的每一丝空气、心脏的每一次跳动，危险与痛苦始终都会存在，但安宁与喜悦同样是永恒的，我们只需要记住和明白，它就在那里。

“我以前不知道我是谁，或者当我离开过去所构建的一切，又能变成什么。现在，我知道了我必须做什么。我知道了……我想要什么。”

阿格娜的微笑变得更加欢快，但她只是静静地倾听着。

“我心中知道，我应该找到正确的时刻，让我能够完成必要的事情。”

“和我说说。”阿格娜低声道。

他们站在那里，手臂挽在了一起。萨尔向她讲述了那些古树；戴沙林的事迹；那个旧日的敌人来到现在，闯入并干扰了正确的时光之路；在父母遇害的时候选择束手旁观的痛苦；还有让杜隆坦知道自己儿子的未来时的欣慰。

说到这的时候，萨尔哭了。他回忆起自己所见、所感、所做的一切，所经历的痛苦和喜悦。一只强壮的褐色手掌从他的绿色面孔上抹去了咸涩的泪水。

他讲述了塔蕾莎和克拉苏斯、诺兹多姆、阿莱克丝塔萨、卡雷苟斯、伊瑟拉和克莉苟萨；讲述了自己的理解，感激和真实的努力；讲述了一个普通兽人绝不普通的旅程，还有他能够与伟大的巨龙守护者们共同分享的种种收获。

“你得到了一份非常珍贵的礼物。”听完萨尔的故事，阿格娜对他说道，“你得到了一个机会，能够看到你是谁，能够从错误中学习教训，能够改变和成长。很少有人能有机会看到这一切，我的爱人。”

萨尔依旧握着她的手。他轻轻捏了一下阿格娜的手心。“是你帮助我度过了最困难的时刻。”他说道，“也让我能够帮助失落的生命缚誓者找回自己。”

他用最轻柔的声音告诉阿格娜，他是多么想和她在一起，凝望她的面庞。阿格娜的眼睛里闪烁着明亮的泪光。萨尔真的看到了一颗充满爱意的心化作一张无比可爱的面庞。

“于是，我回家了。”萨尔最后说道，“我比以前更明白何为谦卑，却也更为我所做的一切感到骄傲。而且，我已经准备好做更多的事情，作最好的自己，永远保持内心的高尚，绝不辜负你，不辜负我的朋友和我的世界。我已经准备好了。”

阿格娜久久没有说话。当她终于发出声音的时候，她的话音中充满了感情，还有如同焰火般爆发的骄傲与喜悦。“是的，这就是我的古伊尔。”

萨尔的嘴角在獠牙后面翘了起来。“古伊尔。”他说道，这个词由他的口中说出来，竟然感觉是那么舒服惬意，“这是我生来就拥有的名字。”他再一次凝望着阿格娜，当他想要说下去的时候，却忽然听到身后传来一阵欢呼。

“萨尔！我刚刚听说你回来了。终于又见到你了！”

是雷加，他仿佛根本不知道自己破坏了一段多么甜蜜的时光，或者就算知道也丝毫不在乎。他跑向萨尔，兴高采烈地拍打着这个兽人同伴的肩膀。“我打赌，你有许多故事要给我们讲！”

萨尔稍微从阿格娜面前退开一些，转身看着他的朋友，也伸手按住了雷加的肩膀。

"雷加，我的老朋友……你认识的萨尔已经不复存在了。我是古伊尔，杜隆坦和德拉卡之子。我只是属于我自己的'萨尔'，"他转回头看着阿格娜，微笑着搂住她的腰，"还有我的爱人的'萨尔'。"

雷加仰头大笑。"说得好，我的朋友。说得好。你应该好好和大家聊一聊。快过来吧，烤肉已经快好了，我们可都是大肚汉。我们可以等你们，但可不会永远等下去！"

雷加最后眨眨眼，转身向营地跑去。萨尔微笑着目送了他一程，然后回头看着阿格娜，严肃地握住了她的双手，压低声音说道："我是认真的，从今以后，我只会是我的萨尔，还有我的爱人的……如果她愿意接受我，和我共度一生。"

喜悦的笑容在阿格娜的脸上绽放。她轻轻地捏了一下萨尔的手，让萨尔的身子几乎失掉了所有力气。

"我愿意跟随古伊尔直到这个世界的尽头，或者是任何地方。"阿格娜说，"我的全部人生，我都愿意与古伊尔一同度过。"

萨尔也禁不住笑了起来。他一生中从没有这样快乐过。他将自己的额头与阿格娜的贴在一起，心中无比庆幸自己在不久之前刚刚学会如何珍视当下的时刻。这实在是一个无比甜美的时刻。过了良久，他终于让这个时刻成为过往，并欢迎新时刻的到来。这个新的时刻也同样是如此令人喜悦。

"我们回营地去，告诉大家残酷的挑战和严峻的责任还在等着我们。我们将战胜它们，并继续战斗下去，就像以前那样。但现在……我们将永远在一起。"

牵着他的生命伴侣，古伊尔向正在等待他们的大地之环同伴们走去。今晚，大漩涡中心这片小小的营地将被笑声和飨宴充满。他们将为他的回归和他未来的计划而祝福。到明天，他们还要继续担负起这份重任，治疗他们的世界，直到它完全康复。

古伊尔已经做好了准备。

关于作者

克里斯蒂·高登，美国著名女作家。在她的笔下，每一位暴雪玩家都能深刻体会到与游戏相关的诸多细节。作为《纽约时报》畅销榜的常客，迄今为止，已著有长篇小说四十余部，短篇小说数十篇，作品横跨科幻、奇幻及恐怖等诸多类型。

她还是《魔兽世界》的狂热玩家，曾经以该游戏为背景，创作了两部漫画故事，以及数部长篇小说。除广为人知的《魔兽世界》系列小说外，她还撰写过包括十余部《星际迷航》系列小说和多部原创奇幻小说。此外，由她创作的《星际争霸》系列小说也深受读者喜爱，该系列作品包括《星际争霸：黑暗圣堂三部曲》《星际争霸Ⅱ：恶魔契约》等。

图书在版编目（CIP）数据

萨尔 ：巨龙的黄昏 ／（美）克里斯蒂 · 高登著 ；李镭译 . —2 版 .
—北京：新星出版社，2018.12（2019.5 重印）
ISBN 978-7-5133-2945-3

Ⅰ . ①萨… Ⅱ . ①克… ②李… Ⅲ . ①长篇小说－美国－现代 Ⅳ . ① I712.45

中国版本图书馆 CIP 数据核字 (2017) 第 308516 号

幻象文库

萨尔：巨龙的黄昏

[美]克里斯蒂 · 高登 著　李镭 译

策划统筹：贾　骥　陈　曦
责任编辑：汪　欣
特约编辑：杨振宇　刘清远
美术编辑：马体浩　张恺珈
责任印制：李珊珊

出版发行：新星出版社
出 版 人：马汝军
社　　址：北京市西城区车公庄大街丙3号楼　100044
网　　址：www.newstarpress.com
电　　话：010-88310888
传　　真：010-65270449
法律顾问：北京市岳成律师事务所

读者服务：010-88310811　service@newstarpress.com
邮购地址：北京市西城区车公庄大街丙 3 号楼　100044

印　　刷：北京天恒嘉业印刷有限公司
开　　本：910mm × 1230mm　1/32
印　　张：10.75
字　　数：231千字
版　　次：2018年12月第二版　2019年5月第二次印刷
书　　号：ISBN 978--7-5133-2945-3
定　　价：60.00元